一笑

古龍 著

盛期之風貌

臥龍生作品　帶動武俠風潮

《飛燕驚龍》開一代武俠新風

《飛燕驚龍》(1958)為臥龍生成名作，共48回，約120萬言。此書承《風塵俠隱》之餘烈，首倡「武林九大門派」及「江湖大一統」之說，更早於香港武俠巨匠金庸撰《笑傲江湖》(1967)所稱「千秋萬世，一統」達九年以上。流風所及，臺、港武俠作家無不效尤；而所謂「武林盟主」、「江湖霸業」等新提法，竟成為社會大眾耳熟能詳的流行術語了。

《飛燕》一書可讀性高，格局甚大。主要是寫江湖群雄為覬覦傳說中的武林奇書《歸元秘笈》而引起一連串的明爭暗鬥；再以一部假秘笈和萬年火龜為餌，交插敘述武林九大門派（代表正派）彼此之間的爾虞我詐，以及天龍幫（代表反方）網羅天下奇人異士而與九大門派的對立衝突。其中崑崙派弟子楊夢寰偕師妹沈霞琳行道江湖，卻如夢似幻地成為巾幗奇人朱若蘭、趙小蝶之絕世武功技驚天龍幫，而海天一叟李滄瀾復接連敗於沈霞琳、楊夢寰之手；致令其爭霸江湖之雄心盡泯，始化解了一場武林浩劫云。

在故事佈局上，本書以「懷璧其罪」（與真、假《歸元秘笈》有關）的楊夢寰屢遭險難，卻每獲武林紅妝垂青為書膽(明)，又以金環二郎陶玉之嫉才害能，專與楊夢寰作對(暗)為反派人物總代表。由是一明一暗交織成章，一波未平，一波又起，極盡波譎雲詭之能事。最後天龍幫冰消瓦解，陶玉帶著偷搶來的《歸元秘笈》跳下萬丈懸崖，生死不明，卻予人留下無窮想像空間。三年後，作者再續寫《風雨燕歸來》以交代陶玉重出江湖，為惡世間，則力不從心，當屬狗尾續貂之作。

在人物塑造方面，臥龍生寫男主角楊夢寰中看不中用，固然乏善可陳，徹底失敗；但寫其他三名女主角如「天使的化身」沈霞琳聖潔無瑕，至情至性，處處惹人憐愛；「正義的女神」朱若蘭氣質高華，冷若冰霜，凜然不可犯；「無影女」李瑤紅則刁蠻任性，甘為情死等等，均各擅勝場。乃至寫次要人物如「賓中之主」海天一叟李滄瀾之雄才大略，豪邁氣派；玉簫仙子之放蕩不羈，為愛痴狂；以及八臂神翁聞公泰之老奸巨猾，天龍幫軍師王寒湘之冷傲自負等，亦多有可觀。

摘自 葉洪生、林保淳著
《台灣武俠小說發展史》

武俠小說

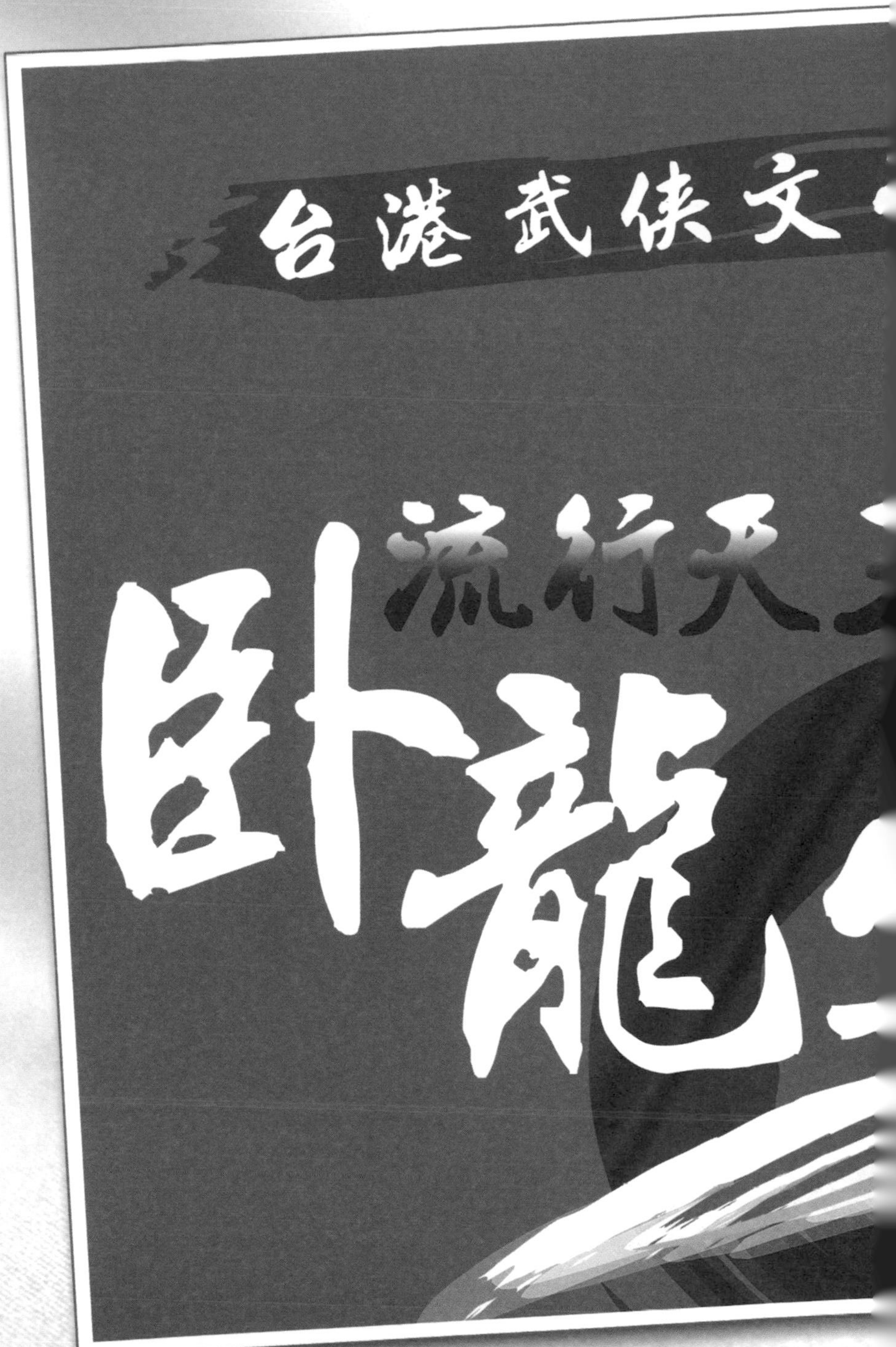
台港武侠文
流行天
臥龍

臥龍生是台灣最著名的武俠小說作家之一，自然也是海外新派武俠小說家中的重要一員。

在台灣武俠小說界，臥龍生曾獨領風騷被稱為「台灣武俠泰斗」。後來司馬翎、諸葛青雲脫穎而出，才與臥龍生並稱台灣俠壇的「三劍客」。那時候古龍還默默無聞。後來古龍名氣漸大，躋身高手之林，與「三劍客」合稱「台灣武俠小說四大家」，但臥龍生仍是深受讀者歡迎的武俠小說作家。

陳墨

臥龍生精品集 60

劍氣桃花

(四)

大結局

臥龍生精品集60

劍氣桃花(四)

目錄

卅一　百毒天師

常玉嵐連忙上前，扶起沙無赦道：「沙兄，臉上的傷勢有沒有異樣的感覺？」

「沒有！」沙無赦的話才落音，那移開三塊大石露出空隙的牆上，費天行探身而出，面色凝重的道：「二位放心，這第一卡是沒有摻毒的普通機關。在下這裡帶的有金創藥，皮肉之傷，料來無妨！」

他口中說著，已取出一小包藥粉，替沙無赦抹在面頰傷處，又紅著臉道：「只怪我事先沒有交代清楚，沙兄的性子又急了些。」

沙無赦苦苦一笑道：「好險，要不是我見機得早，此時怕變成了一個大刺蝟。」

常玉嵐道：「這種機關中套機關，雖然已是老套，但卻是防不勝防。」

費天行正色對常玉嵐道：「三公子，有關家母的消息，可否見告一二？」

常玉嵐道：「豈止一二，不瞞費兄說，令堂已被小弟延請在秀嵐上苑，一切安好，請費兄但放寬心！」

「真的！」費天行的震撼，從那睜大的眼睛，吃驚的神色，焦急的口吻可以看出既感意外，又急欲了解詳情的心事。

常玉嵐微微一笑道：「這是假不得的，在下願意陪費兄走一趟金陵的秀嵐上苑。」

費天行聞言，愕然不語，但雙目之中，滴下幾滴清淚。忽然撲地「咚」的一聲，雙膝跪在常玉嵐身前，悲淒的道：「常恩公，天行不孝……」

常玉嵐大出意料之外，忙的上前半步，挽起費天行道：「費兄，怎麼行起如此大禮來，在下擔當不起，快請起來！」

這時，沙無赦已經撕下一幅衫角，將頭上亂髮綁緊妥當，插口道：「費幫主，彼此可都是性情中人，禮數免了也罷。」

費天行抹去淚水道：「家母失蹤七年，一旦有了訊息，常兄所賜，禮不可廢！」

常玉嵐道：「此乃因緣聚合，功不在我。」

沙無赦道：「費幫主的孝心，並不一定要感激照顧令慈的常兄，禍根罪魁在擄禁老夫人的凶手。」

常玉嵐連連點頭道：「大丈夫恩怨分明，沙兄言得極是。」

費天行被他二人一唱一和引動了真情，平靜的臉上，一掃先前的悲淒與激動，突然劍眉倒豎，目隱煞氣的道：「費某但有三寸氣在，一定要弄清楚這殺父辱母之仇，以報家慈養育受累之恩萬一。」

常玉嵐道：「費兄，只怕未必吧。」

費天行眉頭一揚道：「常兄是瞧不起費某？」

「不！」常玉嵐含笑道：「在下一向對費兄甚為敬欽，只是……」

他仰臉望著費天行，欲言又止。

費天行急道：「只是什麼？」

常玉嵐道：「只是……只是費兄必有為難之處。」

費天行道：「父母深仇不共戴天，有何為難之處？」

常玉嵐朗聲道：「假若這件事扯上司馬山莊呢？」

費天行毫不猶疑的道：「沒有例外，我之所以賣身投靠，表面是為了重修龍王廟所需的三十萬紋銀，骨子裡也要借用司馬山莊的威風與訊息靈活，打探老母的訊息，二位也許已經看出了些端倪。常兄，家母之事，難道果然與司馬山莊有關嗎？」

常玉嵐含笑道：「是血鷹幹的！」

費天行聞聽，頓時臉上大變，由紅轉黃，由黃轉白，由白轉青，愕然呆在那裡，瞪目呆口，像木雕泥塑的一尊神像，久久不能恢復原有的瀟灑神情。

雖然，常玉嵐沒把內中的詳情告訴沙無赦，但他何等聰明，已聽出了一些來龍去脈，因此插口道：「費幫主，我剛才已經說過，丐幫的老幫主……」

費天行不等他說下去，雙手握拳高舉，迎風虛劃，咬著牙關道：「兩位的話，費某已經聽到了，是的，大丈夫恩怨分明，兩位隨我來！」他說完，一彈身，認定石屋閃開的洞中穿了出去。

常玉嵐不敢怠慢，騰身啣尾而出。

洞外，原是天然穴道，只是像一條無盡的甬道，不過有些曲折而已。

費天行停下身來，指著地面道：「二位，仔細看地上鋪的石塊。」

地上，鋪設著數不清的石片，雜亂無章，只是，那石片有兩個顏色，一種白，一種黑，黑白分明，但是毫無秩序。

費天行不等常、沙兩人詢問，指頭點著地上的石塊道：「二位，記牢了，奔走之際，要記著黑白的石片，一個失誤，就萬劫不復！」

常玉嵐道：「如何才能安全？」

費天行道：「黑、白、黑、白、黑黑白，然後是白、黑、白、黑、白白黑，周而復始，直到盡頭，千萬不能大意！」

沙無赦道：「這容易，黑、白、黑、白，黑黑白，白、黑、白、黑，白白黑。」

常玉嵐接著道：「然後又從黑、白、黑、白、黑黑白開始。」

費天行道：「對！走！」

三人都是一世高手，身法之快可想而知。只有數十丈之遠，地上黑白石片已沒有了。

費天行停下腳步，向身後的常玉嵐道：「三公子，眼前這片草地，乃是安全地帶。」

沙無赦搶著道：「怎麼？費幫主你……」

費天行不理會沙無赦，只顧對常玉嵐道：「過了草地，要小心行事。」

常玉嵐道：「費兄的意思是……」

「唉！」費天行嘆息一聲道：「身為司馬山莊總管，我只知道那裡的一條供做通行的路線。」

常玉嵐奇怪的道：「難道這秘道有許多條路線？」

費天行略一頷首道：「沒有許多，只有兩條。」

「兩條？」沙無赦疑惑的問。

費天行指著遠處道：「草地盡頭有兩個出口，靠右邊的一個，是我知道的一條路，平安無事，雖然曲折，但通到出口既無人把守，也沒有機關，但是，也沒有任何特別之處。」

常玉嵐道：「那就是說是一條平常的地下秘道而已？」

費天行沒說話，只是連連的點頭。

沙無赦搖頭道：「既然如此，我們又不是找不到司馬山莊，這條平安地道，不去也罷。」

常玉嵐微笑對費天行道：「費兄，那另一條左邊的呢？」

費天行道：「慚愧！天行賣身進莊，從來沒有進入過。只是據我所知不但艱困重重，而且機關密密，步步殺機，只有三個人知道出入的禁忌。」

「哪三個人？」沙無赦劈口追問。

費天行道：「司馬長風、司馬駿，還有一個聽說是一位女性，是不是莊主夫人，人言人殊，在下為了避免不必要的煩惱，既沒敢問，也從來不問。常兄，即使你疑惑在下，在下也無可相告。」

常玉嵐深知費天行所說的是實情。

但是，沙無赦卻冷冷一笑道：「費兄，小弟有一句話，想問你，但是，說出來也許有失禮之處，不說出來，如鯁在喉，實在是……」

費天行凝神片刻道：「但說無妨！」

沙無赦道：「我想請問你，費兄，你現在自認為是司馬山莊的總管呢？還是丐幫的幫主？」

費天行不由臉上飛霞，紅起耳根，雙目之中，閃放出稜稜威儀，憤憤之色，雙手握拳，分明是怒火如焚。但是並沒有發作，只是狠狠的道：「沙小王爺，這是個非常好的問題，假若要我答覆你的話，先要請問你，你是回族的小王爺呢?還是江湖的浪蕩客?」
沙無赦不由一笑道：「小王爺是名份，浪蕩江湖是興致。」
費天行也道：「總管是權宜之計，幫主是按規矩得來的。」
沙無赦絲毫不放鬆的道：「小王爺與浪蕩客並行不悖。」
費天行搶著道：「幫主與總管因地因時而異。沙兄，你未免看走了眼了。」
沙無赦更不客氣的道：「當了和尚便不能吃腥，吃腥就不要出家當和尚。」
費天行的眼中已有不能按撩的怒火，高聲道：「這一點在下自有權衡，還不須沙探花勞神。」
常玉嵐眼見他二人愈說愈不入港，生恐把話說僵，此時此刻身在險地，那可是有百害而無一利。忙陪著笑臉道：「費兄，沙探花他是塞北的爽直性子……」
沙無赦忙道：「費兄，我已把話說在前面，你可是答應過不惱我才問的。」
費天行雖然不願在此刻節外生枝，發生不愉快的情形，他倒不是對秘道中涉險有所顧忌，他一心要知道自己老母的情況，勢必不能開罪常玉嵐，因此，他冷冷一哼道：「沙無赦，你沾了常少俠的光，否則，我費某不會與你磨嘴皮子!」
「這不是磨嘴皮子，也不是閒磕牙。」沙無赦面色端肅的道：「界限先要劃清楚!」
費天行道：「我不明白你的意思?」
沙無赦一改玩笑的神情，一本正經的道：「費兄，你若自認為是司馬山莊的總管，大丈夫，人各有志，現在我們就是敵人。費兄你若是以丐幫幫主的身分，咱們立場就在一條線上，即使沒有我們介入，為了老幫主九變駝龍的枉死，你也該為丐幫的血仇出面。我的言盡於此，其餘的就不是我這個化外之民，邊疆王子所能表示的了。」他這一席話娓娓道來，對事理交代得明明白白，侃侃而淡，正義凜然。

費天行一時語塞，愣愣的答不出話來。

常玉嵐忙道：「費兄，沙小王爺是直腸子，也許他的話說得過份一點……」

費天行急忙伸手示意，攔住了常玉嵐的話，十分淒蒼的道：「沙探花責備得極是，在下……」他說到這裡，不住的搖頭，然後才接著道：「一來，在下與司馬山莊約定的年限未滿，二則，對於本幫老幫主之死，尚未有鐵證，三則，司馬山莊乃是我的東道主，一日為東，終身是主，費天行冒然反臉成仇，對江湖無法交代。」

常玉嵐點頭道：「費兄，司馬山莊的假面具，總有揭開的一天。等你見到了令慈，也許會真相大白。」

費天行拱手一揖道：「三公子，照顧家慈，費某銘感，沙探花指責之處，費某謹記。此刻，可以說是時機未到，在下恕不奉陪，我在金陵候駕，請常兄送佛送上西天，引領我母子骨肉團圓，告辭。」他說完之後，一折身，人已折向來時的石屋方向躍去，快如飛矢，轉眼不見。

沙無赦不由道：「費天行執迷不悟！我追上他……」

常玉嵐疾的一撲，攔住了沙無赦的勢子，口中道：「費天行迫不得已，沙兄不必阻攔他。」

沙無赦本來已經發動的起式，不情不願刹住道：「我不相信費天行不知道這秘道的機關。」

「絕對可信！」常玉嵐斬釘截鐵的道：「司馬長風城府極深，加上性格多疑，對費天行志在控制丐幫，秘道的機關不會輕易讓外人知道的，乃是意料中事。」

沙無赦悵然若失道：「如今我們要走哪一條路？」

常玉嵐毫不猶疑的道：「走左邊的一條！」

「正合我意！」沙無赦豪氣干雲的道：「常兄，你斷後，我在前，咱們闖一闖！」一語甫落，人如離弦之箭，直向左側奔去。

草坪盡處，一左一右兩個一式無二的月洞門，門的景色也幾乎一式無二，花影扶疏，翠綠搖曳，那像什麼秘道，卻似具體而微的小型花園。

沙無赦到了月洞門前，微微一笑道：「想不到地下的景色頗有詩情畫意。」

常玉嵐道：「沙兄，不要忘了費天行的話，還是小心為妙！」

「大家小心！」沙無赦話音未落，疊腰竄進月洞門，輕如落葉，認定花圃的圍籬上落去。

「轟！」突然一聲大響，花圃中濃煙暴起，草根、砂石、泥土、枝葉，四下亂飛。

常玉嵐大吃一驚，叫道：「沙兄！」

咔嚓！月洞門兩廂，冒出兩塊門扇般的鋼枝，把月洞門關得密不透風。

常玉嵐大聲嚷道：「沙兄！你那裡怎麼樣了？」

然而，沒有半點回音，常玉嵐心急如焚。

接著，金鐵交鳴之聲清晰可聞。

意料著沙無赦一定遭人襲擊，以探花沙無赦的個性，若非遇上強敵無法分神答話，絕對會打個招呼。如今，不回答半個字，一定是十分危險。尤其，適才的一聲「轟」然大響，可以斷定是火藥作怪，沙無赦的人，正是在火藥爆炸之處，說不定身帶重傷。

想到這裡，常玉嵐焦急如焚，斷腸劍出鞘，竄身到了月洞門前，將手中劍尖，認定兩扇鐵門中勉強可以分辨的縫隙中試著插去。但是，那兩扇鐵門嚴密得很，劍尖雖薄，卻無法插入，想要撥開，根本無從著力。

金鐵交鳴之聲，隔著鐵門隱隱傳來，拚鬥似乎愈來愈烈。

常玉嵐心知打開鐵門已是不可能之事，而這月洞門的上端，乃是半黑半黃的黏泥天頂，根本也無法穿越，急得如熱鍋上的螞蟻。

無計可施之下，常玉嵐照料了一下右首的月洞門。心忖：也許可以通到左邊。一念及此，折身向右邊門走去。

「殺！」刺耳驚魂暴吼，草地原來有兩個看不見偽裝的大坑，分別在左右月洞門之前，草皮半真半假，乃是一個符合土坑大小竹編的席子掩在地上。

此時竹席掀處，跳出八個紅衣漢子，每人一柄鉤鐮刀，發聲喊，狂瀾似的捲向常玉嵐。

常玉嵐一見，不由心中大喜，冷笑聲道：「有人就好辦了。」口中說著，挺起手中劍，左掌、右劍，反而迎著八個漢子劍挑掌拍。

劍演斷腸，掌展血魔。

斷腸劍乃是金陵世家成名絕學。

血魔神掌更是武林失傳的絕招。

常玉嵐的劍法，已浸淫了二十年，血魔神掌在桃花林中鑽研數日，已有了幾分火候。

而今，怒極而發，焉同小可。

八個紅衣漢子，先前持仗人多，喊叫聲中確實先聲奪人。然而，武家交手，全憑真章實學，人多勢眾，可以唬住銀樣鑞槍頭，碰到常玉嵐這等絕世高手，再加多一倍，也無濟於事。

常玉嵐心急沙無赦的安危，盛怒之下，如同一隻瘋虎，劍、掌分施，喝叱連聲。但聽，乒乓嘩啦，一團劍光之中，八個漢子手中的刀，已像廢鐵般，各自去了半截。

八個漢子發聲喊，就待向原來的土坑中逃竄。

常玉嵐心思很細密，料定四下均無去路，早已搶好了地位，攔在土坑之前，一面舞動斷腸劍，一面口中喝道：「要去的留下命來！」

秘道之內，四下沒有通路，八個漢子當然最清楚，明知常玉嵐掌劍凌厲，但也只有搶著向土坑湧去冀求逃命，好比飛蛾投火。

常玉嵐劍如花雨，掌似迅雷，斷喝連聲之中，八個漢子已有七個胸口多了一個窟窿，橫屍在土坑之前。剩下一個被掌風壓迫得喘不過氣來，臉色蒼白，像困在囚籠之中的野獸，通身發抖。

常玉嵐劍尖一挺，抵上那漢子的中庭大穴，沉聲喝道：「要命的帶我進月洞門！」

那漢子臉色鐵青，雖然一臉的驚懼，口中卻大吼道：「血鷹被擒，有死無生。」

常玉嵐冷然道：「傻瓜！值得嗎？」

那漢子牙關咬得咯咯作響，雙眼不住的眨動。

常玉嵐厲聲道：「眼斜心不正，你少打歪主意，你的七個夥伴，就是榜樣。」

那漢子慘厲的一笑道：「老子已經說過，根本沒打算活。」

他口中說著，忽然矮身就地一滾，從草地一踹，直向土坑滾去。

這卻大出常玉嵐意料之外。彈追上前去，劍尖挺刺，已第二度虛點在漢子的咽喉。口中道：「想去，那是你自尋死路！」

那漢子的臉上肌肉抽動，咬牙切齒的道：「大爺我死也不會說出路來，這條命交給你了。」他說著仍然挺胸跨步，咽喉硬向常玉嵐鋒利的劍尖迎了上去。這一招更是出乎意料。

常玉嵐急忙抽劍，哪裡來得及，劍尖已深入七寸，穿進漢子的咽喉，不等常玉嵐撤招收式，那漢子高大的軀體，仰天倒在土坑的邊緣，血像水箭般噴射得老高，腥氣刺鼻。

常玉嵐不由愣在當場。他心想：司馬長風用什麼方法，能把這些「血鷹」磨練得寧死也不透露莊內的秘密。

這些「血鷹」個個身手不凡，難道甘心……

想著忽然心中一動，暗忖：「血鷹」並不是不怕死，若真的不怕死，為何先前搶路而逃呢？搶路？想到搶路，靈機頓明，他從八個「血鷹」一齊拚命湧向土坑，土坑之內必然有通道可通，何不……

常玉嵐念起身隨，一矮身，躍向土坑。

土坑原來有丈餘深淺，坑內意外的乾爽，一點也沒有霉濕之味。常玉嵐略一沉吟，暗想：既無霉濕之味，必然通風順暢。

想著，沿著土坑向前趨去，也不過十步遠近，卻原來有一截盤旋而上的石階，蜿蜒上升。

常玉嵐拾級而上，從光線斜射進來，似乎已離出口不遠，約莫著正是左側月洞門外花圃之處，不由心中大喜。再轉半圈，金鐵交鳴之聲，偶而夾著幾聲悶喝，雖然彷彿在很遠之處，但卻充耳可聞。

他不由大喜，加快腳步，幾個旋轉已到了地面。

「咦！」說也奇怪，分叫出口之處的方向不錯，按照估計，應該在花圃左近。然而，金鐵相擊之聲，依稀可聞，卻愈來愈遠。

山口處一道長廊，雖然可以看出上下左右都是地道土石結成，除了光線暗淡之外，與一般長廊相同，大約在二十餘丈長，七尺餘寬，可容兩人並肩行走。

常玉嵐不多思索，仗劍沿著長廊向前，腳下加快，十餘步，已到長廊正中。忽然，長廊的兩端軋軋連聲。常玉嵐心知有異，橫劍當胸，靜以待變。

接著，吃吃的破風之聲如蠶食葉。突的，左右前後，飛矢如漫天花雨，像一群黃蜂，夾著破風之聲，不知數的疾射而來，全向常玉嵐立身之處集中射到。

常玉嵐不敢怠慢，斷腸劍舞得風雨不透，罩住整個人，半點不敢放鬆。足有盞茶時分，飛矢有增無減，常玉嵐也不敢稍停。

須知，這等舞劍震矢，最是耗費內力。因為，若是以劍護胸，或是護頭，在常玉嵐來說，並不是一件困難的事。而現在，飛矢四來，整個人都在飛矢的籠罩之中，前、後、左、右，甚至上、下，都要照顧得到，連腿腳也要保護得嚴，怕的是飛矢滲有劇毒。如此一來，吃力可想而知。

常玉嵐一面以劍護身，心中焦急異常，這等僵持下去，一旦內力耗盡，後果不堪設想，整個人變成一個箭垛子的滋味，怕不大好受。

片刻——地上堆起了一層厚厚的飛矢。

常玉嵐覺著舞劍的右臂，微微有些痠麻，但是劍招既不能緩，連換手的空隙也沒有。漸漸的，額上沁汗，氣息不勻，眼看著再有片刻，斷難支撐下去。幸而，飛矢漸漸疏落，力道軟弱下來。終於，飛矢完全停止。

常玉嵐不由暗喊了聲「慚愧！」，因為他已精盡力疲，舞劍的手腕，因用力過度，有麻痹的感覺，飛矢一停，他急忙退到一側背對土牆，暗暗運功調息。

此刻，他才想到，適才若是退到背靠一邊的土牆，也許可以省些氣力。

就在他想念之際，覺著身後的土牆，彷佛有人推動一般，向自己背上壓了下來。

常玉嵐大吃一驚，急的向前一步。

噗！一陣大響，土牆平空頹倒下來，頓時瀉下丈餘一大片泥土，硫磺味沖鼻。接著，一陣黃色的濃煙，從丈餘大小的頹牆中噴出。

黃煙化灰，灰煙化黑，黑煙……

呼呼聲中，火苗疾噴亂吐，烈焰帶著呼呼的風聲，從洞口向外急竄。來勢之快，聲威之猛，令人膽戰心驚，勢不可當。

常玉嵐一見，連忙閃開火苗，向長廊盡頭奔去。

火蛇，如影隨形，一步一趨，像長了眼睛，尾追著常玉嵐席卷而前，整個地面接著燃燒起來，原來地面上鋪的不是沙，不是泥，不是土，竟然是一些黑色火藥，外加硫磺木炭屑生煤等易燃之物。

因此，像潮汐一般，漫地捲起火苗，不但快逾追風，而且破空之聲，令人膽寒。

急切之際，常玉嵐雖然腳下不慢，但火勢比他更快，他情急智生，四下無法逃生危急之時，唯有騰身一縱，猿臂上伸，照著頂上橫樑抓去。誰知，看來十分牢固的橫樑，絲毫不能著力，一抓之下，咔嚓大響，橫樑應聲折成兩截。

嘩——橫樑折斷之處，一大股足有桶口粗的水柱，從斷口中央著細砂沖了下來。

既然有水，必有孔道。果然，水柱愈來愈大。本來桶口大小的水，轉眼已暴漲有五尺大小的一片，傾瀉而下，地下火勢被水撲滅。

常玉嵐不敢怠慢，雖然一身濕透透的，顧不得許多，沖天躍起，就向下瀉的水柱中穿去。水的壓力不大，他全力上竄過猛，穿出水面，頭頂竟撞上堅硬的泥頂，等到落下來，不由暗喊了聲：「慚愧！」

原來，地面約有三丈，中間有一座小小的玲瓏假山，此刻，池水已乾，只有沒隨水流去的幾尾金魚，尚在蹦蹦跳跳的掙扎著。

四周，像一座小小庭院，雜種著幾株草花，許久沒有整修，有些荒蕪，十分淒涼，加上光線陰暗，更加覺著冷兮兮的。

忽然——一陣呻吟之聲。

順著呻吟之聲瞧去，有一排碗口粗細的鐵欄桿隔著一間黑呼呼的土洞，實在太黑，看不清土洞中的情景。

常玉嵐抖抖身上的水漬，搶步到了鐵欄桿之前，凝聚目力但見土洞既霉又濕的角落裡，綣臥著個傴僂的老人。

說他是人，實在不太像，一頭的亂髮已經不成頭髮，除了黑白焦黃雜色之外，亂蓬蓬的像一堆腐爛的茅草，結成堆的披在雙肩，身上的葛布長衫，一片片的像碎布條，一隻腳上還套著隻芒鞋。臉，除了黑洞似的眼渦深陷之外，一雙失神的眼睛，無力的似睜還閉。腮，只是凸出的兩個顴骨，看不見半點肉，卻有兩排白森森的牙齒，像野獸的牙咧在雙唇之外，隨著微微的呻吟之聲開闔。

常玉嵐摸著那生滿黃銹冷冰的鐵欄桿，大聲叫道：「喂！你是什麼人？喂！喂！」

那傴僂的人略略移動了一下身子，勉強抬起頭來，發出重重的喘息，又垂下頭去。

常玉嵐又大聲叫道：「喂！過來，你過來！」

那怪人似乎盡了最大的努力，移動了一下，悶聲不響，但是，眼睛不斷的眨動。

常玉嵐隔著鐵柵欄，連忙叫道：「老人家，你振作點！振作點！」

那老人聲如蚊蚋的哼哼唧唧，斷斷續續十分吃力的道：「司馬長風！你……你……好……噗……噗……」他只有嘩嘩的大喘氣。

常玉嵐聚精會神的諦聽，但是，也分辨不出那人說出下面的話，只好拍著鐵柵欄道：「你撐著爬近些，我替你施功療治。」

那老人似乎有些意外的，睜著又探又黑的眼睛，望著常玉嵐。

「快！」常玉嵐向他招招手道：「撐著爬過來。」他一面說，一面試著搖動鐵欄桿。太粗了，像蜻蜓撼石柱，絲毫也動彈不得。

那老人彷彿已聽懂了常玉嵐的話，漸漸地十二萬分吃力的掙扎著向外移動了身子。

原來，那老人的腳上，繫著一條姆指粗的鐵鍊，長約丈餘，由於生了鐵銹，部分陷在潮濕的泥土裡，那老人半死的樣子，推動時格外困難。

常玉嵐不由一陣鼻酸。心忖：那老人究竟犯了何罪？囚禁在此地，他口中叫著司馬長風，與他一定有極大的關連。

那老人痛苦的移動了片刻，也不過是由牆角挪到土洞的中間。

土洞的縱深僅僅不足一丈，也就是說，老人移動不到五尺，已經氣喘噓噓。

常玉嵐鼓勵的面帶笑容大聲道：「再過來些兒，再來！再……再……」

那原本連爬動都吃力的垂死老人，隨著常玉嵐聲聲招手呼喚，果然支撐著向常玉嵐立身之處柵欄方面，一寸一寸的接近。

常玉嵐歡喜的喊著：「快了！再向前一點點兒。」

那老人伸出像乾柴棒的枯手。

常玉嵐也從柵欄空隙中，盡量伸長手，他打算兩手抓接之後，運用內功，傳入垂死老人的體內，使他有回答自己問話的力氣，好問出他被囚的原因。

眼看兩手的手指已經碰到指尖。

常玉嵐十分雀躍的叫道：「好了！再向前半寸……」

垂死老人本來是奄奄一息，已是死了九分的樣子，突然雙眼冒出怕人的凶焰，猛的一縱身，探手抓住了常玉嵐的手腕，提高了聲音，像狼似的吼道：「司馬長風，我要你也死！」

口中吼著，手上也隨著用力，另一隻手，也在拚命一縱向前之勢，與先前捏在常玉嵐手腕上的手，雙雙揑在一起，咬牙咯咯作響，臉上的青筋暴露，分明是拚命而為，要置常玉嵐於死地。

武家功力的源頭在血絡。血絡的樞紐在腕脈，腕脈被制，通身血脈不能暢行，力道則無法聚合，血氣不顧，力散神衰，輕則受傷，重則制命。

常玉嵐不由大吃一驚，自然反應，立即功聚右掌，五指內屈，反勾垂死老人的雙手。

但聽，噗通一聲，垂死老人像朽木一般，撒手跌坐在鐵柵之內地上，口中有出氣，無吸氣，已是動彈不得。

常玉嵐不由嚇出一身冷汗，因為手脈被制，性命交關，幸而那垂死老人已是僅存一息，雖然是捨命而為，根本無從著力，加上常玉嵐奮力掙脫，武家的反應激烈快捷，所以毫髮未傷。相反的，那垂死老人跌在地上，像一堆爛泥，離死不遠。

常玉嵐急忙伸臂進去，苦在想抓老人的腕脈不到，百忙之中，勉強扯住老人的破碎褲腳，不敢過份用力，生恐扯斷了已朽的褲腳，再也夠不到那老人。他借著不能用的褲腳碎皮條，輕輕的施用巧力，幸而將老人略略拖近柵欄，但卻是下半身。

常玉嵐靈機一動，心想腕脈雖通六經，足踝必有同等功能。一念至此，不敢稍緩，自己趺坐在柵欄之外，探手按在老人的足踝之處，暗暗運功，透過手心，輸往老人足踝脈絡之處。

果然，覺著自己的力道，已傳入老人經脈，並無排斥現象。只因那老人已到垂死階段，身體虛弱不堪，若是暴施猛力，一定會傷及五腑六髒。常玉嵐試著緩緩運功旋力。

「嗯——」垂死老人的快僵身子，動了一動。發出聲深沉的悶哼。常玉嵐手心的熱度，也漸漸提升，力道逐次的加強了來。

盞茶時分。垂死老人的鼻息隱隱可聞。鼻涕、口唾，不住的外流。

常玉嵐的手心，已感覺到老人的脈息流動，血液流速加快，心跳陣陣有力。

他生恐老人故技重施，乘著身子略略恢復之後，暴然反擊。因此，一面繼續用功代他培元，一面朗聲道：「老人家，千萬不要動肝火，在下不是司馬長風，等你身體稍稍復原，再詳細談談。」

不料，怪老人忽的一抽腳，整個人趺坐了起來，雙目之中閃出既驚異又憤怒的神色，低叫道：「復原？哈哈哈哈！我還能復原？」

他身子一扭，縮回雙腳之際帶動一陣鐵鏈響聲。原來，那鐵鏈是鑲穿了他的足脛之處的琵琶骨。

常玉嵐更加一凜，琵琶骨被殘，整個支撐軀體的重心全失，連站起來也辦不到。

那怪老人的雙眼睜得大大的，瞳孔中不似先前混濁，望著常玉嵐道：「不是，不是，你不是司馬長風。」

常玉嵐連連點頭道：「老大家，恭喜你，總算你腦筋沒受傷，在下真的不是司馬長風。」

老人神情一動道：「那你是誰？為何到此地來？是司馬長風要你來做賤老夫？」

常玉嵐忙道：「恰好相反，不但我不是司馬長風派來的，我是來找司馬長風的。」

「找他？你？」怪老人十分迷惘的望著常玉嵐道：「到這裡找他？恐怕你弄錯了吧。」

常玉嵐道：「老人家的話是說司馬長風本人，不可能在秘道之內？」

「不！」怪老人搖搖一頭亂髮，哈哈的道：「小友，你難道不曉得地道依五行之數，分為五個各自為政，又互相貫通的道路嗎？我們這裡是水字號，算是中間的一層，上面有金木兩條路線，下面有火土兩層，五層雖然自成一體，觸動機關可以融會貫通，司馬長風老狐狸是狡免三窟，但絕對不會在我們這一層。」

老怪人一口氣說到這裡，上氣不接下氣，喘噓噓的垂下頭來。

常玉嵐一見，急忙由鐵欄空隙中伸出雙手，分別抓住了老人的雙腕，低聲道：「老人家，不要動了肝火，慢慢的聊。」

老人枯乾的臉，白得像蠟，但是，神智還清楚得很，微微點頭，嘴唇動了幾下，有氣無聲。

常玉嵐提神凝氣，緩緩輸出內力，透過掌心。

老人微微點頭，不斷的眨動垂下的眼簾，打量著常玉嵐。

此時常玉嵐只顧閉目垂睛，靜下心來為老人施功，一味專心誠意。

片刻——老人忽然大聲道：「小友，你好深的功力，年紀輕輕的，有這份火候，不容易。來！老夫我送你一點小玩意。」他說著，推開常玉嵐的手，雙腳一振，竟然站立了起來，又道：「這個勞什子的鐵鏈，斷送了老夫的一生，苦練了五十年的三招兩式，算是白費了。小友，你不管願不願意，都得仔細瞧著，我這就比劃給你看。」

不等常玉嵐回答，怪老人的一雙枯柴棒似的手臂，已揮舞起來。兩隻手有時抓，有時拍，有時削，有時切，有時搗，有時推，拳、掌、指隨著勢子變化無常，腳下僅僅微微移動，卻是靈活異常，八面俱到——

他一口氣使完了十三招，人已不能支持，頹然跌坐在地面，喘氣如牛，一雙眼睛睜得大大的，望著常玉嵐，彷彿在問，你看懂了嗎?記下了嗎?

常玉嵐失聲的道：「老人家，假若晚輩看得不錯，你應該是青城派的人。」

老人十分疲倦的神情陡然變成了喜孜孜的眼光，色然而喜的道：「咦！小友，你……」

常玉嵐忙道：「晚輩金陵常玉嵐。」

「常玉嵐？」老人雙目皺在一起，沉思一會兒才道：「金陵世家的？常世倫是你什麼人？」

常玉嵐聞言，比老人更加喜不自禁，忙道：「乃是家嚴。老人家，你是？」

老人點點頭道：「難怪能看出老夫的門派，金陵世家是武林的字典。」

常玉嵐謙恭的道：「老人家誇獎。」

老人微搖乾枯的手，止住了常玉嵐的話，又道：「常少俠，你進入地道，想來也是尋找你父親來的。」

常玉嵐益發興奮的追問道：「前輩知道家父的消息？」

老人嘆了口氣道：「常少俠，我只知道你老子也在這秘道之內，可不知道在金、木、水、火、土哪一層？唉！」他的一聲嘆息，英雄末路的感慨表露無遺。

常玉嵐心中的血液沸騰，從這怪老人身上，可以看出被囚者的「影子」，假若自己的父親也是被折磨成這等模樣……

他不敢想下去，但又不能不想，愈想愈覺得事不宜遲，一彈身坐了起來，拱手一揖道：「前輩保重！在下要……」

「慢點！」老人急忙喝道：「剛才我那十二散手你記得嗎？」

常玉嵐不由一陣臉紅，帶笑道：「這……」

老人有些失望，但是卻咧了咧癟嘴道：「當然，沒那麼容易，老夫五十餘年才嘔心瀝血想出來的，一時三刻怎能夠學會。來！一招一招的練，可不許你走，現在開始。」他說著，端正了步子，雙臂又已舞動起來。

青城派的劍術，在百年之前峨嵋論劍之時，曾經得到首名，當時，青城劍法冠蓋武林，武當、峨嵋等而次之，當時提到青城劍，無論黑白兩道，莫不另眼相看。

誰知，武術一道高不可測，深奧毫無止境。

青城劍法贏得了盛譽的影響，武林名派研究功夫，都以它為目標，各門各派，凡是練劍，把青城派當做了「假想敵人」，專門以破除青城劍為目標，因此，每十二年一次的峨嵋論劍，青城派連番遭受挫敗，名次不斷降落。七十四年前，也就是青城派得到「第一劍」後的第三次比劍，青城劍由「第一劍」跌落到前三名之外，身價一落千丈，受盡了武林的奚落，當年的威風盡失。

因此，青城派的有心之士，便另闢途徑，捨去劍法，重創其他的武功，企求重振青城的聲威。

於是五十年中，青城派沒再到峨嵋赴會。不參加峨嵋論劍，武林的地位自然是江河日下。而青城派近五十年幾乎成了「冬眠」狀態，默默無聞。這是常玉嵐知道的。

而今，這老人的十三散手，看來平實無奇，常玉嵐見他垂死之際，是念念不忘的要把他五十年窮究苦研的功夫傳下來，實在不忍心拒絕。

但是，常玉嵐此刻一心一意只在找尋自己失蹤的老父，那有心去學功夫，所以，只在難以拒絕之下，勉強的隨著那老人比劃著。

不料——那老人才比劃了兩招，忽然面色一沉，用手撩開額頭的亂髮，咬牙切齒怒視著常玉嵐，怒吼道：「你看不起老夫！」

常玉嵐忙道：「晚輩不敢！我不是在學著練嗎？」

「哼！」老人冷哼了聲，怒氣不息的道：「騙我，玉面專諸魚長樂是可以受騙的嗎？十年之前，要是你給我長跪七天七夜，也休想學我一招半式。」

常玉嵐大驚失聲道：「前輩是青城掌門『玉面專諸』魚長樂，魚老前輩？」

「怎麼？」魚長樂瞪眼道：「魚長樂只此一家，並無分號，但不值得一學？」

常玉嵐肅然起敬，拱手齊額道：「晚輩適才不知，您老人家與家父亦師亦友，乃是我最欽敬的武林前輩之一！」

「哈哈……咳咳……」魚長樂乾笑一聲，接著是咳嗽不止，把臉都漲得像紫豬肝。

常玉嵐等他咳嗽稍停，問道：「前輩，你與司馬山莊無仇無怨，為何……」

魚長樂臉上青筋暴露，不回答常玉嵐的話，反問道：「你爹同司馬山莊有仇有怨嗎？」

常玉嵐不由啞然。

魚長樂又道：「司馬長風要領袖武林，應該已經成了氣候，儼然武林盟主。可恨的是人心不足，他狼子野心，進而想統一武林的門派，一心要將武林黑白兩道都納入他的門下，也就是說夢想宇內武林只有他一人是首領，千年萬世，他……咳咳咳……他的夢想若能成真，他就是皇上以外的第二個皇上。」

常玉嵐冷冷一笑道：「這是一個狂人的想法，武林門派原是各有淵源。」

魚長樂出然神往的道：「可憐我青城一派，眼看就要失傳，從此在武林中煙散。」

常玉嵐豪氣干雲的道：「前輩，晚輩雖然不才，願全力阻止司馬長風的瘋狂行為，為武林找一個公道。」

「公道？」魚長樂又仰臉一笑道：「哈哈！武林中哪有真正的公道？」

常玉嵐道：「前輩，主持公道是武林人的本份，從我們做起，不怕沒有公道。」

「好！」魚長樂大拇指一豎：「衝著你這句話，老夫這幾手三腳貓玩意，就連箱底兒送給你。瞧著！」

他那一臉的誠意，也有一臉的希望，都充分表露無遺。

常玉嵐心知青城派的根源，更知道「玉面專諸」魚長樂的十三招雲龍手，是獨門功夫，攻敵的實用手法，難得一見的絕學。

然而，他擔心父親的處境，而今已知道就在秘道之中，哪有心去學。因此，緩緩的道：「前輩，晚輩想先去尋找家父的下落，然後解脫前輩的困境，一同出去，到時前輩不妨在金陵靜養，再請前輩慈悲！」

「唉！」魚長樂幽然一嘆道：「談何容易！」

常玉嵐道：「前輩指的是……」

魚長樂認真的道：「從禹王台到司馬山莊，偌大一片地方，方圓足有二十餘里的地下秘道，人要找人，何異是大海撈針。我所以知道你爹也被囚在這裡，只是去年聽送飲食之人偶然提起。」

常玉嵐沉聲道：「就是把地道整個翻了過來，我也要找到家父！」

「你的孝心可感。」魚長樂道：「可怕的是秘道機關重重，不是人力可以抗拒的。」

常玉嵐道：「機關可怕，只是天下無難事，但怕有心人。晚輩絲毫不怕機關的危險，必要時押著司馬長風找他要人。」

魚長樂道：「司馬長風已成氣候，他的擎天劍法並不輸給你常門的斷腸七劍，加上他的掌上功夫來自血魔，少俠不要輕估了他。」

常玉嵐連連點頭道：「前輩說得是。」

此時，忽然一聲，「錚！」的輕微響聲，好像十分遙遠。

魚長樂微微動容道：「哎呀！今天該是送吃食的日子，有人來了。」

常玉嵐道：「哦！有人就好辦。」

魚長樂道：「我這裡每隔十天有人送二十個饃饃，一瓦罐清水，快了，快到了，你聽剛才啟動機關的聲音，現在是腳步聲。」

果然——

一陣極其輕微的腳步之聲，由左側傳來，而且是漸來漸近。

魚長樂指著左側的鐵欄桿道：「快到了，鐵欄桿已經移動了。」

欄桿盡頭嘶嘶作響。看來十分堅固如同鑄成的柵欄，像是有暗藏的滑車輪，一寸一分的移動。

常玉嵐一騰身，隱到柵欄動處的死角。

鐵柵欄日久生銹，移動許久，才閃開靠牆有尺五大小的一個空隙。

「姓魚的，今天可以打打牙祭了。」粗聲粗氣之聲未落，空隙中擠出一個魁梧漢子，雙手用瓦缽盛著一缽饃饃，手臂上軟繩套著一罐水，彎腰放在地上，又喝道：「咦！魚老兒，今幾個你怎麼不開罵，人也站起來……」

常玉嵐不等他直起身子，探手雙指點上那漢子玉枕大穴，沉聲喝道：「不要動！」

突如其來，那漢子一凜之下，連身子也不敢動，就這樣哈著腰道：「你是誰？」

常玉嵐並未認真點實他的大穴，撤回手指道：「你回過身來看看我是誰？」

那漢子果然回過身來，一臉疑竇的打量著常玉嵐，濃眉上揚道：「好小子！你是……」

「常玉嵐！」常玉嵐一個字一個字的報出名號，然後接著道：「要命的回答我的話，有半句虛假，我要你立斃當地，死無葬身之地！」

那漢子聽後，並無懼怕之色，反而仰臉狂笑道：「哈哈哈哈！我死無葬身之地，那麼你呢？」

常玉嵐怒道：「我要把地道翻了過來！」

誰知那漢子十分凶狠的道：「憑你！」

常玉嵐雙掌一挫道：「就憑我這雙肉掌！」

「你配嗎？」那漢子口中說著，探手在衣襟上一摸，掏出一個三寸來長的蘆笛，塞進口中，吹得嗚嗚嗚響。

嗚——嗚嗚！嗚——嗚嗚！

常玉嵐一見，心知這蘆笛必是警號，不是招人前來，便是要發動機關。

常玉嵐一念及此，墊步向前，伸手抓住了漢子的肩井大穴，斷喝聲道：「少耍花槍！」

「哈哈哈哈！」那漢子狂笑聲道：「老子可以陪著你死，你也活不成。」

一陣地動山搖，軋軋之聲大作。

魚長樂道：「小友，戒備！地道的機關已經發動了，這玩意不好對付。」

常玉嵐焉能不急，手上略一用力，大喝道：「帶路！」

不料那漢子冷笑連聲道：「帶路，哼！我只知道帶你去鬼門關的路。」

常玉嵐不由勃然大怒道：「你不怕死？」

那漢子咬牙切齒的道：「老子別的沒有長處，就是天生的不怕死。」

就在這一問一答之際，先前裂開的尺五空隙，忽然兩邊的鐵柵分兩下退縮，讓出五尺來寬的一個門來。

那漢子的肩井雖然被制，卻不顧一切另一隻手卻伸出來硬抓常玉嵐，他自己反而竭力向常玉嵐身後躲。

常玉嵐心知有異，大喝道：「你往哪裡去？」

一言未了，五尺寬的門內，嘎嘍破風之聲暴起，無數枝羽箭，夾雷霆萬鈞之勢，勁道十足的射來。

常玉嵐一見，冷冷一笑道：「正好拿你做擋箭牌。」口中說著，抓在漢子肩井上的手更加用力，另一手揑緊那漢子的腰，平推向前，幾乎把那漢子推提兼施的提離地面平推向前，活像一面盾牌。

慘呼連聲，勁風破空的羽箭，都射在那漢子的身子，沒頭沒臉的，活像一個刺蝟。

足有半盞熱茶時分，數以千計的羽箭，才停了下來，不再射出。可憐那個漢子早已氣絕，身軀的前面，找不出一寸大的空隙。

常玉嵐雙手一撤道：「這是你自找死路，可不是我心狠手辣。」

魚長樂冷漠的道：「這是小事一段，可能接著來的尚不止此。」

話才落音，五尺來寬的門內，轟轟連聲，響聲震耳欲聾。但是，「只聽樓梯響，不見人下來」，儘管響聲大作，卻沒有任何動靜。

常玉嵐不耐道：「又是什麼花樣？」

魚長樂沉聲喝道：「不要輕舉妄動，這秘道內神鬼莫測危機四伏，只有冷靜、沉著，不然可能中了圈套萬劫不復。」

常玉嵐凝神向五尺寬的門內望去，但見黑黝黝的像是個無底洞，不由道：「不進去等到這兒不是辦法。」

魚長樂道：「投石問路！」

一言提醒了常玉嵐，就地提起那漢子的屍體，用力向門內丟去。

「噗！」突然，黑呼呼的門內，快如電掣的跳出個恰好同門一般大的刀輪來，車輪大小的輪子，四圍鑲滿了白森森雪亮的牛耳尖刀，隨著輪子的旋轉，化成一個寒光耀眼的球形弧光，將那漢子的屍體，像攪肉醬般，攪得血肉四濺，連骨頭都看不到一塊整的，這真應了「碎屍萬段」一句俗話。

常玉嵐嚇出一身冷汗，同時掩鼻不忍卒睹。幸而沒有冒然向門外衝去，否則，此時碎石如泥的不是別人，就是自己。

魚長樂幽然一嘆道：「唉！孽！是誰設計了如此惡毒的機關。」

此時，轟轟之聲停止，五尺大小的刀輪，篷的一聲，沉了下去，隨著升上來的，是一塊奇大的鐵板，看不出鐵板的大小，但是，已把門外填成平地。

常玉嵐照料了一下，覺著並無異樣，拱手向魚長樂道：「前輩，你安心靜養，自己試著調息，晚輩打探到家父的下落之後，再來與你一同出困。」

魚長樂道：「諸事小心為妙。」

「多謝前輩關注！」常玉嵐口中說著，人已一躍穿進門去。他提高警覺，不敢冒然著力下墜，提起一口真氣，虛飄飄的用腳尖輕點在鐵板之上。

以他的深厚功力，加上小心謹慎，整個人真像落花飛絮，只有四兩的力道，覺著腳下並無異狀，才回頭對門內注目而視的魚長樂招了招手，表示要他放心。

誰知，就在此刻。忽然「咔喳！」一聲，門的頂端落下一塊鐵板，把門恰好堵了個正著。

常玉嵐不由一震。

幾乎是同時，覺著腳下的鐵板，也緩緩的下沉。

四面都是光可鑒人的鐵板，又黑又亮。頂上，腳下，也都是鐵板。

常玉嵐的人，像在一個鐵板鑄成的大匣子坚，除了磨光的鐵板發亮之外，看不出任何情景。

下沉之勢雖然緩慢，但並沒有停止的徵候。

常玉嵐這時除了聽其自然而外，沒有其他途徑，一顆心真像十五個吊桶打水——七上八下。

好不容易，試著腳下一振，鐵板下沉之勢終了。

常玉嵐心忖：糟了，自己分明已被困在這個大鐵匣子裡。一念及此，心中焦急可想而知。

忽然——鐵板再一次動了。不是下沉，而是微微的旋轉。方形的鐵匣竟會旋轉，而且旋轉的速度愈來愈快。

常玉嵐雖在暗處，但因他凝神逼視，卻也看得清楚。

「咚！」一聲清脆的銀鈴響聲，四方鐵匣的一角，忽然像裂開似的，冒出一支黃澄澄的銅色仙鶴，栩栩如生，又尖又長的鶴嘴，似開還合。

咚！咚！咚！三聲同樣的輕脆銀鈴之聲接踵而起。鐵匣的另外三角，也冒出同樣的三支鋼製仙鶴，模樣毫無二致。

常玉嵐隨著響聲四顧，但見每隻仙鶴展開的翅膀，隨著旋轉緩緩的搧動起來，作勢欲飛的樣子。

他正在奇怪，忽然，仙鶴的嘴裡噴出了粉紅色的煙霧，細細一縷的煙霧，被仙鶴搧動的翅膀鼓動的散開了來，全向常玉嵐立身之處聚攏。

煙霧漸來漸濃。常玉嵐不由有些膽寒，因為，忽然有一股奇異的香味直沖腦際，這怪異的香息非蘭非麝，如桂如馨，令人呼吸之間，難以忍受。

這分明是歹毒機關之一，常玉嵐忙不迭摒息呼吸。

但是，這怪煙彷彿無孔不入，鼻、眼、耳、口，甚至周身毛孔，都有一陣異樣感受，漸漸地，常玉嵐覺得腦門發漲，耳鳴、心跳，周身血液時慢時快，終至有些頭暈。

常玉嵐暗喊了聲：「不好！」

嗚——一陣尖銳的哨聲，起自耳畔。

眼前，一陣金星跳躍，雙目發澀。

鼻孔，香息像一陣狂飆，無可抗拒的衝了進來，

腦袋，隨著香息漸漸沉重，昏眩。

耳際——

嗚——尖銳的嘯聲悠長的響起。

空白，一切都是空白，常玉嵐連自己也感覺不存在，也是空白。

夜涼如水，月暈星稀。

荒草沒膝的亂葬崗，頹倒的大碑橫臥在蔓蘿之間，上面直挺挺的躺著「白衣斷腸」常玉嵐。一側，盤腿趺坐著丐幫幫主費天行。

靜靜一片寂靜。遠處，犬吠，雞啼。

天，漸漸的亮了。

費天行低頭看了看鼻息微弱，面色緋紅像醉酒的常玉嵐，自言自語的搖搖頭道：「好深的毒！人，不能好勝賭強，要不是我冒險搶救，豈不是又斷送了一個少年俠者。」

他探手在常玉嵐的胸口虛虛按了一下，又道：「心跳如此之快，只怕需要半個時辰才能醒來，太冷了吧。」說著，緩緩站起，解開腰上的束帶，脫下黃色袍子，小心翼翼的覆蓋在常玉嵐身上，替他取暖，自己重又趺坐下去。

就在此時，唏唏！一聲冷笑，從另一個荒墳背後發出。

費天行不由一愣，長身而立，低喝道：「什麼人？」
噓噓！又是一聲冷笑，冷漠依舊，陰森異常。
費天行縱身認定發笑之處躍去，口中吼道：「誰？」
「老朋友！」三個字冷兮兮的，是吼非吼，是喝非喝，聲調不高，但字字如同冬天的冰塊，令人毛骨悚然。
荒墳上，陡然現出一個瘦高漢子。
那漢子瘦如竹竿，焦黃頭髮攬成一個牛心髻，似黃泛紅的長八字鼠鬚，臉上小圓眼塌鼻縮腮，真的像一隻大老鼠。
費天行不由神情一凜，沉聲道：「過街鼠，是你。」
「過街鼠」冷冷一咧嘴，皮笑肉不笑的道：「大幫主，想不到我會在此等候吧？」
費天行見他惡形惡狀，眉頭一皺道：「你這是什麼意思？」
過街鼠淡淡一笑道：「沒有什麼意思，只是來侍候幫主。」
「住口！」費天行不由怒喝道：「你已摘下五行袋，逐出丐幫，本幫已沒有你這一號，少來逞口舌之利，滾開！」
「幫主！」過街鼠嘻嘻一笑，小圓眼連連眨動，嬉皮笑臉的道：「你的話不錯，我過街鼠吳廼漢是摘下五行袋，被那常老兒逐出門牆，如今常老兒翹了辮子，輪到你當家管事，所以我才來找你呀。」
費天行戟指著道：「你奸盜邪淫犯了幫規，逐出本門，是老幫主的仁慈寬大，找我做什麼？」

過街鼠吳廼漢冷漠的道：「找你收回逐我的幫諭，恢復我丐幫長老的榮譽。」

費天行劈口道：「辦不到！」

不料吳廼漢吼道：「辦不到也要辦！」

費天行聞言既氣又怒，反而冷冷一笑道：「你？憑你有本事強求嗎？」

吳廼漢搖頭道：「憑我的本事，你是知道的，並不在你之下，何況……」他說到此處，語氣一停，做出十分得意的神情，望著費天行把小腦袋不斷晃著圓圈。

費天行勉強按捺下怒火道：「何況怎樣？」

「你仔細聽著。」吳廼漢用右手食指點了一點：「第一，你此時已中了七彩迷魂煙毒。第二，你為了私人的恩情，打算出賣整個丐幫，用天下丐幫的名譽，換你娘的性命。第三，這兒是司馬山莊的秘道第三號出口，只要我一吆喝，後果你該可以想得到。」他侃侃而談，語帶威脅。

費天行既厭惡又生氣，勃然大怒道：「本幫主我先斃了你！」人隨話起，平地一躍丈餘，直撲向站在荒墳之上的過街鼠吳廼漢。

吳廼漢快速騰身，閃到另外一個墳頭，冷然的道：「沒那麼容易吧。不要忘了，你最好少用真力，七彩迷魂煙的毒性發作不是好玩的。」

果然——就是這麼提氣騰身，費天行已覺著腹內五臟翻滾，頭重腳輕，勉強扎樁立勢，真氣浮動不實。

吳廼漢盈盈一笑道：「如何？」

費天行真如水牛跌進了井裡——有力無處使，咬牙切齒的道：「人的名字沒有錯起的，吳廼漢，你真的是無賴至極！」

吳廼漢道：「咱們丐幫強要硬索，軟騙詐耍，基本上就有幾分無賴，你這位幫主還能不清楚？哈哈哈哈！耍無賴是我們丐幫的本行拿手玩意嘛。」

「放肆！」費天行再也忍耐不住，顧不得體內餘毒未盡，探臂抖腕，全力向吳廼漢拍去。

人影閃處，吳廼漢忽的一連幾個跳躍，早已飄身丈餘之外，嘻嘻笑道：「這是第一掌，幫主，我是尊重你為本幫之主。」

費天行覺著心頭血湧如潮，呼吸極不自然，但是，他對吳廼漢的無賴，深惡痛絕，尾隨著他也點地彈身，另一隻手運力待發。

吳廼漢又道：「八荒打狗棒法，幫主是頂尖高手，論拳掌功夫，屬下也有個三招兩式，並不在幫主之下，幫主也有些耳聞吧？」

費天行被他激得連肺都快炸了，沉聲喝道：「我就要用這雙肉掌斃了你。」說著，挫步揉身，搶著連環步，捨命的拍出三掌。

雖然費天行心氣不順，血湧力衰，但是這三掌怒極而發，迎面一丈七尺之內，勁風破空有聲，雖是三招，但如同掌山掌海，端的凌厲非凡。

吳廼漢一見，不由大叫道：「喂，玩真的。」

他儘管耍無賴，腳下可不敢稍慢，一個旋風掃，人如一個車輪，幾番滾翻，急切間閃開了來。

他可是老奸巨滑，折腰擰身，竟然溜到倒臥石碑上昏沉不醒的常玉嵐身前，高聲道：「費大幫主，你這位朋友現在與我是同生死共患難的知己了。」說著，伸出如柴的一隻手，竟然虛按在毫無知覺的常玉嵐命門之上。

費天行一時大意，不由心頭一震，大喝道：「卑鄙！你敢動他一根汗毛，我把你化骨揚灰！」

吳廼漢冷笑道：「放心！上天有好生之德，我吳某只耍無賴，不會殺生害命。」

費天行此時投鼠忌器，只好道：「你要怎樣？」

「小事一樁。」吳廼漢十分得意：「五行口袋，丐幫長老。」

費天行皺起雙眉，凝神逼視著吳廼漢，一時無法回答。

因為「過街鼠」吳廼漢原是丐幫的五方長老之一，有五個口袋的輩份。無奈吳廼漢的為人奸狡異常，加之性好漁色，貪財酗酒，藐視幫規，聲名狼藉，被老幫主「九變駝龍」常傑逐出丐幫。

如今，他要重回丐幫，雖不是一樁嚴重大事。但是，費天行不敢在常傑屍骨未寒之際，容吳廼漢這種敗類用要脅的手段達到目的。再說，費天行一心要重振丐幫的聲威，整頓猶恐不及，焉能再容忍這等敗類。然而，此刻常玉嵐的性命交關，情況不利。

殊不知費天行對常玉嵐一向十分敬佩，假若常玉嵐有個閃失，自己急欲要見母親的心願，必定橫生枝節，即使找到金陵常家，順利的母子重逢，但對常玉嵐這等有恩於自己的人，也不能眼看他傷在吳廼漢的手裡。

想著，不由有些泄氣，只好改變口風道：「吳廼漢，你離開本幫之後無拘無束，自由自在不是很好嗎？何必再回來受幫規的約束。」

不料吳廼漢道：「此一時也，彼一時也，現在，我姓吳的需要這個花子頭的名譽。」

「哦！」費天行不解的道：「什麼意思？」

吳廼漢咧嘴一笑道：「你何必明知故問。」
「明知故問？」
「喏！」吳廼漢不疾不徐的道：「天下大勢如此，識時務者為俊傑，你想，宇內武林的局勢你是知道的，即將有大的變化。」
費天行一頭霧水，奇怪的道：「大的變化？」
「嗯！」吳廼漢依舊神氣十足的道：「當然！五十年來洗手歸隱，或者是深藏不露的人物，都重出江湖，為的是什麼？」
費天行越發糊塗的道：「為的什麼？」
吳廼漢揚聲一笑道：「哈哈！為的是要在武林天翻地覆之中，再一次揚名立萬，誰不想插上一腳，就拿你來說吧，不是已經受聘了嗎？」
費天行沒好氣的道：「我受誰的聘？」
吳廼漢劈口道：「司馬山莊。」
費天行臉上有些發燒，心中十分氣惱的道：「笑話！」
吳廼漢臉色一正道：「幫主，不是笑話，你這一步棋算走對了。未來武林，是司馬山莊的天下，誰攀上司馬山莊，誰就是一時豪傑，任誰都看得出。」
費天行不屑的道：「那你可以投靠司馬山莊，何必在乎本幫長老這個虛名呢？」
「錯了！」吳廼漢搖頭不迭道：「幫主，論我吳廼漢三個字，既不是成名人物，也不是頂尖高手，沒有幫頭堂口，哪能爭得一席之地，我的意思是……」他說到這裡十分神秘的壓低嗓門接著道：「司馬山莊既然看上了我們窮家幫，幫主你必然大受重用。常言道：一人成佛，九祖升天。幫主，你不妨一方面答應率領本幫投入司馬山莊，暗地裡察看風頭，派我擔任丐幫與司馬山莊的聯絡人，司馬山莊若真的統一了武林，本幫就是旗下的第一功臣。到時，哈哈……」

費天行見吳廼漢得意忘形的樣子，打心眼裡厭惡。但眉頭一皺，心中有了主意，表面上也隨著乾笑一聲道：「哈哈！到時我可以名正言順的坐司馬山莊的第三把金交椅。」

「對！」吳廼漢雙手啪的一拍，「我嘛，或是主管丐幫一枝，或是你費幫主在司馬山莊老莊主面前美言幾句，擔任總管提調天下武林，豈不是名利雙收，兩全其美。」

費天行佯裝動色，微微的點頭道：「看不出你的眼光看得卻很遠。」他口中說著，腳下不留痕跡的緩緩前移，慢慢向吳廼漢接近。

吳廼漢也忘形的比手劃腳道：「屬下我還有更知心的話，尚未盡所言。」

費天行道：「你有話儘管說出來。」

兩人不知不覺的已漸漸接近。

吳廼漢神秘的道：「人不能沒有退步，萬一司馬山莊失敗了，幫主，丐幫仍舊是你的，我在司馬山莊裡應外合……」

「好小子！」不等吳廼漢說完，費天行突然發難，搶上一步，探手抓住了吳廼漢的右手腕脈，冷峻的道：「你沒算到這一招吧，現在你的退步在何處？」

他這一抓把隱忍了半晌的一股怨恨怒火，全放在掌力之上，力道之勁，可想而知。

吳廼漢冷不防之下，只覺右手腕如鋼夾夾住，痛入骨髓，整個半身痠痛軟麻，驚呼一聲，雙眼發直，哀聲道：「幫主，你……」
「我要你這條不值一文錢的命！」費天行咬牙切齒，肩頭微震，力貫手臂，五指如同五柄鋼鉤，探入吳廼漢的手腕薄薄的皮肉之中。
吳廼漢額上的汗水黃豆般大，滴滴流了下來，臉色由紅而白，由白而黃，由黃而青，混身的肌肉都在發抖，青筋抽搐不已，漸漸的兩眼翻白。
費天行狠聲的道：「吳──廼──漢──你──」
吳廼漢仰天跌下，七孔流血。費天行雙眼發直，嘴角滲血，也平空倒在當地。吳廼漢不用說，是經不住費天行大力抓牢了腕脈，全身血液受阻，難以暢流而溢血送命。
費天行一時急怒攻心，施出全身力道，情急之下恨不得將吳廼漢立斃當地。
然而，由於他用力過度，通身力道聚於經脈、體內的七彩煙毒，便也隨之聚於丹田，上沖心臟，毒攻五內，暈厥昏倒。
荒煙蔓草之中，躺著三個人。
夜梟淒厲的旋空慘啼。
大地，也像死了般沉寂。
忽然，一陣清風掠過，分枝拂葉，像一個幽靈似的，「宇宙雙瘋」之一的「活濟公」賈大業拖著一隻靴子，一隻草鞋，歪歪斜斜的鑽了出來，搖動破蒲扇，嘴裡流著幾寸長的唾沫，咧嘴齜牙的嘀嘀咕咕道：「好傢伙！死了一個無賴，昏了一個幫主，迷倒一個桃花血令令主，可惜，這麼熱鬧的一場戲，三個人唱，只有老大一個人看。」

他高一腳低一腳的走到吳迺漢屍體之前，用穿草鞋的腳踢了一下喝道：「可笑世人心太貪，貪花貪酒貪色又貪錢，早知三寸氣口短，不如快快樂樂活幾年，哈哈哈！」

這個破鑼嗓音的歪歌唱著興起，一面朝費天行走去，一面又唱道：「這位幫主年紀輕，丐幫掌門有名聲，若是老夫不到此，屍橫荒郊餵餓鷹呀，餵餓鷹。」

口中唱著，探手向費天行左手腕虛捏一把，忽然面色凝重，喃喃的道：「噫！這是什麼毒？連五臟六腑都睡起覺來不動了？」

說著又撥開費天行的眼皮，然後放在他鼻孔中試試道：「人還沒死，氣沒斷呀。」

一面自言自語，一面走向靜靜的躺在石碑上的常玉嵐，伸手去摸他的額頭。

「住手！」嬌滴滴的一聲斷喝，起自身後。

「活濟公」賈大業悚然一驚，像隻嚇透了的猴子，縮頭弓腰，彈身躍出三丈之外，小眼睛不斷眨動，四下打量，低聲叫道：「誰？是人是鬼？」

賈大業在當今武林，可算得是頂尖高手之一，成名在三十年前，「一殘二瘋三大怪」，可不是等閒之輩。

他之所以驚慌失措，是太意外了。

因為憑賈大業的修為，數丈，甚至十丈之外，有一點風吹草動，也休想瞞得過他的耳目，就是一片落葉，也會聽得清楚看得明白。

如今，竟然有人在他身後喝止，居然事前毫無所覺，豈不是天下怪事。

賈大業口中叫著，放眼搜尋。

這時，才看出，煙霧瀰漫之中，一個俏麗的白衣宮裝女人，正在自己先前立身之處，常玉嵐躺著的石碑之前，正在將一粒藥丸納入常玉嵐口中，並不理會也不搭腔。

這個白衣女人像是來無影去無蹤，簡直神乎其神，不知來自何時，來自何處。

別人來到身後，自己渾然不覺，等於是栽了個大跟斗，因為若是敵人，自己的命可能已斷送掉了。

喝問不答，乃是目中無人，根本沒把喝問之人放在眼內。

「活濟公」賈大業當然忍不下這口氣。

他一擺手中蒲扇，凌空虛渡，跨步而前，像靈貓似的落實在白衣女人身前五尺之處，沉聲道：「我問你聽見沒有？」

白衣女人連頭也沒抬，轉身移動一下，彎腰將另一粒碧綠的藥丸，塞進費天行的口中。

賈大業更是覺著老臉掛不住，蒲扇一揚，大聲吼道：「你是啞巴！」他口中吼著，人也不自覺的跨前一步，揚起的蒲扇，幾乎接近了白衣女人的鬢角。

白衣女人此刻才仰起臉來，嬌聲道：「賈老瘋子，你想動手？」

賈大業面對白衣女人，忽然神色一變，急忙收回蒲扇，肅容躬身退了半步，一改嘻嘻哈哈的口吻，低聲道：「原來是夫人，小的放肆，不知不怪。」

百花夫人螓首微頷，低聲道：「虧你還認得我。」

賈大業十分靦腆的道：「夫人，昔年寄食門下，衣食住行，哪一樣不是夫人的恩賜，大司馬他……」

百花夫人以手示意，阻止了賈大業的話，也微有戚容的道：「樹倒猴猻散，當年的事還提它幹什麼？你大哥他可好？」

賈大業應道：「多承夫人下問，大哥頑健，我們自拜別之後，深隱荒山，本來不打算再出扛湖，只因……」

「接到了武林帖子。」百花夫人接著說。

「是！」賈大業連連點頭，「大哥要我先出來打探目前江湖的形勢，再決定行止。」

百花夫人喟嘆了一聲道：「你兄弟雖然各有怪癖，但都算一位高手，不世武功，老死泉林未免可惜。」

賈大業道：「可是，再想追隨當年大司馬那樣的主子，又到哪裡去找？等閒之輩，我兄弟也不屑去侍候。」

百花夫人道：「天下之大，英雄輩出，你兄弟也不必太固執。」

賈大業搶著道：「夫人，現在好了，我們願意聽夫人的驅策，為夫人效勞。」

百花夫人微微展顏一笑道：「驅策不敢，眼前可真有件事請你代勞。」

賈大業色然而喜道：「夫人吩咐！」

百花夫人指指地上躺著的常玉嵐同費天行道：「這兩人中了七彩煙毒，我灌了他們解藥，但也要七天七夜才能去盡體內餘毒，在餘毒未盡之前，絕不能絲毫用功行氣，否則終身難以根絕。」

賈大業道：「夫人要我在此守他們七日七夜？」

「不！」百花夫人道：「怎能讓他們在風吹雨打日曬夜露之下躺七天七夜。」

「那……」

「林外有一輛軒車，還有五百兩散碎盤費，煩勞你送他二人去一趟金陵。」

「金陵？」

「路程恰好是七天七夜，一路上你辛苦點，不要借宿，不要住店，這二人有仇家，也有敵對高人，可全仗著你了。」

「夫人放心！」

「就這麼著，夫人，你放一百二十個心！」

「到了金陵，送到金陵世家，他們的毒也痊愈了，你的責任也完了。」

「就不多言謝了。」

「夫人，你這簡直是罵我老瘋子，也叫我消受不起，還談到謝字嗎？」

「交給你了！青山不改，綠水長流，後會有期。」

百花夫人語落，白色長袖微拂之下，人已飄然遠去，像一陣清煙。

賈大業喟然一聲長嘆，眼望著百花夫人去處，久久如一尊濟顛石像。

良久，他才將費天行駝在肩上，雙手捧著半軟半僵的常玉嵐向荒墳外大步走去。

林外，果然停著一輛軒車，整潔寬敞的大車，醬色遮陽，棗紅駿馬。

賈大業將常、費兩人放在篷車軟鋪之上躺好，自己坐上車轅，長鞭「吧噠！」一聲劃空脆響，棗紅馬灑開四蹄，向官塘大道絕塵而去。

一陣濃煙似的浮塵，揚起老高。

白浪滔天，風狂雨驟。

一艘艘漁船，都找個避風所在，泊在靠岸的隱蔽之處，漁人乘著這個難得休歇的日子，在蓬艙裡睡個飽。

巢湖，就是這麼怪異的一個澤國，涸水期沙洲處處，蘆葦叢叢，潮滿時草長平湖，漫淹數百里，無邊無際的看不到盡頭。

湖上平時的點點帆影，此時完全看不見了。

然而，狂人堡的大廳，火災後煥然一新。

司馬駿坐在首席上，高舉白玉酒杯，滿臉堆笑，殷勤的朗聲道：「紀兄，小弟不管你怎麼想法，我們可是金蘭之交，情如手足的好兄弟。」

黑衣「無情刀」紀無情滿臉愁容，緊皺雙眉，勉強的端起面前半杯酒道：「小弟慚愧的是殺家血仇在身，此仇一日不報，心中一日不安。」

司馬駿連連點頭道：；「當然！殺家焚宅，南陽世家如今只剩下你紀兄一點薪火，還是要保重。常言道：留得青山在，不愁沒柴燒。」

在一旁打橫陪坐的江上碧關心的道：「西門懷德絕口否認，難道說那枝三角祖師令旗，果然是假的不成？」

紀無情微微頷首道：「依情況判斷，極可能是有人嫁禍江東。」

司馬駿的眉頭一掀道：「嫁禍江東？無情兄，假若真的有人嫁禍，這件事就麻煩了。」

「麻煩？」紀無情道：「司馬兄的意思是……」

司馬駿道：「殺人放火之人，有此能耐，有此膽量，有此狠毒，為何要嫁禍他人呢？」

紀無情道：「要挑起我與崑崙門的火併。」

不料，司馬駿胸有成竹的不住搖頭道：「依小弟看來，這事不是如此單純。」

「司馬兄的高見？」

「凶手的對象不止於紀兄與崑崙門。」

「啊！」

「恐怕存心點起中原武林的一把火。」

「目的何在呢？」

「鷸蚌相爭，漁翁得利。」

「漁翁是誰？」

「這就是我們要追查的。」

司馬駿將面前的半杯酒一飲而盡，略一沉吟道：「紀兄，依小弟看來，崑崙門沒有這個膽量，同時，也沒有理由。再說崑崙門泥菩薩過河，在武林中自身難保，豈敢再惹事生非，在兩大世家之一的南陽找碴。」他一面說，一面窺視著紀無情。

紀無情低頭沉思，傾聽到這裡，不由道：「依司馬兄之見？」他疑望著司馬駿，接著又道：「事不關心，關心則亂。小弟實在想不通是誰這等心狠手辣？」

司馬駿道：「我認為這是一樁天大的陰謀，也是有計劃的行動。」

紀無情嘆了口氣道：「唉！小弟就不懂了。」

司馬駿淡淡一笑道：「宇內武林可能從此就是多事之秋，紀兄難道看不出嗎？」

紀無情也點頭道：「從數十年隱匿的魔頭紛紛重出來看，似乎很不平凡。」

司馬駿一拍手道：「這就是了，紀兄，八大門派成了破落戶，正是英雄創時勢的時辰，誰不想趁此大好機緣，開山立萬，自立門戶。」

紀無情不明白的道：「這與我們南陽世家有何干係呢？」

司馬駿忙道：「不做一兩樁驚天動地的大事，怎麼會揚名天下？」

紀無情為之氣結，久久講不出話來。

司馬駿又道：「紀兄可能問，為何拿南陽世家做為惹事生非的幌子？對不對？」

紀無情一拍桌子道：「對呀！」

「你聽小弟分析。」司馬駿煞有介事的道：「紀兄，桃花林曾經發出武林帖，昭告宇內武林，啟用『桃花血令』，探花沙無赦入中原，關東三老進了山海關，一殘二瘋三大怪紛紛露臉，還有百花門在一十三省遍布眼線。紀兄，這是山雨欲來風滿樓的象徵。」

他侃侃而談，說到這裡，抓起酒壺，先替紀無情斟滿了酒，也替自己倒上道：「來！乾了這杯！」

紀無情仰脖子喝乾了杯中酒，憤憤的道：「不是在下的氣短，我關心的只是殺家之仇。至於江湖的大事，武林的糾葛，實在是顧不了許多。」

司馬駿正色道：「紀兄，此言差矣！」

「何差？」紀無情急忙的問。
「紀兄。」司馬駿大鼓如簧之舌，緩緩的道：「今日請酒，往日有意，今日動手，往日有氣，府上的事，就是江湖中事，武林的事，也就是府上的事。」
紀無情並不明白的道：「殺家滅門，難道與整個武林有所關連？」
司馬駿道：「豈止關連而已，簡直是一件事。紀兄，所以我勸你，要報府上血仇，先要消除武林的動亂。」
「這……」
紀無情一陣猶豫，沉吟不語。
司馬駿緊迫著道：「紀兄，請你不要見怪，司馬山莊在江湖上眼皮雜，消息靈通。據我所知，南陽府上的血腥事件，就是江湖殺劫的序幕，絕對不是單獨私人恩怨。這一點，紀兄，你應該比小弟更明白。因為你南陽世家，在武林中從來沒有敵人，哪來的私人恩怨？」
紀無情覺著司馬駿的話並非毫無道理，不由道：「依司馬兄之見，難道就罷了不成？」
「不！」司馬駿斬釘截鐵的道：「殺家之仇，滅門之恨，怎能就此罷休！」
紀無情道：「那……」
司馬駿單指一比，阻止了紀無情的話，十分認真的道：「紀兄，要先解開大結，小結不解自開。」
「司馬兄的意思是？」
「先把江湖動亂之事理出頭緒來，你的仇家就浮出水面，躲也躲不住了。」

「可是……」

「紀兄，江湖中事，江湖人管。不瞞紀兄說，司馬山莊早已有了萬全準備。」

「萬全準備？」

「聯合各路高手，阻止這場殺劫！」

「怎樣阻止呢？」

「紀兄，我是因此而來狂人堡。」

「啊！」

「紀兄，小弟是專程來接你的。」

「接我？」

「一切詳細的情形，我司馬山莊都有準備妥當的安排，假若紀兄信得過小弟，無論如何，隨我去一趟司馬山莊。」

「一定要我去貴莊？」

「有位老前輩，他想見見你。」

「見我？」

「也就是要替紀兄完成報仇雪恨的心願。」

「真的？」

「假不了！若是紀兄屆時認為不可信，可以一走了之，誰也沒有天大的膽子，留得住你。」

「嘻嘻！」紀無情冷冷一笑，略一沉吟，然後不住的點頭道：「好！風也小了，我們說走就走。」

運槽鎮橫臥在運河東岸，雖然是個小小市集，只因為往來水路的船隻帆桅相接川流不息，卻也十分熱鬧，除了六街三市之外，碼頭是最繁華的地方。

咿呀連聲，一只雙櫓小艇，分波連浪，從船與船之間的水道，梭射而來。

小船離岸尚有十來丈遠，只因有幾艘大船泊在靠岸之處，小船無法停進碼頭跳板台階之處。

忽然朗聲道：「紀兄，我可是酒癮發了，等不及船攏岸。」話聲中，一道大鵬般人影，穿過竹林似的桅桿，騰空上射幾丈，逕向碼頭落來。

「好吧，這樣才快。」司馬駿的人才落實地面，紀無情也如影隨形尾跟著落在碼頭邊一堆雜糧包如山的集貨棧上。

這兩個少年高手露出虛騰功夫，碼頭上的人可都呆了，一個個停下正在幹的活兒，瞪著大眼用既羨慕又奇怪的眼神盯著他倆，幾乎把他二人當成「飛來」的天上神仙，愣了一下，轟雷似的鼓掌喝彩。

紀無情淡淡一笑。

司馬駿招招手道：「紀兄，且先去痛飲個飽。」口中說著，從如小山般的雜糧堆上飄身下地。

不料——司馬駿才腳落實地，雜糧堆的空隙中突然冒出一個十分骯髒的道人來。

那道人一頭黃髮，挽了個小小牛心道髻，總共不到平常人一半的疏疏落落頭髮，挽成髻的不到三分之一，其餘二分之二長短不齊，凌亂的像荒草，又尖又瘋的臉，看不到一寸有肉的地方，幸而眼睛分外有神，不然像個骷髏，咧齜齜的白牙，整齊潔白得可怕。

那身千孔百補的道袍，分不出是什麼顏色，可以斷定的是年代太久了，灰不灰，白不白，肘間、領際、衣角，都被雨打風吹日曬夜露，形成一片片，朽腐得實在不成為「道袍」，全仗著他腰間用青草纏著，才能不滑落下來裹在身上。

褲子，一個褲管長長的拖在地上，泥濘濺滿，另一隻短在膝蓋以上，也破得可以。

一隻枯手此刻正伸到司馬駿的身前，乾咳聲嘶啞的叫道：「活菩薩，發個慈悲，給我牛鼻子幾十兩銀子喝酒吧。」

司馬駿一見，不由劍眉緊皺，不住的揮手道：「去！去！我們是人，不是什麼活神仙。」

道人哀聲道：「不要騙我，不是神仙怎麼會從天上掉下來。」

紀無情這時從懷內摸出一串銅錢，笑著道：「好，拿去！被你醉一頓了，沒想到咱們也是同好，都喜歡喝一杯。」他說著，向對街一座酒樓指了指。

誰知那道人瞧著手心的銅錢，不屑的道：「這麼點錢還想我喝一個醉？太小看我的海量了。」

司馬駿笑道：「要多少才夠你一醉呢？」

道人不悅的道：「我已經說過，要幾十兩銀子，難道你二人沒聽到？」

紀無情哈哈一笑道：「呵！好大的口氣，幾十兩？不說多，就說十兩吧，好酒也要買個三五罈，你喝得下三五罈嗎？」

道人咧咧嘴角，扯動一臉的乾皮，瞇起眼睛道：「出名的桃花露，我老道一口氣喝過三罈，除此之外，還有什麼狀元紅、竹葉青、汾陽高粱、汴梁大曲、貴州茅台、玫瑰露，五七罈我也不在意中。」他說時，似乎十分陶醉，不但搖頭晃腦，而且不住的舔著嘴唇，真的像酒癮大發。

司馬駿這時才發現道士的一雙眼與常人有異，雖然他是瞇瞇的只露出一道細縫，但也掩飾不住那份精光閃閃的神韻，一身瘦骨，像是紙扎的一般，卻沒有病容疲態，最少是江湖上的奇異之士。

但是，搜盡枯腸，卻想不起黑白兩道有這麼一個人物。

因此，他生恐紀無情拒絕了道士的話，一面施了個眼色，一面含笑道：「道長真的有此海量，我也願意做一個小東。走，咱們一道喝個痛快。」說著，單手略一謙讓，自己領先向酒樓走去。

紀無情先前並未留心，他見司馬駿的眼色，也對道士滿意，這時才發覺道士異於常人之處，也道：「酒逢知己飲，來，喝一杯，道長，你可以盡量，請！」

那道士抹抹嘴，嘖嘖有聲道：「我可付不起賬。」說著，隨在紀無情身後踢踢踏踏的一步一趨。

司馬駿原是走在前面，紀無情緊跟在後，那道士本來尾隨。

不料——司馬駿來到酒樓門前，不知怎的，那道士卻斜倚在酒樓門框一側，咧著嘴皮笑肉不笑的道：「二位才來呀！」

司馬駿不由一愣，然而，他是個深沉而富心機的人，在司馬長風調教之下，養成了不動聲色的個性。因此，心中雖然大為訝異，表面上卻只冷冷的道：「道長的腳步快，請吧！」

道士並不謙讓，大步進了酒樓，逕向雅座的房間走去，朝首席大位上踞傲的坐下來，抹抹嘴，大聲吼叫的道：「小二！好酒好菜只管捧上來，快！快！」

司馬駿不由皺起眉頭。

紀無情苦苦一笑。

這時，店家早已端整了四色菜肴，隨著送上四壺高粱酒來。

司馬駿苦笑道：「道長，這四壺恐怕餵不飽你的酒蟲吧？」

那道士一面斟酒，一面用鼻子嗅了嗅道：「酒也不錯，少了點是真的。」

紀無情向門外店小二叫道：「店家，抬兩罈來，這四壺不夠倒兩碗，咱們三個人怎麼分，帶三只大碗來。」

「妙！」道士這時早已三杯下肚，一隻手扶著酒壺，另一隻手重重的向桌子上拍了下道：「大碗，要大碗才有意思！」

店家真的抬了兩罈酒，送上三個大酒碗。

紀無情的酒量甚佳，經常與常玉嵐豪飲終日。

司馬駿雖然不喜豪飲，但他憑著深厚的內功修為，可將酒的力道透過呼吸吐納發散了去，也不會像普通人般爛醉。

原來泥封的上好高粱酒，打開時酒香四溢。

那道士竟然一個人抱著一罈放在膝蓋上，自顧倒向右手的大黃磁酒碗中，一碗一碗的像牛飲般大喘氣的喝起來，並不理會司馬駿與紀無情。

紀無情一面端詳，一面搜盡枯腸，想著這個行為怪誕道士的來龍去脈。

想著，不自覺的端起面前的一小杯酒，就向唇邊送。

不料——司馬駿突然大聲喝止道：「紀兄，那酒不能喝！」

紀無情一愣之下，原本到了嘴邊的酒，陡然停下，道：「司馬兄，這酒……」

司馬駿此時離座而起，指著正在不斷猛灌老酒的道士沉聲喝道：「你還在裝神弄鬼，少莊主早已看穿了你的把戲。」
紀無情道：「司馬兄，他是……他是哪一個道上的？」
那道士不等司馬駿回話，一面咕嚕聲吞下大口的酒，一面吸著口角流出的酒來，嘻嘻一笑道：「我是施蠱放毒一道上的祖師爺，二位才知道嗎？未免太遲了吧？」
紀無情被他一言點明，大吃一驚道：「你是百毒天師曾不同？」
道士用手輕輕敲著半空的酒甕，發出嗡嗡怪響道：「紀無情，算你猜對了，道爺是如假包換的曾不同！」
司馬駿厲色道：「你跟著我們欲意何為？」
「百毒天師」曾不同冷冷一笑道：「誰跟著你們來？」
司馬駿沉聲道：「不是你糾纏著要來，難道是我們拿紅白帖子請你來？」
曾不同聞言，瘦枯的臉上五官緊皺在一起，沒好氣的道：「雖然沒有下帖子，可是，你們口頭再三邀我來喝老酒的，難道要賴不認賬。」
紀無情道：「不錯，但是，那是後半段的事，前半段你為何不提？」
曾不同道：「前半段？嘿嘿！前半段還是不提的好。」
司馬駿：「為什麼？」
曾不同又倒下酒罈子裡面剩下的半碗酒，一口氣牛飲下去，把空罈子向地上一拋，大聲道：「你們兩個小輩，狂妄的也算到了極點！」

紀無情怒道：「不要倚老賣老！」

曾不同道：「武林的規矩，告訴你，不管是司馬長風，還是紀飛虎，跟我窮道士可都是兄弟般，叫你們一聲後生小輩，不算賣大。」

這話，的確是真的。

南陽世家雖不「混」江湖，但與武林中有頭有臉的人物，都有多多少少的來往，即使沒有交情，可大都有見面之緣，聞名之雅。

至於司馬山莊，則更加不用說了，黑白兩道常有往還，即使宵小的不入流的江湖朋友，也與司馬山莊攀得上關係。

江湖武林，有一種互相尊重的不成交法，就是「尊師敬祖」。

任何門派的戒規法條之中，必定有「不得欺師滅祖」這一項。換一句話說，江湖武林的「輩份」，人人尊重，並不管什麼出身高低，或是武功修為深淺，即使是黑道與白道之間，要麼就是冤家對頭，見面水火不容，否則也必須要尊卑有序，長幼有別。

因此，司馬駿與紀無情只有苦苦一笑，兩人互望了一眼，不置可否。

「百毒天師」曾不同又接道：「青天白日，朗朗乾坤，碼頭上車如流水馬如龍，人多口雜之地，你們毫無顧忌的施展輕功，驚世嚇俗，這是誰調教的？身為武林的我，是被你們逼出來的。」

他說著，臉上一本正經，居然義正辭嚴的道：「也許我不如你們兩人那麼高明，假若咱們江湖上可以毫無忌憚，偷、扒、搶、奪，百事可為，唉！真是愈來江湖上愈沒有規矩了。」

司馬駿不由心中好笑，暗忖：你這老小子，是像煞有介事，訓起咱們來了，要是換了個僻靜之處，少莊主早已讓你嘗嘗老拳的滋味，豈能任由你在此喋喋不休大發議論。但是，表面上含笑道：「你說得對，我與紀兄急欲上岸，沒想到驚動世俗。」

紀無情卻道：「直隸一帶習武的風氣很盛，我們這點輕巧功夫，可能說不上驚世嚇俗，既然你百毒天師這麼講，這頓酒算是賠禮吧。」

曾不同的小眼一翻道：「既然賠禮，現在就坐下來陪我痛痛快快的喝呀。」

司馬駿已不願與他多打交道，因此淡淡一笑道：「抱歉得很，在下與紀兄不能陪你盡興。」

曾不同偏著頭奇怪的道：「咦！為什麼？」

司馬駿道：「不為什麼。這兒的酒錢，我付了，你一個人盡量喝吧。」

曾不同更加奇怪的道：「剛才你們不是說早已想盡興喝一頓嗎？」

司馬駿點頭道：「一點也不錯！」

曾不同道：「此時為什麼改變主意呢？」

紀無情見他二人你一句我一句翻來覆去的鬥嘴，心中不耐，急忙插口道：「乾脆說明白，司馬兄，你何必礙口。」他回頭苦笑著，對曾不同道：「說穿了你別著惱，請想想，誰願意與一位『百毒天師』在一塊喝酒，時時刻刻要防著你弄蠱下毒，那有多彆扭。」

「哈哈……」「百毒天師」曾不同仰天狂笑起來。

紀無情道：「我是直性子，快人快語，笑什麼？難道我說的不對？」

「對！完全對！」曾不同連連點頭，面露十分得意的神色，掃視了司馬駿與紀無情一眼，然後慢條斯理的道：「英雄出少年，二位算是機警得很。」

司馬駿道：「遇上你這種『前輩』，咱們可是不能不防著些兒。」

誰知，曾不同更加笑的厲害，許久才收起笑聲道：「可惜你二人已經遲了一步，慢了半拍！」

紀無情與司馬駿幾乎是同時一驚，齊聲喝道：「此話怎講？」

曾不同紋風不動，坐在席上若無其事的道：「老夫睡覺的地方，七尺之內在入睡前，就動了點小小的手腳，撒下一點點的『隨風飄』。碰巧，司馬少莊主，你就從糧堆上穿過了那一片禁地，中了我的隨風飄，哈哈！這可不是我存心的喲。」

司馬駿吃驚的道：「什麼？隨風飄是什麼？」

曾不同淡淡的道：「當然是毒呀！百毒天師沒有別的本領，只會弄毒，還能有什麼。」

紀無情喝道：「無緣無故，你放的什麼毒來？」

曾不同道：「我可是申明在先，睡覺要保身，保身只有放毒，是我保命自衛，多少年一向如此，誰闖進我的禁區，那是自找麻煩，與我無關。」

紀無情聞言，真是既氣又惱。

司馬駿內心幾乎連肺都要氣炸了。

但是，衡量此時的情勢，可不能魯莽。因此，兩人互望了一下，只有苦苦一笑。

從司馬駿的眼光裡，紀無情可以看出他因是受毒的「當事人」不便出口，因為若是出口，不但氣勢上居於下風，而且要用「哀求」的姿態，當然不是司馬駿所願意的，用眼神來示意要紀無情從中撮合，要曾不同取出解藥來，先除去「隨風飄」毒再說下一步。

紀無情與司馬駿原有金蘭之好，交非泛泛，同時兩人互有默契，焉能看不出司馬駿的心理。因此，紀無情面帶微笑，拱手向曾不同道：「原來前輩有這個夢中防身習慣，這就怪不得了。」

曾不同道：「我沒怪誰，是你們怪我呀。」

紀無情笑道：「誰也不怪誰。前輩，這隨風飄的毒可有解藥？」

曾不同毫不遲疑的道：「有！」

紀無情恐他節外生枝，忙不迭道：「前輩，可否賜一些兒，以解司馬少莊主之毒。」

曾不同翻著小眼道：「解司馬少莊主之毒？難道你自己的毒不要解？」

一言既出，紀無情大出意外，不禁奇異的道：「我也中了毒？」

曾不同不由搖頭嘆息道：「年輕！年輕！我的隨風飄是一陣風，顧名思義，風到毒到，你與司馬駿同在下風，是免不掉的。不然，我這百毒天師的字號，豈不是虛有其名，哈哈！你替他討解藥，哈哈！忘記了自己也不例外呀，哈哈！」

紀無情不由一愣，睜大眼睛道：「我？我什麼時候中了你的毒？」

曾不同冷冷一笑道：「什麼時候？你少見多怪。隨風飄，隨著風飄，你還問時候，未免……哈哈！未免太天真了吧！」

紀無情哪裡肯信，忽然仰天一笑道：「曾不同，你這一套不要在我面前耍。」他回頭又向司馬駿道，「司馬兄，他這是心理戰，唬人的玩意。」

司馬駿半信半疑道：「這姓曾的有幾套鬼畫符，真真假假，寧可信其有，不能信其無。」

不料，曾不同乾咳一聲道：「老夫從來不玩假把戲，你們看看你們自己身上。」

紀無情深恐這是要他們分神的鬼計，一雙眼只盯在曾不同的臉上，也看著他的雙手。

司馬駿是真的在看自己的。

曾不同早又道：「司馬駿，你白色衣襟上看不清楚，紀無情黑色衣衫上的細如針芒的黃色斑斑點點，就是隨風飄的痕跡。」

果然，紀無情拿眼一掃，衣衫上果然有細砂般的小斑點，淡黃的顏色，微有暈印。

司馬駿也省視了一下衣衫，隱隱約約也有無數斑點，灑滿前襟。

曾不同得意的道：「這隨風飄要是初染上，你們脫下衣衫也就是了。現在已經過了一個時辰，毒性透過衣衫，已經映到你們皮肉之內，奇怪，你們真的沒感覺到皮肉有些發麻，有些發癢嗎？」

說也奇怪，經曾不同這麼一說，兩人真的覺著前胸及雙腿有些癢酥酥的，也有些兒發麻。

紀無情不由勃然大怒道：「曾老道！無冤無仇，甚至連面都沒見過，為何暴施毒手？」

「哈哈哈！」曾不同先是狂笑幾聲，然後一點頭道：「這是老夫的性情，常言道：有毒不放非君子。老夫放毒成了一定之規。」

「老不死的！接招！」司馬駿早已怒不可遏，人沒動，掌已發，暴吼聲起，雙手左掌右拳，彈身向曾不同撲去。

曾不同並不是弱者，身如靈猴，就司馬駿喝叫聲中，人已坐姿不變，上衝數尺，竟然以「倒座蓮台」的功夫，霍地退出丈餘，口中叫道：「要動手，道爺我在碼頭上等你兩個小輩。」人隨聲渺，他已從竹簾高卷的樓窗穿身而出，身法之快，令人咋舌。

紀無情道：「司馬兄，這老兒看樣子不太好鬥，你覺著身上有何異樣嗎？」

司馬駿道：「只是有騷癢難耐的味道，料來不妨事。」

紀無情道：「只要制下老雜毛，不怕他不拿出解藥來。追！別讓他跑了。」

誰知，「百毒天師」曾不同，去而復返，從窗戶外伸進一個腦袋，咧嘴道：「跑不了，道爺還怕你們不敢追來呢。嗤！」說完，滑稽的扮個鬼臉，奸笑一聲，掉頭而去。

司馬駿可真的氣極了。中原武林，提起司馬山莊，人人敬畏三分，司馬駿以少莊主的身分，可以說到處受到尊敬，哪曾受過這等窩囊氣。

因此，他道：「紀兄，追上老牛鼻子，讓小弟好生懲治他，你替小弟掠陣。」

紀無情道：「這牛鼻子玩毒，卻是小心點的好。」

「知道了。」司馬駿二字尚未落音，人也從窗戶中射出。

紀無情摸出一把散碎銀子丟在桌上，人也尾隨而出，逕向碼頭上尋去。

此時，碼頭上鬧哄哄的，人來人往，川梭熙攘，哪裡有「百毒天師」曾不同的影子。

司馬駿越發的著惱，不住的蹬著腳道：「曾不同，少莊主抓到你把你碎屍萬段！」

紀無情道：「他會在人煙稠密之處嗎？順著河堤找找看如何？」

司馬駿點點頭，悶聲不響，向河堤奔去。

河堤上蘆葦搖曳，哪有半點人影。

忽然——蘆葦分處，劃出一只破舊的小漁船來，船頭，抱著一罈酒，半躺半臥的，正是「百毒天師」曾不同。

這個老道也真夠怪誕的，他一面喝酒，一面拉開破鑼嗓子唱起道情來。

這小船距離堤岸，估計著有二十來丈之遙。

司馬駿斟量著無法施功躍得這麼遠，紀無情也只有搓手的份兒。

而那曾不同的歌聲，卻聽得清楚，他唱道：

江湖險！
江湖險！
江湖朋友見識淺，
口口聲聲講義氣，
虛情假意爭名又奪權，
司馬山莊名聲好，
南陽世家數代傳。
中了老夫隨風飄，
保管斷了好香煙，
若要起死回生術，
除非是暗香谷裡求靈丹！
暗香谷裡求靈丹！

曾不同的歌聲愈來愈低，小漁船愈去愈遠。終於，只剩下一點黑點，在濁濁滾滾的水域裡飄浮著，最後看不見了。

對著東逝的河水，司馬駿氣得咬牙有聲，臉都漲得泛紫。

紀無情只有攤攤手，苦苦一笑道：「老雜毛是水遁而去。司馬兄，咱們不習水性，都是旱鴨子，只好眼睜睜的任他調侃了。」

司馬駿悶聲不響，舉起攥得緊緊的拳頭，迎風揮了一揮，咬著牙道：「暗——香——谷！」

幾點歸鴉，滿天落霞，映在河面上。

還有兩個拖得老長的俊逸人影。

恰巧，也是黃昏時候。

金陵城頭斜陽落日，餘暉映在城垛上泛著既紅又黃的色彩。

莫愁湖煙波茫茫。

秦淮畫坊的陣陣笙笛，隨著晚風飄來，令人有軟綿綿的感覺。

湖堤上，一輛蓬車，快速的奔過。

拉車的馬，身上發亮，分明是趕路兼程跑出了汗水來。

駕車的是一個十分骯髒的窮和尚，一手勒著馬韁，一手不停搖著支破蒲扇，也似乎十分疲倦。

他正是「活濟公」賈大業。一連七天七夜兼程趕路，這位一殘二瘋三大怪之一的奇人，也不由有些疲態。

他順著湖堤顛顛簸簸的駕車疾馳，片刻已瞧見了金陵世家門前斗大的氣死風燈籠，急忙收緊韁繩，勒馬停車。

那馬正跑得有勁，突然停住，不由前蹄人立，聿！發出一聲長嘶。
賈大業一面跳下大車，一面道：「畜牲！你是還沒有累是嗎，到了。」
金陵世家在武林中是塊金字招牌，本是無人不知的地方。
賈大業也不生疏，搶上前去，大嚷道：「常老夫人在家嗎？快去稟報，就說她的賈二哥來了，多準備一些好酒。」他這一嚷。常府大門裡湧出四個護院，人人手捧仆刀，分列兩旁。
常玉峰大步跨出，拱手道：「在下常玉峰，請問這位是賈老前輩嗎？」
賈大業咧嘴一樂道：「常玉峰，你是常玉嵐的什麼人？」
常玉峰忙道：「玉嵐是我三弟，他現在人在哪裡？」
賈大業緊接著道：「他現在躺在大車裡。」
「啊！」常玉峰失聲驚呼，雙眼發直，口中可說不出話來。
這時，大門內常老夫人匆匆忙忙的趕出來。
原來賈大業嚷嚷叫叫的喊著要見常老夫人，又口口聲聲自稱賈二哥，早有人傳入內宅，稟報老夫人。
而恰巧老夫人聽到賈大業說：「常玉嵐躺在大車內。」因此，常老夫的人未跨出內檻，戰抖抖的問道：「嵐兒他……他怎麼啦？」
賈大業一見，搶上半步，大嚷道：「趙家大妹子，還認得髒兮兮的賈和尚嗎？」
常老夫人揉揉眼睛，不由色然而喜道：「你呀，你瘋瘋顛顛的，燒成灰我也認識呀。怎麼，這多年你還沒死呀？」

常玉峰見老母與故人相見，喜孜孜的，趨前半步低聲道：「娘，這位前輩說，二弟現在……」一言提醒了常老夫人，忙道：「賈瘋子，你說我家嵐兒他……」

賈大業道：「他現在躺在大車裡，快叫人把他抬下來。」

常老夫人臉色大變，失聲道：「嵐兒他怎麼樣了？」

賈大業道：「放心！沒有什麼，只是中了毒。」

常老夫人愛子心切，急忙邁步下了石階，向人車走去，一面道：「中了什麼毒？是誰下的毒？要不要緊？」

這時，常玉嵐忽然掀起車蓬，探出一個頭來，笑嘻嘻的道：「娘，不要緊！孩兒已經好了。」

原來，百花夫人的解藥果然神效，七天七夜賈大業不敢投宿打店，星夜兼程，到了金陵。正好七天七夜。

常老夫人見愛子安然無恙，不由轉悲而喜，嗔聲道：「這孩子，都二十好幾了，還這麼頑皮，下車呀。」

常玉嵐道：「娘，孩兒還帶來了一位朋友。」說著，他與費天行雙雙躍下車來。

費天行先向常老夫人行禮道：「丐幫費天行，見過老夫人。」

常老夫人微微頷首，臉上毫不著色，因費天行賣身司馬山莊充任總管，在武林中人盡皆知。

一般人認為能在司馬山莊擔任總管之職，乃是得來不易，甚且是求之不得的榮譽。但是，常老夫人乃是武林世家，父親是當年譽滿河朔的「一盞孤燈」趙四方。嫁到金陵世家，更是遠超過名門正派的武林門弟。

因此，對於費天行的叛幫，不免有不屑之感，只是淡淡的道：「費幫主，你是忙人，連你令慈大人的事也沒功夫管，大概是既忙司馬山莊的事，又忙丐幫，真是大忙人。」

費天行不由臉上發燒，低頭道：「多承老夫人教誨，晚輩罪該萬死！」

常玉嵐怎能看不出母親的意思，更加覺著費天行難堪，急忙上前一步道：「娘，此事說來話長，一路上多承賈老前輩照顧，進大廳再謝過吧。」

賈大業道：「總算想到我瘋老頭子了，七天七夜都啃窩窩頭，該大喝一場了嗎？」

「饞嘴瘋子！」常老夫人笑著道：「少不了讓你黃湯灌飽，我來帶路。」說著，向大門內率先而行。

大廳上早已安排好豐盛的酒宴。

「活濟公」賈大業一蹦一跳像個頑皮的娃娃般，搶著上首座，半蹲半坐的道：「趙家大小姐，常老夫人，論什麼我都不能上座。可是，我千里迢迢救了你的命根子回來，這論功勞嗎，我可是當仁不讓。來！大家圍著坐，圍著坐。啊呀！好香的酒！」他口中說著，手上也沒閒，一手執壺，一手抓了半隻雞，啃一口雞，喝一口酒。

常老夫人不由盈盈一笑道：「瘋子就是瘋子。」說著回頭對常玉嵐道：「嵐兒，你陪客人喝幾杯，我就不奉陪了。」

常王嵐卻道：「娘，你要到哪兒去？」

常老夫人瞄了費天行一眼，又道：「到後面陪費老太太去。」

費天行聞言，紅著臉，訕訕的道：「老夫人，家母她……」

常老夫人冷冷的道：「本來是在秀嵐上苑享福，前天接她到金陵城來散散心，怕她在郊野荒僻悶著了。」

費天行不由鼻酸，兩行清淚不由淌了下來。他趨前一步，撲地跪倒，匍伏當地，嘶啞聲道：「晚輩不孝，累及家母，多蒙老夫人收留，粉身碎骨難報大恩大德！」

常老夫人一見，連忙道：「這禮我可受不了，費總管，老身我不氣你別的，氣你以身事仇，替司馬山莊做牛做馬，而司馬山莊卻把你娘囚禁在雨花台的地牢裡，你是真不知道還是假裝糊塗？」

這時，費天行已泣不成聲。

常玉嵐忙解說道：「娘，費天行是真的不知道。還有，他投靠司馬山莊，原也是為了打探母親的下落。」

費天行才忍住悲淒道：「我原疑惑家母是被司馬山莊擄來當成人質，怎奈狡兔三窟，幾年都沒打探出一點蛛絲馬跡。」

常老夫人道：「司馬山莊竟然如此神秘？」

常玉嵐正色道：「不錯，孩兒我親自進入秘道，的確機關重重，外人固然難窺堂奧，就是他們本莊的人，也是只知其一不知其二。」

常老夫人聞言，緊張的道：「嵐兒，你為何要冒險進入，萬一……」

常玉嵐苦苦一笑道：「不入虎穴，焉得虎子！」

常老夫人道：「你得到了什麼？」

常玉嵐搖頭道：「不但沒得到什麼，而且失去了一個道義之交的好友。」

常玉峰插嘴道：「誰？是紀無情？」

常玉嵐道：「不！是回疆探花沙無赦，他陷在地道之中，生死未卜。」

常老夫人擔心的道：「那你是怎麼出困的？」

常玉嵐指著兀自跪伏在地上的費天行道：「我觸動機關，引發了七彩煙毒。」

常老夫人大聲驚呼道：「啊！」

常玉嵐一見，忙笑著道：「娘，兒現在不是活生生的站在你老人家面前嗎？」

「阿彌陀佛！」常老夫人念了聲佛，才道：「真是菩薩保佑！」

「不是菩薩保佑。」常玉嵐笑著道：「是費天行把我救出來的。」

「哦！」常老夫人臉上有些尷尬，望望地上跪著的費天行，回頭對常玉峰道：「峰兒，還不把客人扶起來。」

常玉峰忙走了過去，拉起費天行。

常玉嵐又向老夫人道：「娘，費老太太現在哪裡？我們母子見面，也該讓他們母子團圓呀。」

「對！」常老夫人帶笑應了一聲，又道：「費老太太這兩天身子骨不太好，這回恐怕已經睡了。這樣，丫頭們，帶費幫主到後面靜室去，也好讓他們母子說幾句貼己的話。」

費天行巴不得立刻見到母親，聞言謝了一聲，隨著丫頭向後宅去了。

這時，首席上的「活濟公」賈大業已喝完了三、四壺玫瑰露，一面啃著半截魚，一面哼哼嘰嘰的道：「無聊！無聊！一個人喝悶酒，簡直是無聊透頂！」

常老夫人見他一臉風塵，滿嘴油污，不由笑道：「賈瘋子，我看你是真瘋了。」

賈大業一仰脖子，乾了面前的酒，正色道：「好了！酒醉菜飽，該說出正經的了。」

常老夫人道：「你有正經的？恐怕這一輩子你不會有正經話吧。」

賈大業十分認真的道：「真個的，我聽說幾件事不知真假，既來到金陵，不能不問個明白。」

常老夫人見他一本正經，不像他一貫玩世不恭的神情，才道：「哪幾件事情？」

賈大業凝神道：「聽說你們常老爺子半年前突然失蹤，不知此事當真嗎？今天又沒見到他，這件事……」他說著，一雙眼不停的翻動，掃視著常老夫人與常氏兄弟。

常老夫人不由眼角眨了幾眨，淚水在眼眶裡打轉，哽咽的說不出話來。

常玉峰恭身起立道：「前輩，家母為了此事，寢食難安，幾至終日以淚洗面。」

常玉嵐悲戚的道：「只因晚輩不肖，在外與八大門派中的武當門起了誤會，家嚴外出查訪，誰料一去就渺如黃鶴石沉大海。」

「這……」賈大業又向常玉嵐問道：「聽說少俠你有意開山立萬，另成一支，並且與桃花林互相聲援，頒發桃花血令，意欲獨霸江湖，領袖武林，不知確否？」

此話一出，大廳上又沉寂下來。

因為組幫立派，乃是一樁大事，尤其是常玉嵐，乃是金陵世家，原本望重武林。

但是，常家在江湖上揚名立萬，不是由於門派而起，一則常家歷代簪纓，均有武功，二則以道義為根廣結宇內武林健者，三則常家武庫冠蓋各大門派，對於江湖上來龍去脈，武學中起根發苗知之最詳，更因常家「斷腸劍法」列入海內一絕。

有這些條件，金陵世家不用組幫而蓋過幫，不用立派而優於派。

於今，一旦要組幫立派，不但壞了世家的清譽，而且必然在武林中引起軒然大波。

因此，常玉嵐一時未便回答。

常老夫人更加無法答覆，因為常玉嵐常年在外，音訊稀少，雖也有些耳聞兒子在外有此舉動，但始終無法求證事實的真相。而且，「活濟公」賈大業所問的，也正是常老夫人急欲要知道的。

故而，常老夫人淡淡一笑道：「嵐兒，賈瘋子雖然瘋瘋顛顛，與為娘的可是世交，不算外人。」她這話雖未說明什麼，實際上已經有追問常玉嵐的內涵，也就是說：有無此事但講無妨。

常玉嵐怎會聽不出母親的言外之意。他略一思索道：「孩兒不敢欺騙娘，江湖傳言，並非空穴來風。」

他說到這裡，突然探手懷內摸下一把，快逾閃電追風的揚腕向三丈以外的檀木屏風抖去。

嗖！嗖！嗖！嗖！嗖！疾風掠過之處，刺耳驚魂。

黑漆漆的屏風正中，五片玲瓏血玉，排成一朵桃花，每片間隔如巧匠鑲嵌的一般，分厘不差，嬌艷欲滴的桃花栩栩如生。

常玉嵐道：「這是我第一次亮出桃花令符。」

他這突然而發的動作，實在太快了，也實在使在場之人出乎意料之外的吃驚。

賈大業愕然道：「如此說來，你組幫立派是半點不假？」

常玉嵐面含冷笑道：「尚在未定之天，目前言之未免過早。」

這更是令人意外。

常老夫人也不由道：「嵐兒，連令符都定下來了，還說什麼言之過早？」

木訥的常玉峰也不禁道：「二弟，這事茲事體大，應三思而行，最少，要稟明娘首肯才行。」

常玉嵐點頭道：「大哥教訓得是，在稟明母親之前，小弟不會冒然行事，這也是我在千驚萬險之時，也不敢擅發桃花令的原因。」

沉思不語的活濟公賈大業掀起一撮三角眉道：「常世兄，你可曾想到人外有人，天外有天？」

這話一出，常玉嵐不由有些不悅，豪氣干雲的道：「前輩這話含意何在？」

賈大業正色道：「武林門派各有淵源，不是任何人想立幫就立幫，想組派就組派。」

常玉嵐微微一笑道：「武林門派雖然各有淵源，但是替天行道一節，人人有心就好，況且人各有志，前輩以為如何？」這話不亢不卑，義正辭嚴。

賈大業雖然略略點頭，卻又道：「只怕武林各門不會隨便承認你的幫派。」

常玉嵐道：「我若真的另立幫派，並不在乎別人承認或不承認。」

賈大業追問一句道：「相反的要是海內武林群起而攻之，你自以為雙拳可敵四手？」

「哈哈……」常玉嵐豪邁的仰天一笑道，「既然開飯店，不怕大肚漢。我若一日組門立派，就不會顧及許多了。」

賈大業不由一愣，瞪眼望著常玉嵐，緩緩的將眼神移到常老夫人的臉上。

常老夫人深知「宇內雙瘋」的性情是在善惡之間，輕易不能得罪的棘手人物。因此，含笑道：「嵐兒年輕，賈瘋子，瞧在老婆子面子上，不要聽他狂妄之言，」常老夫人乃是一句場面上話。

誰知，大廳外一聲嬌滴滴的道：「老夫人不必謙詞，既然組幫立派頒發令符，就能擔待一切的挑戰，雙瘋也好，三殘也好，兵來將擋，水來土掩！」說著，四個宮裝少女，跨步進了大廳。

藍秀蓮步款移，施施然的也走了進來。

她淡掃蛾眉，薄施粉脂，一身水色宮裝，清雅出俗，直如天上凌波仙子，月裡嬋娟，微微向常老夫人襝衽為禮，卻不理會上席的「活濟公」賈大業，只顧對常玉嵐微露貝齒展顏一笑道：「算著你該回來了，有許多許多的話要向你說。」她好像眼睛沒看見別人似的，一面說，一面緩緩地向常玉嵐身邊走去。

常玉嵐也雙眼凝神，臉上色然而喜，那種既興奮又喜悅的樣子，真的無法形容。

賈大業一見，不由皺起眉頭，向常老夫人問道：「此是何人？」

沒等常老夫人回言，藍秀的柳眉微動，杏眼斜瞟道：「桃花林藍秀。」

賈大業何曾受過別人這等對待，因此，一按桌面，長起身子道：「沒聽說過。」

藍秀的鳳目突然暴睜，嬌聲道：「沒聽說過不打緊，要見識見識嗎？」

這是當面挑戰。

賈大業焉能忍耐，厲聲喝道：「丫頭，好狂！老夫今日是在常府做客，不然……」

「就看在你是常家的客人。」藍秀不等說完，搶著說道：「否則，沒見姑娘我的面，已有苦頭給你吃了。」

賈大業氣極反笑：「哈哈！五十年沒吃過苦頭了，真想嘗嘗苦頭的味道如何。」

「那就敬你一杯！」藍秀口中說著，右手離桌面足有五尺左右，不經意的遙遙一拂。

咻——破空之聲隱然而起，桌面上一只純銀酒杯，像一隻蝴蝶般，箭也似的向對桌首席的賈大業面門飛去，帶起勁風之聲，可知力道不凡。

賈大業冷冷一笑道：「叨攏你一杯，咦！」他探手去接憑空而來的酒杯，覺著虎口一震，雖沒疼痛難當，但卻覺著有千斤之重。

因此，他「咦」了一聲，立刻臉上變色。

這時，常老夫人忙道：「藍姑娘，賈瘋子不是外人，不要誤會。」說著，又向賈大業道：「誤會！藍姑娘是我常家的恩人，她……」

「活濟公」賈大業老臉上可掛不下去，但是表面上笑了笑道：「這位姑娘實在高明，老瘋子倒要討教討教。來！來！大廳外寬敞。」

他說著，一個提腰，平空裡躍出大廳，當門而立，揚聲道：「藍姑娘，老瘋子在這候教。」

只急得常老夫人與常玉嵐、常玉峰兄弟無計可施，無法轉圈。

因為江湖人賭的是一口氣。

賈大業忍不下這口氣，但是他這種指名叫陣，常家母子也不能勸藍秀不出面。

藍秀若無其事的淡淡的一笑道：「要我動手，沒那麼容易的事。」她說著，人可沒停，在四個少女擁護之中，出了大廳，俏立在石階之上，又道：「要我動手，先得有一些份量才行。」

賈大業肺都要氣炸了，沉聲喝道：「什麼份量？你少耍貧嘴。」

藍秀道：「先要勝了我的老傭人。」

賈大業莫名其妙的道：「老傭人，你的老傭人在何處？」

藍秀並不回答，雙手輕拍兩下。大門外應聲躍出了「桃花老人」陶林。

陶林一躍而入，對著藍秀恭謹的道：「老奴在此伺候，姑娘有何吩咐？」

藍秀略一頷首道：「這位要領教領教。」

陶林朗聲道：「交給老奴！」說完，一回身，面對插腰而立的「活濟公」賈大業。

賈大業一見陶林，不知怎的，忽然倒退一步，失聲驚呼道：「是你？」

陶林也彷彿十分意外道：「賈捕快！」

賈大業像泄了氣的皮球，先前凶巴巴的氣勢像已煙消雲散，墊步上前，恭聲道：「陶頭兒，四十年沒給你打躬行禮了。」

陶林也嘆息聲道：「咱們從前是名捕，現在是朋友。免了吧！」

賈大業低聲道：「頭兒，這位姑娘……」

「閒事少管！」陶林也低聲回答，然後提高嗓門大聲道：「要領教就動手，不然，請便吧。」

賈大業咧嘴一笑道：「還領教個屁！改天見。」他的話未落，人已騰身而起，空中翻跌，穿過大門的屋頂絕塵而去。

常老夫人不由揚聲而笑。

常玉嵐兄弟也被賈大業的話逗得哈哈大笑。

笑聲，在夜風裡飄散四野。

月亮，羞得躲進雲層裡。

卅二　絶代妖姬

夜色深沉。

司馬山莊像一隻老虎，一隻沉睡的虎，蹲在夜空裡一動也不動，出乎意外的沉靜。

這是表面的現象，地面上的外表。

地下，完全不同。

火炬，發出一閃一閃的火苗，引起縷縷黑煙，把原本不太透氣的地下空間，彷彿籠罩在雲霧之中。對面，也看不清彼此的面貌，當然，更加瞧不出誰的喜、怒、哀、樂了。

首座上一只豹皮墊滿了的太師椅，司馬長風怒沖沖的，雙眼瞪得幾乎要凸出眼珠來。

左右各有四個「血鷹」，神情凝重。

司馬駿臉上神情木然，低聲道：「爹，當時實在是小船離岸太遠，加之有個紀無情……」

司馬長風像是怒到極限，用手猛拍太師椅的椅背，沉聲道：「紀無情，紀無情，你口口聲聲的離不開紀無情，難道紀無情在，你什麼事都不能做嗎？」

司馬駿囁嚅的道：「爹，何必生這麼大的氣呢？」

司馬長風冷哼聲道：「哼！你教我怎能不生氣，既然在運漕遇見了人，為何不把他請過來，難道你不知道我想盡了方法要找有這等能耐的人嗎？」

司馬駿顯然是誤會了父親的意思，面有喜色的道：「我已經把他帶到本莊來了，只是沒有爹的允許，不敢冒然帶到地道秘室來。」

司馬長風沒好氣的道：「你說的是誰？」

司馬駿：「紀無情呀。」

「哎喲！」司馬長風氣極的道：「紀無情算什麼？他不過是一般高手而已。駿兒，我目前需要的是像『百毒天師』曾不同那種人才。」

司馬駿不由一愣道：「爹，本莊素來不是最惱恨施蠱放毒嗎？爹常說那是下三門的黑道卑鄙之流嗎？」

「駿兒！」司馬長風冷峻的斷喝一聲，接著陰兮兮的道：「此一時也，彼一時也！」

對於爹爹這短短八個字，司馬駿已經明白了。

當年司馬山莊是以「正義」為號召，懾服武林同道，除了「功力」之外，還要有令人折服之處，那就是所謂的「正派」，只有正派，才能在江湖上聲名遠播，受人尊敬。這就是司馬長風口中所謂的「彼一時也」。

但是，「此一時也」為何又要拋開「正派」？這是司馬駿所想不通的。

因為司馬山莊從司馬駿有記憶起，都是威風凜凜，顯赫至極，到處受人尊敬，時時被人歡頌，白道的從八大門派起，凡事莫不以司馬山莊的馬首是瞻，至於黑道的江湖，輕易不敢捋司馬山莊的髫鬚，而且以能與司馬山莊攀上一絲關係為榮。

平時，司馬長風提到下九流的放蠱施毒，莫不怒形於色，不齒其所為。而今，竟然要「結納」像百毒天師曾不同這等知名的放毒人物，怎不使司馬駿納悶呢。

因此，他一改平時惟命是從的情形，低聲道：「爹，你說的此一時也，兒子我還是不明白。」

「蠢！」司馬長風扳起面孔，十分鄭重的道：「司馬山莊最終的目的，是要領袖武林，君臨天下。」

司馬駿道：「爹已經做到了，提起司馬山莊，誰不豎起大姆指。」

「哦！」司馬長風也有得意之色，淡淡一笑道：「那是名門正派的事，我已經做到了。我問你，你出道也不是一天兩天了，黑道呢？」

司馬駿不由沉吟了片刻才道：「爹，你不是教訓孩兒，要孩兒不要與黑道中人交往嗎？」

「不錯！」司馬長風點了點頭，緊著又道：「一旦你與黑道交往，名門正派避之惟恐不及，誰還與你打交道，誰還尊敬你這個少莊主？」

司馬駿帶笑道：「那麼，現在呢？」

「現在不同！」司馬長風道：「武林中有黑白兩道，正像乾坤陰陽一般，司馬山莊要揚名立萬，白道的朋友捧場也就夠了，要想統一武林，君臨天下，少不了黑白兩道都聽命於我，像做皇帝一般，百姓中有好人，也有壞人，你該明白了吧。」

司馬駿哪裡明白，但是不敢爭辯，只好點點頭道：「孩兒明白，爹要做江湖的龍頭，武林中的皇帝。」

不料，司馬長風微笑搖頭道：「不！要比皇帝還靈光，還威風，哈哈！」他的笑聲淒厲至極，回音在不太透風的地下秘室搖曳激蕩久久不絕。

接著，他的笑聲一斂，又道：「皇帝老倌只管百姓同官吏，管不到江湖。我不但管江湖，也管官吏同百姓，哈哈！」

他的乾笑未了，司馬駿不由道：「爹，官吏我們管得了嗎？」

「傻孩子！」司馬長風由於說到得意之處，神情緩和了許多，「現在的官吏，對於江湖也懼怕幾分，江湖黑白兩道何以欺官壓民。你呀，真是多此一問。」

司馬駿只有點頭的份。

司馬長風又補充道：「在這方面來說，黑道比白道更有用，白道人講假仁假義，遇事有幾分顧忌，只有黑道朋友敢做敢為，官府要保住烏紗帽，不聽黑道的行嗎？」

司馬駿是愈聽愈糊塗，只有苦苦一笑道：「爹的意思是……」

他愣著雙眼，既然說不出所以然來，只好等待爹爹的回答。

司馬長風壓低嗓門道：「百毒天師曾不同，是毒門的通天教主。我要用這一門，只要是把他網羅在本莊，宇內的一大堆毒蟲，不怕不聽我的指使，黑道就掌握了一大半了。」

「哦！」司馬駿道：「依孩兒看，曾不同老奸巨滑，恐怕不容易聽咱們的。」

「對！」司馬長風點點頭頻頻的道：「不說不容易，這個老毒物不只是神龍見首不見尾，找到他都不容易。」

司馬駿不山道：「爹，現在他有了落腳處，要找他就不難了。」

司馬長風道：「落腳處，你指的是暗香谷？」

司馬駿忙道：「是！」

誰知，司馬長風嘆了口氣：「唉！暗香谷！你對暗香谷知道多少？」

「這……」

「駿兒！暗香谷的名字好聽，谷分前、中、後三進，暗香谷的當家是何等人物？」

「孩兒愚昧，爹，你老人家該知道。」

「只是耳聞，暗香谷名震江湖之時，你還沒出世不說，連我也沒混出名堂來，所以我只是耳聞。」

司馬駿對江湖的掌故，武林逸事最感興趣，聞言不由興致勃勃的道：「爹的見聞……」

司馬長風道：「暗香谷在伏牛山主脈之中，前谷、中谷、後谷三谷連結，但又是自成一個幽谷。總谷主是一個女的，江湖都叫她『絕代妖姬』。當然，她自己把『妖』字改為『仙』字，稱做『絕代仙姬』，這些都僅僅耳聞，至於她是什麼樣子，人言人殊，有的說她美如西施，有的道她醜比無鹽。我所知，也就是這些，其餘的，只有用神秘莫測四個字來形容了。」

一席話娓娓道來，司馬長風臉上有少見的變化，時而皺眉，時而瞪眼。顯然是異常關心這件事，在司馬駿記憶中，爹爹從來沒有這等「不安」過。

因此，他不由自已的道：「爹，孩兒願意去一趟暗香谷。」

「你去暗香谷？」，司馬長風幾乎從座位上站了起來，十分激動。

「是的！」司馬駿正色道：「一來探一探暗香谷的究竟，二來找曾不同。」

「這……」，司馬長風沉吟了一下，終於搖搖頭道：「爹不願意讓你去冒險，可是……」

司馬駿接著道：「爹，你不是要孩兒多磨練磨練嗎？」

「磨練？」司馬長風乾笑一聲：「哈哈！磨練可不是玩命，暗香谷的磨煉，除非你是金剛不壞之身，大羅神仙，齊天大聖。」

他的話一字比一字沉重，雙眼逼視在司馬駿的臉上，有說不出的關愛，也有掩飾不住的期盼。

司馬駿自然猜不透其中的意味，豪氣干雲的大聲道：「爹！為了司馬山莊，孩兒願意走一趟暗香谷。」

「你？」司馬長風凝神盯視著兒子。

司馬駿道：「爹，孩兒我真的有心一試，你要是不放心，我可以邀紀無情一同去，彼此有個照應。」

不料，司馬長風的眼睛突然一亮，喜不自禁的大聲道：「對！我怎麼忘掉有這麼一步棋。」

司馬駿也色然而喜道：「爹，你答應孩兒與他一同前去暗香谷？」

「不！」司馬長風冷冷一笑道：「他一人去，不是與你一起去。」

「爹。」司馬駿才喊了一聲。

「去！去！請紀無情來。」司馬長風對侍立在一邊如同半截木頭的血鷹揮了揮手，血鷹之一應聲而去。

司馬駿搶著道：「爹，紀無情能去，孩兒也就能去，難道說爹認為紀無情武功修為比孩兒我……」

「他並不比你高明。」司馬長風微笑著：「甚至他比你還差一截。駿兒，人，都免不了一個自私的私字，還要我多說嗎？」

話未落音，紀無情跨步已進了秘室，深深揖禮，朗聲道：「晚輩紀無情，見過老伯。」

「哈……呵……」司馬長風仰天大笑，十分高興的欠了欠身子，朗聲道：「免了，免了。紀賢侄，聽說貴府發生了慘絕人寰的血案，歹徒實在是心狠手辣，令人髮指！」

紀無情痛心的道：「小侄只要有三寸氣在，誓必查出凶手，為全家報仇！」

司馬長風的臉色一凜道：「這就是我要駿兒邀請賢侄到本莊來要商量的事，老夫與令尊素稱莫逆，你又與小兒有金蘭之好，本莊一定盡力為此事效勞。」

「多謝世伯！」紀無情感激的拱手，接著又道：「血海之仇不共戴天，小侄不才，要手刃凶徒，血祭全家大小二十四口在天之靈！」

「唉！」司馬長風忽然臉色沉鬱長嘆一聲，「賢侄，自貴府血腥慘事發生，江湖混亂之局已定，本莊雖然平息有心，但無奈力量有限。」

紀無情忙道：「世伯望重武林，一言九鼎，此言未免謙虛了。」

司馬長風正色道：「不！賢侄，老夫有意重整武林的一些老規矩，只是……唉！白道朋友諒來都樂觀其成，而黑道的牛鬼蛇神，並不是好相與的。」

紀無情不禁道：「世伯的令譽，司馬山莊的威名，晚輩覺著並不致礙手礙腳。」

「賢侄的意思我明白。」司馬長風微笑著道：「殺一若能儆百，老夫我也願一試。但是以殺止殺，並不是最好的方法。」

紀無情也帶笑道：「世伯的意思是……」

「提綱挈領！」司馬長風點出他要講的話：「天下黑道，惡毒莫過於暗香谷。我想請賢侄代我去一趟暗香谷，試探暗香谷的意圖，然後才定行止，賢侄豪氣干雲，南陽世家威震武林，而這件事茲事體大，為了武林殺劫，我想賢侄你不致於推卻吧。」他一口氣說到這裡，彷彿意猶未盡，雙目放出期待的神情，凝視著紀無情，等他的答覆。

紀無情是血性漢子，北國兒女的性格，一方面望了一眼身側的司馬駿，一方面已慷慨的道：「世伯之命，小侄怎敢推卻。只是，怕的小侄是晚輩後進，暗香谷會認為我不夠份量！」他的話在模稜兩可之間，沒有大包獨攬的承擔，也沒有推辭。

司馬長風朗朗一笑道：「哈哈！賢侄，黑衣無情刀早已譽滿宇內，還客氣怎的？」不料，司馬駿忽然插口道：「爹，既然紀兄這等謙辭，孩兒願意與紀兄去一趟。」

紀無情聞言，緊接著道：「若能由少莊主同行，小侄願意做為副將。」

司馬長風還待分說。

司馬駿又道：「爹，孩兒與紀兄同行，遇事也好有個商量，不致冒然誤事。」

「好吧！」司馬長風臉色略有不悅，但卻揮揮手道：「這就去，見機而作好啦。暗香谷不亞於虎穴龍潭，小心為上！」他說完，打了個「哈欠」。這是他送客的習慣。

暗香精舍的花盛開了。

不負了「暗香」兩個字，照眼明的紅花，一叢叢像是一堆堆的火，愈發把竿竿翠綠的茅竹，襯托得出色而喜人。倒影映在綠的溪水上，卻不減搖曳生姿的婆娑風韻。

景色是如此之美，溪水岸上卻不相襯的充滿殺機。

五條人影，糾纏在一起，四對一殺得難解難分。

暗香精舍的總管樂無窮，手中一條長鞭，揮舞得「吧噠」連聲，像上元節的火炮，一聲接一聲，夾在帶起的勁風嘶嘶之中，分外清脆。

但是，樂無窮的鞭法雖然像一條怪蟒，而圍著他的四個對手，好似精靈鬼怪，閃、躍、騰、挪、奔、縱、跳、蹦，在霍霍鞭影之中，兀自不斷出手，專找樂無窮搔癢之處捏、掐、摸、抓、戳、擰、扭、搔。招招都不是傷人制命的手法，卻戲弄得樂無窮五內如焚，冷哼連連，喘氣如牛。

最奇怪的是，那四個精怪的人，非常刺眼。

每人不足三尺高，清一色的一身刺眼深紫的緊身娃娃裝，頭上翹著五寸來長的沖天小辮子，哪裡像是逞凶鬥狠的武者，完全是竝角娃娃一般。

尤其是四人分為四方聯手，一面施展怪異的招數，一面嘻皮笑臉的調笑不停，圍著樂無窮滴溜打轉，像煞是走馬燈。

五人都是快手，過招如同閃電，鞭到紫影四散，鞭起人影乍合。

眼看已是盞茶時分。

樂無窮的鞭影，已不如先前凌厲，勁風鞭哨顯然的疏落。

四個紫衣娃娃的笑聲，相反的增高加多。

突然——一聲嬌叱，由溪岸的懸岩之上喝道：「樂無窮，退下！少在這兒丟人現眼。」

一道白色倩影，從崖頭虛飄飄的落下，凌空御風，真的像雲端裡落下的九天仙子。

百花夫人已腳踏實地，紋風不起，浮塵未動，這份輕功，令人咋舌。

樂無窮對百花夫人的聲音，當然不會陌生，長鞭旋動，人已飄退丈餘。

四個紫衣娃娃也急地停勢收招，不約而同的倒退七尺，一字排開，八隻眼，一齊落在百花夫人身上。

樂無窮乘著這一剎那的時間，收起長鞭。在手臂上纏了幾轉，跨上三步，拱手恭聲道：「暗香精舍總管，見過夫人。」

百花夫人並沒有理會樂無窮，一雙鳳目凝視著四個紫衣娃娃，粉面含嗔的道：「你四人侵入暗香精舍，意欲何為？難道對我百花門的禁忌故作不知，甘願前來送死？」

四個娃兒聞言，彼此互望一眼，並沒回答。

百花夫人生嗔道：「啞巴嗎？」

四個紫衣娃娃好像眼裡沒有百花夫人這個人一般，四人齊聲「嘻嘻」一笑。

其中最左邊的一個，反而向另外三個道：「兄弟們，這是正主兒露臉了。」聲音的蒼老，像七老八十的老頭，與他的一副娃娃臉大異其趣。

百花夫人聞聽之後，忽然若有所悟，嬌叱聲道：「原來是燕家的四矮，你們還沒死。卻是出乎我意料之外。」

四個紫衣娃娃聞言，又是齊聲一笑。

百花夫人臉一寒，含怒叱道：「你們還笑得出來嗎？」

被稱做「燕家四矮」之中的燕小大，雙手一拱，嬰兒般的先是一聲怪笑，尖著聲音道：「燕家四小，終生不老，整天嘻嘻笑，愈笑愈不老。」
百花夫人沉聲道：「我聽了幾十年了。」
燕小二接著道：「夫人，你是咱們兄弟的熟人，這幾句兒歌，當然不知聽了多少遍。」
燕小三咧嘴一笑道：「夫人，咱們兄弟是真人面前不說假話，今天到這裡來是無事不登三寶殿。」
百花夫人點頭道：「當然！有什麼事，現在就明說了吧。」
燕小四邁步上前道：「只有一個小小要求，夫人若是能以答應，咱們兄弟是回頭就走。」
「哦！」百花夫人的蛾眉微動，哦了聲道：「說吧，不要拐彎抹角繞圈子。」
燕小四大拇指一豎道：「乾脆！名門貴族，夫人的氣派依舊當年。老大，咱們就直說吧。」
燕小大未語先笑：「嘻嘻！不瞞夫人說，今天我們兄弟奉命而來，只有一個小小的要求，就是請你把『暗香精舍』的『暗香』兩字換一換，別的沒有任何條件。」
百花夫人的杏眼眨動幾下道：「暗香兩個字換一換？」
燕小二忙道：「對！只換兩個字而已。」
百花夫人道：「為什麼？」
燕小三道：「理由很簡單，夫人！對於暗香谷應該有所耳聞吧。」
「哦——」百花夫人長長的哦了一聲，冷竣的笑了一下道：「暗——香——谷！四位是奉了妖姬之命，來找碴生事，是不是要掂量掂量我的這點功夫有沒有進境？」
燕小大忙搶著道：「不！不！我們兄弟是來商量，商量而已。」

燕小二也笑笑指著百花夫人身旁的樂無窮道：「想不到碰見這位總管大人，一言不合，他搶起長鞭就動起手來。嘿嘿！夫人……」他的神情十分令人生厭，因為，有輕視、有倚老賣老的味道。出自一個娃娃樣般人的口裡，更加有賣好討乖的樣兒。

偏生燕小三又緊接著道：「夫人可問你們的總管大人，咱們兄弟可是逗著他玩兒，沒有一招是真打實鬥，樂總管，你憑心而論。」

這無異是說，假若真的要動手，樂無窮早已沒命。

樂無窮的臉被氣得鐵青。只是，他礙於百花夫人在此，依百花門的規矩，他不敢插口說話。

百花夫人怎能聽不出燕氏兄弟的言外之意，因此，雙眉微動，沉聲道：「你四人是吃了熊心豹膽？還是仗恃背後有妖姬撐腰？」

燕小大忙道：「夫人……」

「住口！」百花夫人嬌聲怒喝道：「你們不必囂張，你們聯手可以制樂無窮於死地，多年不見，不知你們有沒有能耐接我幾招，要是自認不行的話，立即退出暗香精舍，免得惹我生氣。」

她雖然雍容高貴儀態萬千，但臉色一沉，立刻有一種不可逼視的威力，難以抗拒的氣勢，由溫文典雅，變成了不可侵犯的威靈顯赫。

燕小大連忙搖手道：「夫人，你誤會了！誤會！」

百花夫人道：「沒有誤會不誤會，我沒找你們，是你們找上暗香精舍的。」

燕小大臉色鐵青道：「我們的來意已經說明白，並沒有惹事生非的惡意。」

燕小二湊上去道：「只是請夫人把暗香精舍兩個字換一換。」

「辦不到！」百花夫人沉聲斷喝，側臉向樂無窮道：「百花門的臉被你給丟光了，站到一邊去！」

她說完之後，粉面鐵青，真的怒不可遏，一改嬌柔的風韻，未見起勢游走，僅只肩頭微動，人已斜地飄出丈外，雙袖揚起又道：「四個小妖，有什麼曠世絕學，就盡力施展吧，本夫人給你們一點面子，親自指點你們兄弟幾招。」

燕家四小互望了一眼，一貫嬉皮笑臉的態度，竟然笑不出來了。

百花夫人冷如冰霜的又道：「幾招或許我說得太多了，不要損害到你們數十年的修為，就是三招吧，三招之內，你們四人要沒有任何一個血染當地，我答應把暗香精舍的暗香二字取消，讓你們回暗香谷討功受賞，不然……哼！那只怪你們的命該如此！」

「嘿嘿！嘻嘻！」燕小大陪著笑臉，不住的頷首道：「夫人，你生這麼大的氣，燕家兄弟實在該打。可是……我兄弟憑著老臉前來，只不過是請夫人改變兩個字而已……」

百花夫人不耐的道：「我為什麼要改？」

燕小二囁嚅的道：「因為……」

百花夫人道：「因為冒犯了暗香谷？」

燕小大忙道：「不是冒犯，是雷同，雷同。嘻！」

「雷同？」百花夫人冷冷一笑道，「哼哼！暗香兩個字是暗香谷的特權？專用？獨霸？」

燕小大連聲道：「不！不！」

百花夫人道：「這就是了，既然不是，為什麼要我改？」

燕小大嘻嘻道：「這，嘻……」

百花夫人又道：「暗香谷不但不是金字招牌，而且臭名滿天下，早知與它雷同，取名暗香精舍，我後悔已經來不及。」

燕小二趁機道：「既然如此，夫人若能答應改，一則免得被人誤會與暗香谷有淵源，二則給兄弟一個小小的面子，豈不是兩全其美。」

「哦！」百花夫人冷冷的道，「可惜是你們來要我改，我的個性是不受別人指使的，你明白嗎。說明白點吧，你們要我改，我是偏偏不改。」

燕小四真的急了，大叫道：「不改暗香二字，你夫人是吃了秤錘鐵了心了？」

百花夫人的鳳目一愣，逼視著燕小四道：「我也可以改呀。」

燕小四也有些氣惱的道：「要憑功夫。」

「對！」百花夫人道，「閒話少說，四人聯手吧。來！我今天的話說得太多了。」她說著時，眉頭略略掀動，雙掌已將長長的衣袖拂了一拂，腮邊也泛起一抹紅暈。

燕小大不由神色一凜。因為，他知道這是百花夫人運用功力的唯一形諸於外的徵候。

百花夫人悠閒的撩了一下裙裾的環佩，微笑道：「來！十五年沒有活活筋骨了。」

呆立一邊久未發言的樂無窮，前趨幾步，低聲道：「門主，你犯不著與這幾個小子過招，還是屬下……」

「退下！」百花夫人面上雖帶微笑，可是動了真氣，沉喝一聲，右手的紗袖已經拂起，認準燕家四小低沉沉的道：「想走都遲了，小心！」

喝聲甫落，人已虛虛渺渺的前趨丈餘，眨眼之際，逼到燕家四小前面。

燕小大厲叫了聲：「兄弟們快閃！」

白影連番，勁風劃空。

啊……慘嚎聲起！

百花夫人的人，俏立在崖前一叢野蘭之前，面如冰霜，凝神不語。

燕家四小如痴如呆，每個人雙手都掩捂著自己的耳朵，手指縫裡，潺潺的滲出血痕，順著手指，已流向每人的手腕處，凝成血塊。

百花夫人微嗔道：「削去每人雙耳，略示薄懲。回去！告訴你們主人，就說暗香精舍的名字，永遠也不會改變的！可以走了！」

她說完，探手扯動裙子的飄穗，吊起一個白玉佩來。

玉佩上兀自流著鮮血。百花夫人幽然道：「污了這麼好一塊白玉。」一面說，伸出另手一指，拈起玉佩未沾血跡的邊，毫不經意的輕輕揑了一下。

「咔！」清脆的一聲輕響，白玉佩應聲粉碎，玉屑像碎末一樣灑在地上。

此刻——燕家四小像夢魅初醒，一個個將血淋淋的雙手，伸到眼前，凝視片刻，忽然發一聲喊，八隻血掌，一齊向二丈之外的百花夫人撲去。

百花夫人原本氣足神閒，料定薄懲四小之後，燕家兄弟必會知難而退。誰知四小情極拚命，被百花夫人用白玉佩削去雙耳氣恨交加，捨命反擊。

因此，百花夫人盈盈冷笑道：「真的要找死！」

白稜水袖拂起。

「夫人稍退，讓老奴效勞。」灰褐影子如同一隻龐大的蒼鷹，凌空夾著呼呼破風之聲，落向當場。

灰褐人影在半空之中，並未立刻落實地面，像龍卷風似的憑空回旋。

但見掌影幡幡如山！

轟！轟！噗！通！落葉滿天，沙石橫飛，斷枝殘芽，被這陣灰褐色的旋風捲起老高，被轟雷似的掌力震開數丈，地上一個土坑連一個土坑。

燕家四小，躺在地面土坑之中，排得整整齊齊，像是四個花瓣，紫色的花瓣。

灰褐人影這時才快逾追風的落實地面，撲身拜倒在地，對著百花夫人低聲道：「前八十萬禁軍乾字營都領，京師都捕，陶林給夫人叩頭！」

「陶……林……」不知怎的，向來矜持的百花夫人，竟然像無限悲淒，語不成聲，眼中的清淚斷線珍珠樣，滴滴流過粉臉，語音嗚咽帶泣。

伏在地上的陶林並未抬頭，低聲道：「夫人，你……你若是因為老奴冒然到此而引起傷感，老奴是罪該萬死，甘願就地自決贖罪！」

「不！」百花夫人忍住悲痛，「我……我是喜極而泣。陶林，你不能死，許許多多的事，都需要你好生生的活著，否則……否則，真的今生今世也……也說不清楚。陶林！你起來。」

「多謝夫人！」陶林挺身而起，仍舊是低頭垂手。

百花夫人道：「多年不見，你的修為越發的有了進境，燕家四小也算黑道的一流高手，竟被你立斃當地，可真不容易。」

陶林低聲道：「上稟夫人，陶林未奉夫人之命以前，怎敢要他們的命，不過是拍了他們的昏穴，等候夫人你的發落。」

百花夫人聞言，不由粉面通紅。

武家出手，分寸至為要緊，百花夫人的功力，遠在陶林之上，只因一時為突如其來的變化分神，故而並沒有看清楚陶林的手法。

此時，被陶林點明，無異是自己看走了眼，有些兒難為情。

陶林自知失言，忙道：「老奴不成章法的招式，才能騙過這四個鬼靈精，夫人不要見笑。」

百花夫人噗嗤一笑道：「老實人也會說謊，乾脆說我摸不到你神鬼莫測的掌法不是直接了當嗎？」

陶林有心轉變話題，朗聲道：「啟稟夫人，這四個小鬼如何處置？」

百花夫人道：「他們受人差遣，身不由己，饒他們一死，也好帶信回去。」

「夫人慈悲，必有好報！」陶林口中說著，折身去向躺在地面土坑中的燕家四小，對每個人的左胸右肋輕拍兩下。

像是巫師耍弄玄奇幻術似的，燕家四小隨著一個個疊腰坐起，如夢似幻，痴呆呆的發愣。

陶林大聲道：「燕家娃兒！四個人聽著，夫人饒你們不死，叩謝過了快點滾吧！」

燕小大眨眨眼睛，悵然若失，指著陶林，半晌才道：「你？你……」

陶林朗聲道：「燕小大，聽明白了沒有？」

燕小大揉揉雙眼，彷彿不信。然而他瞧瞧一下四周，卻又是活鮮鮮的事實，因而不怒反笑道：「好在我們兄弟早已洗手，捕頭也奈何我們不得。」

陶林怒道：「放肆！捕頭只能逮捕你，現在我可以斃你。」

燕小大把舌頭一伸道：「還是當年的狠勁。」

燕小二定了下神咬牙道：「姓陶的，我們是前輩子有緣，今生總是碰頭！」

陶林沉聲道：「善惡不兩立，冤家路窄。」

百花夫人道：「陶林，早點打發他們走，我有許多話要對你說。」

「是！」陶林恭身應了一聲，轉面對四小道：「夫人與你們過了招，算是你們天大的榮耀。借你們的口，轉告暗香谷的谷主，就說夫人的老奴才我還活得硬朗，有事，衝著我來。隨時接，隨時候。滾！」陶林說到後來，雙腳前挫，掌勢向外連連揮動不已。

他並不是像一般人揮手示意。他在揮手之際，帶起一陣陣隱隱勁風，一掌比一掌強勁，一掌比一掌凌厲。

這是示威，是警號。

它——那陣陣隱隱勁風，代表著多重意義，最主要的是：你們不服，可以要你們的命。

燕家四小已經領教過陶林的手下功夫，常言道：「光棍眼睛亮」，又道是：「光棍不吃眼前虧！」

燕小大點頭道：「好！咱們走！暗香谷要如何，反正有你陶捕頭，後會有期！」語未落，人已一躍而起，彈身向溪堤上游穿去。

其餘三小如影隨形，啣尾追上。

百花夫人向身後的樂無窮道：「見過陶前輩！他可是我的故人。」

樂無窮拱手齊眉道：「晚輩見禮！前輩慈悲！」

陶林忙道：「少見！樂總管的大名，陶林早已耳聞，果然英雄出少年。」

樂無窮尚未答言，百花夫人已蓮步輕移，施施然道：「陶林，隨我來。」

陶林恭身讓路，隨著百花夫人身後，進了花廳錦堂，轉過屏風，百花夫人方才就花凳上落坐。

「咕通！」陶林不由分說，雙膝落地，直挺挺的跪在地面，語帶淒楚的道：「老奴今日前來，有一樁事要向夫人稟明，而且要夫人俯允，不然老奴今天跪死在地上，今生今世也不起來。」

百花夫人不由花容失色，忙道：「陶林，二十年不見，怎麼一見面就這等樣兒？快快起來。」

陶林低頭道：「除非夫人答應老奴的請求。」

百花夫人忙道：「究竟是什麼事？你不說清楚，要我如何答應。」

「這……」陶林吱唔了一下，望著欄杆外的樂無窮。

百花夫人心中明白，遙遙的對簾外侍立的樂無窮揮揮手。

樂無窮恭禮退出。

卅三　銅箏公主

百花夫人道：「此地再無別人，有什麼話可以站起來說啦。」

陶林仍舊長跪不起，仰臉道：「老奴是為一個身世飄零的女孩兒求情。」

百花夫人更加不解的道：「女孩兒，身世飄零的女孩兒求情？」

陶林朗聲道：「是的！她是當年大司馬錦衣侍衛藍天倚的么女兒，也是老奴現在的主子，藍秀。」

「她！」不知怎的，百花夫人忽然從座位上一驚而起，粉臉上一陣青，一陣白，一陣紅，雙手扶著椅子的扶手，半坐半立的欠著身子，許久沒有動彈，如痴如呆，彷彿泥塑木雕般不發一言。

陶林哀聲道：「老奴自從大司馬府慘變，就隨同夫人二妹進入桃花林，二小姐不但傳授了桃花造酒秘方，而且潛修武功，控制了惡毒蜂群……」

百花夫人這時才悠然的道：「這些我都知道。」

陶林又道：「二小姐因練武入魔，經了多年的挑選，才將畢生功力傳給了一個身世飄零的女娃。天緣湊巧，這小女兒竟是藍侍衛的親生女兒。」

料不到百花夫人連連搖頭道：「不！不是他親生的女兒，是……」她忽然忍住。停下話來，略一沉吟道：「你繼續說下去。」

陶林雖知有異，但是，他養成了東主威嚴，向來不敢發問，只是緊接著道：「二小姐性子向來急進，為了培育傳人，不分日夜將本身功力傾力傳授，終至力竭仙逝。」

他說到這裡，悲不自禁，老淚縱橫。

百花夫人也滴下幾滴淚來，無限淒楚的道：「二妹她……太也性情急燥。」

陶林道：「二小姐臨終之前，再三叮嚀老奴，要我全力侍候藍姑娘，老奴也曾發誓，願意犧牲性命，為藍姑姬驅策。」

百花夫人強打精神道：「這並沒有什麼不對。」

陶林仰臉道：「二小姐的功力，源自夫人，老奴請求夫人高抬貴手，不要插手管桃花令符之事，使二小姐的遺志得以發揚。」

百花夫人連連點頭道：「這件事我本來不管，而今知道桃花令符是我二妹桃花仙子的遺志，不但絕不橫加阻撓，而且要全力從旁協助，以慰二妹在天之靈。」

「多謝夫人！」陶林頷首為禮又道：「有夫人這句話，無異百萬雄兵，老奴不虛此行。」

百花夫人點頭道：「既然如此，你可以起來了吧，還跪著幹嗎？」

誰料，陶林又道：「還有一件事，也請夫人惠允。」

百花夫人道：「哦！說吧。」

陶林遲疑片刻，久久不語，像是十分為難。

百花夫人道：「說呀！有礙難之處儘管說。」

陶林抹抹額頭上的汗珠，緩緩的道：「金陵世家的三公子，常玉嵐，夫人對他印象如何？」

百花夫人不由一愣，不解的道：「怎會提起這個人來？陶林，常玉嵐他人品不差。」

陶林忙道：「上稟夫人，藍秀姑娘情有獨鍾，對常三公子朝夕不忘，所以……所以……」

百花夫人微微一笑道：「及其少也，則慕少艾，男女之間兒女之私乃是常情，這何必大驚小怪，又與我有何牽連呢？」

陶林伏地道：「老奴大膽，據傳言夫人對常三公子也是愛護有加……」

「哈哈……哈……」不等陶林說完，百花夫人仰天而笑，花枝招展不可抑止的道：「哈哈……原來如此，藍秀這孩子怎會想到這一層！陶林，你跪了半天，打了一陣，該餓了，隨我去一面吃飯，一面再談，起來。」她說完，率先起身，向錦堂迴廊走去。

陶林不能再跪在地上，也只好起身，尾隨著繞過屏風，轉入迴廊。

天柱山橫亙在江淮之間，整年雲霧瀰漫。

斷魂崖就在天柱山群峰之中。

由於山勢險惡，樵獵斷路，慢說是斷魂崖，就是天柱山通往山裡的崎嶇羊腸，也少有人來。

然而，近一個月來就大大不同了。因為相傳天柱山斷魂崖的懸崖之上，有一畝大的平地，長有百十株異種奇茶，由於常年霧靄濃濃的沒有開朗的時候。這種茶就叫做「雲霧仙茶」。據說喝了「雲霧仙茶」不但生津止渴，還可延年益壽美容養顏，雖不會長生不老，卻真的可以培養元神，怯病驅邪。

光是這些，還不足為奇。

江湖人都知道，無論中了任何邪毒，即使是毒入內臟傷及脾腹，只要飲用「雲霧仙茶」，也能解毒化邪不藥而癒。換一句話說，有了「雲霧茶」，中了任何毒，也毋須解藥。

這是一個天大的誘惑。

多年來，有數不清的江湖人物，打白道的、黑道的、邪門的、正途的，不少人進入天柱斷魂崖，也沒有一個可靠的消息。

因此，十餘年來，再沒有人提到斷魂崖。

滄海桑田，十年風水輪流轉。

一個月來，尋取「雲霧仙茶」的一陣風，又吹開了來。

原因起於江湖山雨欲來，黑白兩道誰都想到了仙茶的妙用。所以，天柱山的荒徑山路。不時有三山五岳的訪客，不分日夜的隱伏急走。

月明星稀，林木蕭蕭。

忽然，一陣得得的蹄聲，由山麓漸來漸近。

好生怪異，由於天柱山斷魂崖的神秘莫測，往來的武林，都是輕裝便服。即使有同伴，也是悄聲無息的試探著向傳言的山徑摸索，誰會騎馬駕車呢？

不是馬，不是車，卻是一匹烏雲罩雪的健驢，轉過山腰，矯健的向山徑深處小步慢跑。

驢上的人一身桃紅勁裝，披著鵝黃的披風，披風連著個寬大的風帽，緊緊的套在頭頂，看不出驢上的嘴臉，山風甚大，把鵝黃披風揚起老高，像一幅杏黃旗，隨風招展。

健驢去得好快，轉眼已到了兩峰腰際的一片平坦荒草窪。

通身汗流如洗的健驢，被地上半青半黃的野草引誘得步子停了下來，低頭啃著荒草嫩葉。

驢上人似乎也趕路趕得乏了，騰身躍下驢背，掀去頭上的風帽。

眼前一亮。敢情那驢上人是一個剛健中帶幾分婀娜，妙曼裡帶幾分英挺的女子。

女郎最大的特點是皮膚黝黑，黑得發亮。

一雙大眼睛神光炯炯，粗而濃的兩道眉，不凶，但卻給人種威稜的感覺。身材柔和中另有一番風韻，應該是弱不禁風的外形，神韻卻顯出英姿煥發的男子氣概。

她翻身片馬式躍下驢背，微笑道：「畜牲，也該祭祭你的五臟廟了，兩天兩夜不歇的趕路，委屈你這一陣，歇下來再好生補償你。」

她在對驢子嘀咕，又像自言自語，一面從鞍袋裡取下一個牛皮水袋，抓出碗大個乾糧粑，選了一塊平整的大石坐下，捧著水袋仰臉就喝得咕嘟作響，然後才咬了口乾糧。

她一口氣吃完了整個乾糧粑，抹抹嘴，然後對著黑呼呼像一匹蹲著的巨獸般天柱山望了一下，不由深深一嘆，自言自語的道：「天哪！斷魂崖究竟在哪兒哩？唉！只有瞎摸亂闖了。」

一面說，一面走向正在低頭啃草的健驢。

剛剛將水袋掛在驢鞍側的掛鉤之上，忽然一轉身，戟指著左側雜樹叢，嬌聲喝道：「什麼人？鬼鬼祟祟地，給姑娘滾出來！」

她一面嬌叱，一面已探手在驢鞍下面取下一柄光可鑒目的紫銅琵琶。

錚——未見她揮指撥弄，已發出聲金聲玉振的脆響，聲音不大，但是清越出奇，迴聲在夜空中來往蕩漾，久久不絕於耳。

「呵！這玩意可不簡單，不是中原的把式。」草堆裡果然有人說話了，話音甫落，奇醜無比的「八荒琴魔」花初紅應聲而出。

先前的黑姑娘一見花初紅，竟然「噗嗤」失聲一笑道：「啊呀！我的媽呀！天下哪有這麼醜的人？你，你是人嗎？」

這可犯了花初紅的大忌。因為花初紅並不是不知道自己的尊容實在其醜無比，然而偏生最恨別人說她醜，江湖黑白兩道，凡是知道她的禁忌，見面不但不說她醜，反而要讚美她一兩句不由衷的違心之言，誇她的美艷。

積非成是，天長日久，花初紅真的忘了自己夠醜。而今，當面鼓對面鑼的有人說她「醜如鬼魅」，怎能忍耐得下這口氣。

她的圓滾滾身子顫動一下，通身的肥肉抖個不止，尖著嗓門叫道：「女娃兒，你敢赤口白牙的說姑娘我醜。」

黑姑娘聞言，冷冷一笑道：「老太太，你自稱姑娘？弄錯了吧，天下有你這麼老的姑娘？」她的話，特別把重點放在一個「老」字上，這又是花初紅不願意聽的。

三大怪之一的「八荒琴魔」花初紅不怒反笑。

她氣極的笑，令人聽來汗毛倒立，笑聲突的一收，大吼道：「娃兒！姑娘名叫花初紅，正像一朵鮮花初開放一般。你呀，不是瞎了便是色盲，報名受死！」

花初紅在動手之前，還要把自己的「美」解說一番。說完，眉頭一鉺，將長長的皮囊取在手中，解開囊口，亮出一柄銅木鑲翠七弦琴來，目露凶焰，面帶獰笑，道：「在你臨死之前，讓你飽飽耳福，聽一曲本姑娘的八荒瑤琴，也算你沒有白活這一世人。」

口中嘮叨著，竟然就地盤膝而坐，將那柄斑駁蒼古七弦琴，橫放在面前地上，仰臉道：「女娃兒，你報上名來！」

那黑姑娘彷彿被花初紅的怪異行徑迷糊住了。她愣愣的道：「老太婆，你……」

花初紅的白臉鐵青，喝道：「報名！」

黑姑娘嘀咕的道：「中土武林比武，敢情要先來一段文雅的……」

花初紅原已放在琴上的手，忽然收回，睜大眼睛道：「怎麼？你？你不是中土人？哦！難怪你看不出本姑娘的美在哪裡，敢情你是化外之民。是苗？是瑤？是番？」

「都不是！」黑姑娘柳眉掀動道：「你應該知道一位『銅箏公主』黑百合耶律香兒吧？」

「這……嘻嘻……」花初紅嘻嘻一笑道：「你再說一遍。」

那姑娘果然又道：「『銅箏公主』黑百合耶律香兒。」

「天哪！」花初紅苦苦一笑道，「這像繞口令。你，分開來說好不好。」

「呸！」那姑娘「呸」了一聲道：「銅箏公主，黑百合，耶律香兒。懂了嗎？」

「哦——」花初紅並不是沒見過世面的土包子，她長長的哦了一聲，左手五指瑤琴面上一撥，

叮！咚……

然後咧嘴一笑道：「人稱銅箏公主，綽號黑百合，姓耶律名叫香兒。」

黑百合耶律香兒不由喜孜孜的道：「一點兒也不錯，你總算明白了。」

花初紅又道：「那不用說，你是回疆人了？」

「對！」黑百合點頭不迭。

花初紅道：「我曉得你到中土來的目的何在了。」

「啊！」耶律香兒愣愣的道：「你知道？」

「當然！」花初紅故作神秘的道：「你是來找你哥哥沙無赦來的，對不對？」

而黑百合耶律香兒卻把頭搖得像撥浪鼓似的，笑著道：「對一半而已。」

「對一半？」花初紅疑惑的問。

「沙無赦不是我哥哥。」黑百合耶律香兒說道：「他姓沙，我姓耶律，怎會是我哥哥？」

「哦！」花初紅訕訕的道：「我忘了你們不同姓，是不同族的對不對？」

「對！」耶律香兒接著道：「另外你說我進入中土是為了找他而來，算是說對了。」

花初紅道：「找到了沒有？」

「找是找到了。」黑百合耶律香兒一臉的愁雲，滿面憂容的道：「只是他中了毒，又沒有解藥，所以我好不容易找到天柱山，要討些雲霧仙茶，為他解毒。」

「難！難！」花初紅大眼連連眨動，一連說了兩個難字，又照料了遠處的天柱山道：「雲霧仙茶若是任由人找得到，便不能成為至寶了。」

耶律香兒聞言道：「你……你好像對雲霧仙茶知道得很清楚。」

「當然！」花初紅道：「我也是為了採取仙茶而來，怎會不清楚。」

「這就對了。」耶律香兒天真的道：「既然你能來找，我當然可以找得到。」

花初紅不明白的道：「為什麼？」

不抖耶律香兒微微一笑道：「假若根本找不到，你還會來找嗎？既然你來到天柱山，當然有幾成把握才來，你能有幾成把握，當然我也有，說不定呀，嘿嘿！比你更有把握。」

「哈哈……」花初紅被她一席話說得哭笑不得，不由仔細打量著這回疆的異族公主。

但見黑百合耶律香兒，人材十分出色，雖然皮膚較一般為黑，卻正配搭上她婀娜剛健的體態，豐腴適度的體形。尤其一顰一笑，不但天真無邪，而且大方自然，毫無羞答答的小家氣，也沒有江湖皆染的圓滑味，像一塊未鑿的璞玉，更是練武的上上之材。

花初紅不由想：我這身武功，至今沒有收徒，尤其在兵器上，必須要懂得音律的內行，才能傾囊相授，至今沒有合意的傳人。

另外，「八荒琴魔」四個字，在江湖上是「黑」道的魔頭，白道的人固然不願投師學藝，而規規矩矩的世俗人更加難找，眼看就要失傳。

她自然的覺得眼前的耶律香兒是最合宜不過的了。

一則，黑百合耶律香兒來自回疆，與中土黑白兩道都沒有淵源，對「八荒琴魔」的過去尚無所知。二則，耶律香兒驢上掛著銅琵琶，一定懂得音律。三則，從香兒的行為看，武功根底一定打得十分扎實，是一個上駟之材的好胚子。

花初紅想到這裡，彷彿耶律香兒已經是她的徒兒一般，招手笑瞇瞇的道：「來！你過來，我看看你……」

誰知耶律香兒硬生生的道：「看什麼?有什麼好看的!」

花初紅眉頭一皺計上心來，帶笑道：「我可以替你到天柱主峰，採取或向茶圃主人要一包雲霧仙茶給你。」

「真的？」黑百合色然而喜，真是大出意外的上前一步，連蹦帶跳的跑到花初紅身前，盯著她叫道：「你不騙我？」

花初紅被她逗樂了道：「我怎會騙你呢？」

黑白合耶律香兒竟然一把抓著花初紅的左臂，搖個不停的叫道：「那就去呀，快點去取給我呀！」

花初紅卻道：「去可以去，假若我把雲霧仙茶拿給你，你要怎樣謝我？」

黑百合耶律香兒忙道：「紅花、牛群、羊群、紫草、毛氈，要什麼都可以。」

花初紅笑道：「我不稀罕這些。」

「銀子。」耶律香兒點頭道：「你要多少？」

花初紅連連擺手，卻道：「我只要你答應我一件事。」

耶律香兒道：「什麼事?先說來聽聽，但凡能答應的，我一定答應。」

花初紅道：「你一定辦得到。」

耶律香兒道：「既然辦得到，一定答應你！」

花初紅一改往日的脾氣，十分溫和的道：「我要你答應做我的徒兒。」

「這……」做夢也沒想到問題是如此，黑百合耶律香兒不由呆了，她雖然天真無邪，但是明白投師收徒，乃是武林的大事，江湖上「師訪徒三年，徒訪師三年，師徒互訪三年」要經過為時九年的漫長考驗，才能定出師徒的名份。

況乎，黑百合論身分是回族的一名公主，論武功，自命本就不凡，怎能答應改門改派，拜一個萍水相逢的醜老太婆師門下為徒呢？

因此，她囁嚅的半晌道：「這……這……這太那個了吧。」

花初紅笑道：「太那個是什麼意思？」

耶律香兒道：「太冒然了，我不知道你的功力，你不知道我的修為。」

「那容易。」花初紅原本已站了起來，聞言重又坐回瑤琴後面，也就是先前趺坐之處，緩緩的道：「你坐穩了，就在那塊大石之上，聽我彈奏一曲，一曲終了，你毫無感覺，就是我的功力不夠教你，若是你感到難以抵受，就拜在我的門下，你看如何？」

耶律香兒天真直率的道：「光棍打光棍，一頓還一頓，假若你輸了呢？我也不要你拜在我的門下，只要你取一包雲霧仙茶給我。」

花初紅道：「你的意思是我兩人同時施為，你彈琵琶，我撫瑤琴？」

「對！」耶律香兒點頭道：「公平！誰也不分先後，誰也不吃虧。」

「就這麼一言為定！」花初紅自認確有把握，「彼此公平競爭，都不要後悔。」

耶律香兒將銅箏抱在懷內道：「請！」撥動銅弦。

叮咚！

花初紅道：「這就開始。」

噹！咚！叮！

夜色深沉，浮雲飄蕩。

林木森森，山色朦朧。

花初紅琴韻如千軍萬馬，曲子彈的是「旱天雷」，音調十分霸道，像是兩軍對陣嘶殺，震天動地，金鼓之聲此起彼落，煞是驚人。

耶律香兒琵琶如怨如訴，曲子奏的是「深閨怨」，哀怨纏綿，淒清時令人鼻酸，哀惻時使人落淚。

兩人都沉心靜慮，埋首在瑤琴與琵琶之中，一面依曲譜演奏，一面將畢生的功力透過十指。接入琴弦，發於音律。

荒山中宿鳥驚飛。

林蔭間落葉繽紛。

花初紅自以為憑自己大半甲子的修為，只需十拍之內，必然能使耶律香兒情關衝動，心血沸騰，五內如受千軍萬馬的衝擊，拋卻琵琶聽命於己。

殊不知，耶津香兒的功力雖遜一籌，一則她深懂音律，只把動人的琴音認為是音律之學，感染雖甚強烈，一時尚不致動了真氣傷及內力。二則，她也一心以為自己琵琶上的修為冠稱回族，全力全心投入「深閨怨」之中，哀感的精、氣、神，化解了大半的外來衝激。

故而，雙方的曲調雖都奏了半闋，但彼此尚能把持得住。

花初紅好勝心強，眼見耶律香兒冗自氣定神閒，琵琶發出的音韻正常自然，不由暗暗吃驚，心忖：這女娃有如此功力，幾乎輕敵大意了，非要降服她不可。有了這個念頭，丹田真氣激為一道巨流，輸入十指，彈得越加著力。

耶律香兒也在暗暗吃驚，心想：老太婆雖醜，內力修為勝我甚多，勢須小心應付。想著，也收起斂起雜念，不想「旱天雷」的曲子，一心一意的輸功演奏。

然而，武功一道，強者自強，弱者自弱，是絲毫勉強不得的。

雙方的曲子「長短」彷彿，眼看就要終了。

花初紅除了臉色凝重之外，並無二樣。

再看耶律香兒，鬢髮已如水洗，一縷縷的貼在腮邊，一雙大眼睛神光已斂，喘息之聲可聞，手中的銅琵琶已不知不覺的滑離胸前，仍一分一分的向下移動，手臂抵不起的樣子，撥弦的手，五指漸軟，雖然撥動有聲，但已去了調門。

勝負就在一剎那之間的事。

幸而花初紅目的只在懾服耶律香兒，愛惜她的人材，否則只要在這緊要關頭稍微趁勝追擊，耶律香兒必然落一個五臟離位七孔流血。

正在此刻——林子左側忽然發出一聲尖銳刺耳的笑聲。

好怪的笑聲，連瑤琴琵琶的樂聲，也被這笑聲掩蓋下去。

笑聲未落，衣袂連振。林邊颯颯風響，四個中年美婦，一字排列，連竄帶跳，到了當場。

其中一個妖嬈動人的嬌笑聲道：「夜半琴韻，想不到天柱山成了雅士薈萃之地了。」

另一個媚眼撩人的接著道：「琴音不錯，可惜人嘛，離雅字太遠了。」

這時——花初紅早已收起將完的調子，提著瑤琴站了起來。

耶律香兒似乎已疲乏不堪，坐在原地，軟軟的手臂拖著銅箏，暗暗調息。

四個美豔少婦說著，已蓮步款移，向花初紅走去，先前首先發話的那個道：「妹子，彈琴就是雅士，為何在人頭上加評語，雅不雅總是彈琴呀。何況，花家的姐姐咱們可不陌生。」

花初紅此時已看清了來人，咧嘴一笑道：「我道是誰，原來是……」

她說到這裡，忽然仰天一笑道：「恕我口沒遮攔，原來七大惡婆竟然來了四位。」

因此，四人之中的一個沉聲喝道：「花初紅，給你臉不要臉，忘記了你也是魔字號的嗎！」

花初紅仍然不惱道：「不錯！八荒琴魔，我是魔字號的，我是琴魔，是從『魔音穿心』起家，所以有人叫我八荒琴魔，我並不反對。」

四人中的個又道：「魔，就是魔鬼，魔鬼有什麼好東西。」

花初紅冷冷的道：「魔比惡要好得多，你們七姐妹被稱七大惡婆，我花初紅代你們叫屈。」

四人中的一個道：「關你什麼事，你何必貓哭老鼠假慈悲。」

不料，花初紅忙道：「據我所知，你們七姐妹沒有一個出嫁過，怎的就做起婆來，最多嘛……叫你們七大惡女而已。」

其中一個搶著道：「本來就是七大惡女……」

「二妹！」惡婆的老大，知道自己人失言，喝止道：「二妹！少與她扯談，談談正經的，把她趕出天柱山就是了。」

「對！」二妹紅著臉道：「大姐，先禮後兵，告訴她我們的來意。」

七大惡婆的老大冷漠的對花初紅道：「姓花的，你可知道咱們姐妹的來意？」
花初紅搖搖頭道：「我不用知道。」
「我們一定要告訴你。」七大惡婆中的老二插上一嘴。
天真的耶律香兒，只是血氣不順，略加調息已經復原，聞言大聲道：「我知道，是來探雲霧仙茶的。」
「哈！呵……」四個美艷少婦，不由同時大笑。
笑聲甫收，又不約而同的齊聲道：「聰明！小娃兒，你猜對了，咱們姐妹正是為了雲霧仙茶而來。」
耶律香兒聞言，天真的叫道：「那太好，我同你們一起。」
七大惡女之一的道：「幹嘛？」
耶律香兒直率的道：「我只要一小包，一小包就可以了。」
七大惡女的老大道：「你要仙茶何用？」
耶律香兒直接了當的道：「救人，救一個非常重要的人。」
這時，「八荒琴魔」花初紅插口道：「重要的人？是誰？」
耶律香兒的古銅色臉上，泛起了一抹少女特有的嬌羞，十分嫵媚的道：「你猜！」
「哈哈哈……」七大惡女的老二，仰天大笑道，「女娃兒，還用猜嗎？一定是你的心上人，對不對？哈哈……」
花初紅也道：「不然的話，你也不會盲目的冒險，到天柱山來。」

「對啦！」耶律香兒盈盈一笑道：「是我們族裡的小王爺，也是……」

沒等她說完，花初紅大聲道：「是不是探花沙無赦？」

「咦！」耶律香兒的眉頭一掀，吃驚的道：「你認識他？你怎麼一猜就猜中了是他？」從她神情上看，對於沙無赦異常關心，而且對於花初紅一語道破是沙無赦，尤其覺著奇怪。

偏生，花初紅見她這等失神吃驚，不由存了逗逗她的意思。因而一本正經的道：「我與沙探花交情不淺，回族的小王爺又沒第二人，當然一猜就猜到是他。」

「什麼？」耶律香兒追問道：「你與他交情不淺？你沒弄錯吧。」

花初紅帶笑道：「錯不了，沙無赦是欽點探花，是錯不了的。」

這時，七大惡女的四人，已看出花初紅有心逗耶律香兒的樂子。

更看出耶律香兒是初出道，對人情世故嫩得很。

故而，湊著道：「沙無赦是御封恩榜探花，又是小王爺，到了咱們中土，處處留情，凡是中土稍有名氣的女人，差不多都與他有一腿，花初紅認識他，沒有什麼好奇怪的。」

花初紅生嗔的道：「你們少嚼舌根……」

她的話還沒落音，耶律香兒已迫不及待的追問道：「四位！你們是說沙小王爺他……」

「不信？」惡女之一的道：「他風流成性，在中土風流是出了名的，誰人不知，哪個不曉。」

耶律香兒道：「我不信！」

「不信？」惡女之一的道：「不信就算了，你問花初紅。」

耶律香兒對沙無赦一往情深，還從回疆趕到中原來，其愛慕之意可想而知。

對於「沉溺愛河」的青年男女來說，愛，就是一切，為了愛，生命都可以不顧。

耶律香兒生在回族，個性像北地的空曠形勢，爽朗明快，沒有拐彎抹角，更不會鉤心鬥角，哪裡理會得七大惡女四人與花初紅的居心。

因此，一臉的焦急，無限的關懷，回臉向「八荒琴魔」花初紅問道：「她們的話是真的嗎？」

花初紅見耶律香兒那種焦急的樣子，存心吊她的胃口，不答反問道：「你口口聲聲說取雲霧仙茶是為了救沙無赦，必然已經見到了他？」

花初紅這話是「以話套話」。

耶律香兒憨直的道：「當然！我找得好苦，幾乎找遍了北七省，總算找到了他……唉！」她深深的嘆了口氣，雙眉緊鎖，愁雲滿面。

花初紅又進一步的道：「既然找到了他就好，難道他中了毒？不然為何要雲霧仙茶呢？」她又故技重施。

耶律香兒當然中了她的道兒，緩緩的道：「他住在客棧裡，奄奄一息，人也昏昏迷迷，斷斷續續的告訴我，他中了毒。」

這時，四大惡女不由齊聲道：「中了什麼毒？是誰放的毒？」

這四人來自暗香谷，對於凡是有關「毒」，不免特別關心。

耶律香兒幽然一嘆道：「唉！天可憐！真主顯聖，在客棧裡遇見了他，據他不清不楚的說是在一個秘道裡中了毒，勉強撐持脫出秘道……」她真情流露，說到傷心之處，兩行清淚像斷了線的珍珠，滴滴可見。

花初紅仰天打了個哈哈道：「哈哈！動了真感情了，小娃娃，什麼叫情，什麼叫愛，男人呀，沒有一個值得你這等痴心的。」

四大惡女互望了一眼，每個人面露不屑之色，老大不滿花初紅的話。

耶律香兒抹了一下眼淚，對著四大惡女懇求的道：「我的話已說明，四位應該有同情之心……」

花初紅一掀濃眉道：「同情之心！有同情之心她們就不能稱做惡婆了。」

四人惡女之一聞言，冷冷地道：「算你說對了，閒話少說言歸正傳，請你們立刻退出天柱山。」

耶律香兒道：「我也要退出？」

四女之一道：「你們，你聽懂了嗎？」

「不！」耶律香兒臉上變色道：「我不取到雲霧仙茶，絕對不退出天柱山！」

四大惡女很少說話的一個冷然道：「姐妹們，光動嘴是沒有用的。」

她說著，順手腰際著力一抽，抽出一條七尺來長的鏈子槍，霍地退出三步，揮起長鏈，帶起呼呼風響，大吼著道：「趕她們出去！」

另外三女也急的散開了來，每人手中都多了一條鏈子槍。

花初紅一見，不由吟吟一笑道：「呵！反了！竟然有人在我面前亮傢伙。」她雖然口中冷漠的說著，人在原地絲毫沒動，並無打鬥之意。

沉不住氣的耶律香兒可慌了，她一面橫起紫銅琵琶當胸作勢，一面道：「我只要一點，一小包仙茶。」

四大惡女之一冷笑道：「勝了咱們姐妹，雲霧仙茶全是你的，勝不了我們，你連一片茶葉也摸不到。」

花初紅此時應該勃然大怒。

因為，以四大惡女連手，平心而論，對一個「八荒琴魔」花初紅，最多是平分秋色，絕對勝花初紅不得。

然而，花初紅看樣子毫無動手過招之意，只站在原地，冷冷而笑道：「鬼畫符的三腳貓，還在這裡耀武揚威，不怕丟人現眼。」

耶律香兒是初生之犢不怕虎，加上情急之下，一振臂，嬌呼道：「說不得了，就先分個上下吧。」口中說著，超招墊步，搶上前去，手中銅箏「鏘！」的發聲清鳴，認定四女鏈子槍影之中揉身而入。

人影乍合即分。四大惡女手中鏈子槍雖然不停舞動，但四條人影已退出數步，八隻眼一齊盯在耶律香兒的臉上。

耶律香兒嬌聲道：「四位，無冤無仇，只是為了一包雲霧仙茶，拚命未免划不來吧。」

一邊的花初紅，臉上露著陰沉的冷笑道：「女公主，看不出你小小的年紀，這一招還真有得瞧的。不含糊，不說四個惡女，連我也沒看出門道來。」

她分明是鼓勵耶律香兒，暗地裡是諷刺四大惡女一上手就被人逼退。

論四大惡女的功夫，絕對不在耶律香兒之下。

只是，耶律香兒手中既是外門兵刃，塞外的招式，中土人是一無所知。加上香兒情急拚命，這三種原因湊在一起，才造成四女接招即退的局面。

因此，四大惡女聞言，不由大怒，四人交換了一下眼神，悶聲不響，各揚鏈子槍分施合擊，潮水一般的認定耶律香兒攻到。

四女聯手，勢如江河倒瀉，怒潮拍岸，四條鏈子槍，連成一片寒光，罩頭蓋臉的砸、刺、掃、推，煞是驚人。

耶律香兒哪敢怠慢，一面揚起紫銅琵琶，一面大聲道：「既然相逼，休怪手下無情。」

四大惡女一聲不響，四條鏈子槍舞得風聲呼呼滴水不進。

五個人的影子往來躍縱，連成一大片光影，分不出誰是誰來，糾纏在一起。

「八荒琴魔」花初紅翻著一對大眼睛，一面凝視著場子內五女的拚鬥，一面心中嘀咕著。

她心想——二虎相擊必有一傷，等著「漁翁得利」吧！

她又想——假若回族的娃兒勝了，我可以略施小計，把她收在門下。還真是一個難得的傳人，看這女娃兒天真無邪，入世未深，一定很好騙，既可做徒弟，發揚我的魔琴功夫，又可做一個伴當，也免得老來寂寞，說不定用她為人質，把沙無赦也引進麾下，今後江湖就有得混了。

她也想——萬一四大惡女傷了耶律香兒呢？

憑自己並不會怕了四個惡女。然而，她們會讓出天柱山嗎？沒有她引路，自己還真的找不到斷魂崖在哪裡呢？何不……

想到這裡，冷笑一聲，將懷內的魔琴重重的撥了一下，發出「鏘鏘」一聲大響，游身向前，大叫道：「都給我住手！」
五條人影，呼的一聲，如同爆花一般，快速的閃出丈外。
四大惡女意料著花初紅必是站在耶律香兒一邊，前來助拳與四人對立。因此，人人神情凝重，目不稍瞬的盯著花初紅，看她的動靜。
不料，花初紅卻面露微笑，對著耶律香兒道：「姑娘，這是為了什麼？忘記了你那位心中的回族王子，臥在旅邸之中嗎？」
耶律香兒愁眉苦臉的道：「我不會忘記呀！就是為了他，所以才……」
花初紅連連搖手，搶著道：「憑你一個人，是鬥不過她們的，算了，另外想辦法救人要緊。」
耶律香兒道：「另外想什麼辦法？」
花初紅道：「上天有好生之德，沙無赦也不是短命夭壽的相，我自然有辦法。」
耶律香兒半信半疑的道：「真的？」
花初紅含笑道：「花家姑奶奶從來不騙人。」
說完，她伸出雙手，虛虛的空按一按，穩住了耶津香兒，轉面對站在一邊的四大惡女道：「我替你們解了圍還不走，站在這兒發的什麼愣。」
四女之一道：「誰知你打的什麼鬼主意？」
花初紅冷漠的道：「靈不靈當面試驗，你們只管走就是了。」
四女各抖鏈子槍，互相打量一下，略一遲疑，老大低聲道：「咱們走！」
呼——一聲破風，衣袂連振。四大惡女互相招呼一下，齊向天柱山深處奔去。

「嘻！」花初紅不由冷冷一笑。

耶律香兒目送四大惡女走去，收起紫銅琵琶，向花初紅道：「前輩，請將解毒之藥賜給我，我香兒終身不忘大恩大德！」

誰料，花初紅一愣道：「解毒之藥？我哪兒有什麼解毒之藥？」

耶律香兒不由大失所望，但心中怒火已升，朗聲道：「剛才你不是答應我，說你有辦法嗎？」

「哦！」花初紅哦了聲才道：「辦法當然有囉，雲霧仙茶就在這山裡面，誰說沒辦法？」

耶律香兒一跺腳，急道：「嗨！你開什麼玩笑，這個我早已知道。」

「這就是了。」花初紅正二八經的道：「我問你，你若是被四女所傷，她們能讓你爽爽快快的去摘仙茶嗎？」

耶律香兒道：「當然不能，她們也許要了我的命。」

「好！」花初紅又問道，「假若你殺了她們四人。」

耶律香兒豪情萬丈的道：「並非辦不到。」

花初紅緊接著道：「誰帶路可以找得到斷魂崖的雲霧仙茶呢？」

耶律香兒語塞，說不出話來。

花初紅揚起濃眉得意的道：「現在，你既不用冒生命之險，又有人帶路去摘雲霧仙茶，難道我這個辦法你不同意嗎？」

耶律香兒真的明白了，不由色然而喜，大聲道：「你是說我們尾隨著她們四個人，到了地點能摘就順順利利的摘，不然，再殺了她們。」

「對！」花初紅一拍手，得意至極。

耶律香兒也喜孜孜的道：「高明！咱們這就追上前去，不然被她們走脫了。」

「走！」花初紅的人隨聲起，一式沖天鶴，早已遠去五丈遠近，快逾飛梟。

耶律香兒哪敢怠慢，招展「燕剪啣泥」，如影隨形跟蹤而起。

夜空浮雲飄蕩。

山谷霧氣氤氳。

花初紅的輕身功夫已臻爐火純青，起伏在林間，如同一隻夜鷹，快捷輕靈，不像她龐大的體態。

耶律香兒靈活矯健，一步一趨，絲毫不敢放鬆，啣尾跟著前趕，

片刻——已遠遠望見四大惡女的身影，在水氣山嵐之間，正穿越一條山澗，向黑黝黝的懸崖絕壁之間奔去。

花初紅騰身上了一棵濃蔭遮天的杉柏，回身對後面的耶律香兒招招手。

耶律香兒躍身上樹，低聲問道：「如何？」

花初紅壓低嗓門道：「慢點！那山澗地勢開闊，我們追去，必然露出行蹤被她們發現。」

耶律香兒急道：「那，我們怎麼辦？」

花初紅道：「等她們進了懸岩，樹影掩遮，回頭也看不到我們了。」

「唉呀！」耶律香兒急道：「萬一追不上她們，或是走岔了怎麼辦？」

「不會的！」花初紅搖頭不迭道：「天柱山又不是通郝大邑，哪有那麼多的大路。再說，憑她們四個小妖的身手，諒也逃不出姑奶奶我的手掌心。」

這時——耶律香兒忽然直著眼睛道：「前輩！你看，又有人在山澗裡。」

果然，人影幢幢，約莫十來個矯健的身影，穿過山澗，也是向懸岩絕壁方向奔去。

月光雖為山間的煙霧籠罩之下，但那十餘漢子一色的血紅勁裝，卻在澗水反映之下，看得十分清楚。

「八荒琴魔」花初紅不由大奇的道：「咦！這一幫好生奇怪。」

「奇怪？」耶律香兒緊接著道：「前輩，奇怪?什麼叫奇怪?」

花初紅道：「進入天柱山的人不少，但沒聽說有十多個一群的。更不解的是，我看不出他們是哪一道上的，黑白門派中沒有穿紅衣服的呀。」她皺起濃眉，有些焦急的道：「事情有了變化，遲不得，走！螳螂捕蟬、黃雀在後，可不能落個菜籃子打水——一場空。」說著，一彈腰，從樹梢略一借力，像枝離弦之箭，認定山澗射去。

情勢所逼，她全力而為，較之先前躲躲藏藏的情形，何止加快了十倍。

耶律香兒一見，不由心中暗想：好快的身法，好深的修為，看來先前她是隱藏實力。心中想著，腳下可沒敢稍慢，緊追著也是全力施為，專找稍能載重的枝芽，生怕有個閃失。

過了山澗，迎面如同刀削般的懸岩，像人磨的一樣，真是鬼斧神功，約莫有二十餘丈高下，一眼看不到盡頭的正面。

幸而，石隙縫中，生了不少的矮松野藤，此外是翠綠欲滴的蒼苔，不用試就知道那苔蘚滑不留足，行家心中有數，連壁虎功也攀不上去。

花初紅回頭看了看緊隨而至的耶律香兒，帶笑道：「回族公主，你覺著前面兩批人是怎麼攀上去的？」

耶律香兒的古銅色臉上，不由一陣飛紅，抬頭看了眼黑呼呼插雲也似筆直的岩頂，搖搖頭道：「西北大漠，哪有這等險惡去處，他們……」

她說到這裡嚅嚅囁囁的沉吟道：「是不是借著老藤矮樹攀緣上去的？」

花初紅打量一下道：「可能！但是老藤矮樹借力搭腳，並非不可能，但是，你我可辦不到。」

耶律香兒最怕的是花初紅打退堂鼓。

假若花初紅中途變了主意要折回去，自己不但勢單力孤，而且極可能連斷魂岩上雲霧仙茶的地方都找不到。

因為，她知道，花初紅找雲霧仙茶，只不過是江湖人存心掌握一種解毒之藥，並非急欲救人，找得到，固然可喜，找不到也不致有任何損失，不像自己為了救沙無赦這樣急需。

故而，她聞言急忙道：「前輩指的是什麼？為什麼他們上得去，我們辦不到，尤其前輩你的修為，難道比不上他們？」

塞外的女娃兒，也想用一頂「高帽子」套住好勝爭強的花初紅。

花初紅搖搖頭道：「矮樹老藤足可以借力，但是那不是排列好的一道梯子，必須要摸熟了，才能成功。萬一遇到老藤枯朽，矮樹浮動，一個閃失，跌下來怕不粉身碎骨？」

耶律香兒一時愣住，兩眼發呆，答不上話來。然而，那份焦急暴露無遺，只剩下沒有哭出聲來，淚水在眼眶內打轉，泛出晶晶水光，哀怨感人。

花初紅不由一笑道：「回回公主，別急，本姑娘做事只向前不退後的，你身上有沒有鏢梭一類的玩意？」

耶律香兒愣愣的搖頭道：「我們回族不恥使用暗器，雖然練過，從來不用，所以，沒有。」她拍拍腰際，表示沒打鏢囊錦袋。

花初紅一見，不由道：「你那兩柄匕首，比鏢梭不是更好嗎？」

耶律香兒紅著臉尷尬的道：「這……這是我們族人隨身必帶的土玩意，不是動手的兵器，只是準備烤牛羊肉，替牛羊削蘮剔蹄子放血用的，帶習慣了，所以……」

花初紅笑道：「現在增加一個用途，攀登懸岩絕壁用。」

耶律香兒不明白，但是，順手抽出腰中一對手扎子，又像匕首的彎月形利刃，揚了揚道：「這……這玩意能派上用場？」

花初紅道：「前面兩批人對老藤矮樹摸得清楚，咱們可不行。這樣，咱們一人一把刀，瞧清楚。」

她的話落人起，一式「平地青雲」，已上躍丈餘，左手抓住垂纓也似的老藤，單腳找到一株斜生的矮樹，右手的刀一抬腕，插向石岩的一個縫隙之中。

這一連中的動作，一氣呵成，乾淨利落，每一環節都十分扎實，巧妙之中顯出力道，令人折服，真乃是「薑是老的辣。」

耶律香兒大喜過望，心中十分佩服花初紅想得周到，因為有了刀，哪怕藤斷樹折，也不會有墜身懸岩粉身碎骨之虞。

此刻，花初紅已第二次拔刀起勢上衝，口中朗聲道：「女娃兒，看到了嗎？你如法泡製該沒問題吧？」

耶律香兒應聲道：「知道了。晚輩我還辨得到，前輩放心！」

花初紅又叮嚀道：「要快，中途若是有人做怪，就危險了。」

一言提醒了耶律香兒。

因為這樣雙手全都要用上，而且執刀的手必須貫上內力，才能將刀扎牢到石壁之中，另一隻手只能用巧勁，過猛怕枯藤經不起重量，腳下找的矮樹也是如此。

耶律香兒心念既動，對花初紅設想的仔細更加打心眼裡欽佩，焉敢怠慢，騰身上躍，如一隻靈雀，身手賽似猿猴，沿著花初紅的舊路，一節節不稍喘息，向岩頂冒險而上。

二十餘丈的高岩，十幾個接力，已到了岩頂。

岩上，別有天地。

原來是一片十分平坦的黃泥地，沿著岩邊，生了些羅漢竹，像是一重天然籬笆。地上，矮登登一叢叢嫩綠植物，葉尖而嫩，還彷佛生滿了白茸茸的細毛，足足有百十叢。除了這些之外，圍著的是數不清的鵝黃玫瑰，好高好密的玫瑰花，不是花，簡直是玫瑰樹。

花初紅指著地上的叢叢嫩綠道：「喏！這便是你千方百計要找的雲霧仙茶……」

沒等耶律香兒回話，「嘿嘿！」一聲冷笑，在黑夜荒嶺，令人毛骨悚然。

冷笑聲中，高大密如麻林的玫瑰樹後，鑽出一個赤面黃鬚的老者。那老者通身薑黃鶴氅，面色鮮紅，頭頂上牛山濯濯，沒有半根頭髮，光禿禿的前額老高，像煞傳說中的南極仙翁。

一步步走向花初紅耶律香兒兩人，口中緩緩的道：「兩位已經是第五批了，這半個月來，這兒可真熱鬧。」他滿臉堆笑，和靄可親，一副十分慈祥的神情，加上步履遲緩，分明是官宦人家的大老爺模樣。

花初紅一見，低聲對耶律香兒道：「老傢伙不好纏，你自己見機而行。」說著，並不等耶律香兒答話，提高嗓音道：「少假作斯文，睜開你的老眼看清了再賣傻。」

「哈哈哈！哈哈哈！」那光頭老者笑得聲動四野，摸摸頷下黃鬚才道：「早已看清了你老婆子，幾時生了個小婆子！也不請我喝一杯滿月酒。」

花初紅不由怒道：「呸！你嚼舌根是不是，姑娘我還是黃花大閨女，哪來的女兒？」

「太好了？」那老者更樂了，「你花初紅雲英未嫁，我龍老頭尚未婚配，天柱山這大的產業，一個人守著也的確冷清，咱們……」

花初紅不由大喝道：「你撒泡尿照照你的德性，憑你配嗎？」

「配！」龍光頭笑道，「你既然上了岩，就由不得你。」

花初紅沉聲道：「你待怎的？」

龍光頭得意的道：「天柱山可是我光頭的地盤，既來之則安之，天緣湊合，你就認吧。」

「噢！」花初紅已惱了起來道：「我花初紅不服氣，你有能耐留下我？」

不料龍光頭道：「說不定，可是，我可以給你一個證據，你就知道了。」

「證據？」花初紅問：「什麼證據？」

龍光頭一指那玫瑰樹的後面道：「就在這玫瑰樹的後面，你要看？」

花初紅耐住性子道：「看看也好。」

「隨我來。」龍光頭一晃肩，人也疊腰鷂子翻身，呼的一聲越過花樹。

花初紅也不稍慢，直撲而起。

耶律香兒尾隨不捨。

花樹後面，赫然躺著十餘個紅衣大漢，個個眉心都有一個血窟窿，還在不住的滲出刺眼的黑血，樣子十分怕人。

花初紅不由皺著濃眉道：「龍光頭，你的陰陽指功力沒什麼了不起，好殺的野性，也沒改變。」

龍光頭道：「人不犯我，我不犯人！找上我，那算他們自倒楣。」

耶律香兒從來沒見過這等奇慘場面，不由道：「他們真的命該如此嗎？」

龍光頭道：「還有，這裡來。」說時，他拐過一塊碩大無比的山石，指指巨石之下一個深可丈餘的坑窪道：「她們沒死，恐怕比死還難以消受吧。」

窪洞內光線太暗，一時看不清楚。

花初紅與耶律香兒走近窪洞的邊際，才看清楚。

原來是四個剝得精光一絲不掛的中年少婦。

耶律香兒不由失聲叫道：「四大惡女！」

龍光頭搖頭晃腦，陰沉沉的道：「不是她們還有誰？花初紅，我與你是有緣呀，這四人可也是天仙之人，美艷可不在你之下喲。」

花初紅聞言，勃然作色，怒沖沖的道：「龍光頭，你這是作孽，黑白兩道，找不出第二個罪惡滔天的大壞蛋，你殺了她們也就罷了，還用這卑劣的下三流手段。」

龍光頭冷冷一笑道：「沒有，沒有殺她們。」他說著，就地撿起一塊拳頭大小的石塊，向窪洞內砸去。

果然，洞內的四大惡女立刻翻動起來，蠕蠕地像一窩剛出生的小老鼠。

花初紅喝道：「更不能饒你這個喪心病狂的大魔頭，接招！」她是盛怒之下出手，並未摘下肩頭的瑤琴，冷不防左掌橫削，直取龍光頭的肩頭。狠、準，二者兼俱，端的凌厲異常。

龍光頭冷冷一笑，大叫道：「天下哪有沒過門的老婆打老公的。」叫著，斜地裡略一晃肩，人已滑出丈餘，險險躲過突然而來的一掌。

一掌落空，花初紅並不遲疑，右掌猛翻，連拍帶壓，逕取龍光頭的後背心臟之處。從背後施擊，乃是武林所忌。

然而，一則花初紅怒極攻心，二則她本是黑道中人，生性又復剛愎，哪管得許多。

龍光又也已抖定花初紅這一招，因此，滑身之際，已毫無停留的步法，一連兩腳，踏著方位，像水中的魚兒，滑溜的拐過巨石。

花初紅一連兩招都沒得手，怒火益發高熾，一縱身，越過巨石一角，雙掌平推，凌空向尚未立足的龍光頭全力壓下。

這一招出手之快，力道之猛，真個的泰山壓頂，勢如奔雷，任由龍光頭如何快速，也難以避得開這追風閃電的一雙肉掌。
因此，他大吼道：「呵！花初紅，你同老夫我玩真的？老夫就接你一招！」
花初紅冷哼道：「你接得起嗎？」
「啪！」一輕聲一響，四隻肉掌硬拍實接。
花初紅的人在高處，全力壓下，自然佔了不少便宜。然而，龍光頭並不是弱者，面對這等情形，格外將全身力道施展開來，捨命立定下樁，全力向下猛推。
人影立即一分。
龍光頭搖晃幾晃，勉強立樁穩住，大聲道：「不過如此！花大姑娘，咱們不正半斤八兩嗎？」
花初紅凌空折腰，一式「潛龍在天」，落實地面，戟指著龍光頭道：「姑奶奶不把你送歸西天，絕不下天柱山！」
龍光頭道：「你不下山最好，這一片雲霧仙茶，就算我的聘禮。」
他一味油腔滑調，花初紅又急又氣，恨不得將他立斃掌下。因此，不再多說，揉身挫掌，劃出一道勁風，直逼近來。
兩人都是行家，面對面可講的是拆招化解。
龍光頭焉能怠慢，奮掌迎上前去。
高手過招，快如閃電，兩人都全力施為，一時勁風此來彼往，斷枝殘葉紛飛，泥土砂石亂揚。
「噗通！」悶響連聲。
地面，多了一些土坑。

耶律香兒從未看見過這等惡狠拚鬥的場面，不由呆在一邊發愣。

忽然——「噗！」一聲敗絮朽革悶響，勁風陡止，沙石不揚。

原來兩個老怪動了真火，四隻肉掌一對一的接在一起，面對面相距不足五尺，較起內力來了。

耶律香兒雖是回族武林中佼佼人物，但從未見過人拚鬥過內力，自己又插不上手，只有乾瞪眼的份兒。

眼看花初紅額頭發亮，龍光頭的光頭生津，兩人腳下的落葉颯颯輕響，四隻腳陷入地下半截。

耶律香兒越發緊張，想起了花初紅對自己的這份關心與情義，恨不得上前去幫助她一臂之力。

想著……忽然她想起了自己來天柱山的目的。

因此，她腳下緩緩的退後，快速的鑽過玫瑰花樹，彎腰雙手不分數的摘取嫩綠的雲霧仙茶，塞向自己懷內。哪消片刻，已塞得胸前鼓鼓漲漲的，怕不有三五斤之多。

她直起腰來，不由好笑，隔著一層花樹低聲道：「花老前輩，為了救人，我可不能等你了，反正我也幫不上你的忙，你可不要怪我。」

自言自語的說著，人已到了懸岩的邊際，提氣凝神雙手持一柄彎刀，採用來時的方法，向岩下溜去。

東方已露出魚肚白，但是，清晨的霧，更加濃了。

峰巒疊翠，山迴嶺綿。

澗水淙淙，林木參天。

迤邐千里的伏牛山，像一條延伸的巨龍，懶洋洋地躺在大地上，灑脫、壯觀、神秘，令人莫測高深。

夜深如水，疏落的星光掩映之下，山澗的嵐影，被層薄薄的霧籠罩得越發迷濛。

星飛丸射，兩道人影，幾乎是並肩疾馳，同樣矯健，同樣優美，同樣如離弦之箭，從入山的峽口，沿著山路展功上衝。

好快的身法，眨眼之際，已到了山麓的茶亭之前，專供行人休息的地方。

稍微在前的一個，瞟了一下那半舊的八角亭，側面對身後通身黑衫少年道：「紀兄，憩息片刻，這裡已到了入谷的峽口，不似先前谷外那麼平靜了。」

紀無情瞧了一下，點頭道：「也好，說不定穿過峽口就會有人來迎接咱們……」他的「迎接」二字說得特別強調，顯著他所說的「迎接」別有涵義。

「嘻嘻！」司馬駿只是一笑，人已彈身由小路中間跳進亭子道：「迎接極有可能，依小弟淺見，要是沒人迎接，可能比迎接更可怕。」

紀無情也步上亭子，而且就在石蹬上坐了下來，苦苦一笑道：「既然來了，怕也沒用。司馬兄，我想你是不會怕的，小弟不才，也從來沒怕過人。」

「哈哈……」司馬駿聞言，仰天發聲長笑，接著大拇指一豎，朗聲道：「好！豪人豪語。紀兄，能交上你這個朋友，真是生平一大樂事。」

「這……」紀無情面帶苦笑，欲言又止。

司馬駿乃是聰明人，怎會看不出紀無情的神色，凝神睇視著紀無情，十分誠懇的道：「紀兄，小弟覺著你有話悶在心中，難道你我的交情還有礙口之處嗎？」

「這……司馬兄。」紀無情吱唔其詞，依然沒有說出所以然來。

司馬駿忙道：「紀兄，你是南陽世家，中州豪傑，性情應該爽朗豪邁。」

紀無情這才舐了舐嘴唇道：「不敢，中州人直性子而已。」

司馬駿道：「既然如此，你為何欲言又止？」

「是這樣的，」紀無情終於道：「小弟有一事不明，本當問你，只是又覺冒昧孟浪，欲待不講，又如鯁在喉，不吐不快。」

「紀兄。」司馬駿從八角亭的石欄桿上，移坐在紀無情身側的石磴上面，靠近了紀無情，含笑問道：「紀兄，我們生死之交，有盟約的好兄弟。有話，你不須考慮，儘管說出來，我是知無不言，言無不盡。」

紀無情慎重的道：「我說出來，你可不許著惱。」

「怎麼會呢？」司馬駿也誠摯的道：「衝著我們三跪九叩的三柱香，我會惱？」

「好！」紀無情壓低聲音道：「江湖上的傳言，說是令尊『擎天一劍』司馬老莊主已經歸天，可是……」

此言一出，司馬駿登時玉面通紅，心中如同鹿撞，噗通跳得快極。

紀無情已瞧在眼裡，話題一轉道：「我只是想把疑團解開，並無惡意，難道是江湖傳言有誤，還是……」

「不！」司馬駿忙道：「不是江湖傳言所誤，我司馬山莊也舉行過隆重的喪禮。」

「是呀！」紀無情連連點頭，又道：「內面一定有點道理，司馬兄，不必為難，當講則講，如果認為不宜讓小弟知道，我也不怪你，當做我沒問。」

「紀兄……」司馬駿臉上有掩飾不住的尷尬，停了片刻，終於道：「即使你不問，我也要告訴你，因為……因為……」他猶豫了一下，才接著道：「因為事情不是三句話兩句話可以說明的，所以……所……」

「所以你一直沒有時間與我詳談，是嗎？」紀無情當然看出司馬駿的心情。

「對！」司馬駿連忙點頭道：「現在我可以大概的解釋一下。」

紀無情笑道：「此番進了暗香谷，無異身入虎穴龍潭，你若是不說出來，只怕我有去無回，一輩子都無法明白事情的端倪了。哈哈哈……」

司馬駿也笑道：「紀兄，你開玩笑，暗香谷有何過人之處？你我一同來，一同出，同生共死的弟兄嘛！諒來你信得過我司馬駿。」

紀無情微笑道：「當然！當然！」

司馬駿目望著遠處青青山脈，悠然神往的道：「家父之所以傳出逝世的消息，最大的原因有二，其一是暫時以隱退的姿態，避免黑白兩道的糾纏，暗地裡策劃消除武林殺劫的大計。其二是辭退各方面的邀請，當然，也怕防不勝防之下，遭了歹徒野心家的毒手。」

「哦！」紀無情點頭道：「說真的，司馬山莊的名頭太大，樹大招風，一旦掀起殺劫，不免首當其衝，老伯顧慮的極是。」

不料，司馬駿卻回眸凝視著紀無情道：「老實說，小弟對家父的做法，打自內心的一百個不同意。」

紀無情睜大眼睛笑道：「哦！小弟敬聞其詳。」

司馬駿道：「消弭武林浩劫，司馬山莊義不容辭，正大光明的站出來全力而為，即使因此毀了司馬山莊，也沒有遺憾。」

紀無情道：「司馬兄之見令人折服。可是，老伯老謀深算想來亦自有道理。」

司馬駿悶聲不響的一嘆道：「為人子者，一切都只有奉命行事，此種心情紀兄應能體諒。」

紀無情不由心中一動，暗想：司馬駿為何有這種感慨？難道他這位少莊主，還有不滿之處，似乎滿腹牢騷。然而，父子之情，家務之事，是不容外人過問的，也無從過問。

因此，紀無情苦笑一笑，將目光從司馬駿的臉上移向亭子外。

「叮……」突然，一聲極其細微，但卻十分清脆，清脆得動人心胸的「磬」音，從斜地山腰中隨著夜風傳過來，是那樣清晰，而且餘音裊裊，歷久不絕。

司馬駿身子一震。

紀無情也悚然一驚。

兩人沒出聲，但是，四隻眼睛對望了一下，都有驚異之色，失神的對凝著。

夜色濃郁得化不開，夜空幾點疏星在眨眼，夜風徐徐的拂過野樹。

分明是雜樹密生，荒草沒徑的山腰，懸崖峭壁的險地，但是，卻有使人不敢相信，又不能不信的事實發生了。

沒有路，卻有一個人，徐徐的沿著懸岩下的雜樹枝安然的走過來。

「咦……」紀無情不由低低發出聲驚嘆。
這太離奇了。
那人一手執著碗口大小一個「銅罄」，另一手卻執著一根「明杖」。
敢情是一個盲者，一個瞎子。
那瞎子像幽靈一般，不斷的用「明杖」點著隨風搖曳不停的樹梢草苗，像走在官塘大道上一般，向亭子的方向走來。
這等險峻惡陡的山勢，即使是身懷絕技的明眼高手，恐怕也走不到三五步，還要縱跳閃躍，找可以借力的粗枝硬芽，才能勉強通過。
而眼前呢？一個靠「明杖」問路的瞎子。
這未免太不可思議，更難怪紀無情與司馬駿兩個少年高手也不禁為之發呆了。
就在四人神情一愣的轉眼功夫，那瞎子的「明杖」已點在山徑的石板上，「篤！篤！篤！」向亭子一步步走近了來。
「暗香谷有了貴客上門。」那瞎子一面步上石階，一面從容不迫的道：「真是蓬蓽生輝！」聲音嬌美柔和，真為豆蔻年華的少女。
原來那盲人是一個女的。
先前因夜色淒迷，這時才看清楚，她一身絳紫裙襖，繡著鵝黃的蘆花。最奇怪的是，蘆花歇著大雁，而在這盲女胸前蘆葦叢中，卻刺繡了一隻十分生動的「貓頭鷹」，那隻碩大的「貓頭鷹」，一雙泛著碧綠的眼睛，居然發出懾人心肺的光芒，一股陰森的恐懼感，使人油然而生，不敢逼視。

司馬駿一見，心頭不覺有了寒意，他對紀無情一施眼色，人也站了起來，朗聲道：「原來是『五更貓』苗大小姐，你這支明杖真的離不開手嗎？」

紀無情也已經從那隻「貓頭鷹」中看出了來人的端倪，雖然雙掌已隱隱運功戒備，但表面上保持鎮靜，含笑道：「只聽說盲人騎瞎馬，夜半陷深淵，今天總算親眼看見盲人執竹竿過懸岩。」

「五更貓」苗吐蕊這時已步進亭子，將手中「明杖」收到懷內，另一手的銅罄擊得「噹！」的發出脆響，才慢條斯理的道：「論班輩你們小了一截，這等語氣，是敬老尊賢的禮數嗎？」

司馬駿冷冷一笑道：「武林規矩，我們不會不知道。」

「五更貓」得理不饒人，大剌剌的道：「既然如此，你們適才的態度是否失當，還是光說不練的假把式？」

紀無情道：「敬老尊賢是應該的，你哪點老？又哪一點稱得上一個賢字？」

「五更貓」苗吐蕊聞言並不生氣，反而仰天一笑道：「嘿！你說我不老？真的？我不老？」

司馬駿心知像苗吐蕊這等有「心理反常」的魔頭，常常令人難以捉摸，喜怒無常。

但是，他們與常人無異之處，就是怕一個衰老的「老」字，雖非個個如此，但十之八九，都不喜歡別人說他「老」。

因此，司馬駿是「打蛇順著竿兒上」，含笑道：「實在的話，你真的看不出老來。這樣吧，我們叫你一聲前輩，這個『老』字就免了。」

司馬駿之所以把這頂高帽子拋給「五更貓」苗吐蕊，一則知道她不好惹，自己到伏牛山的本意是進入暗香谷，不敢橫生枝節，其次，當然是要探尋苗吐蕊突然出現的原因。

果然，「五更貓」苗吐蕊聞言，揚聲一笑道：「兩個小伙子異口同聲說我不老，我不能不相信，哈哈！」

紀無情不由暗暗好笑，試著道：「前輩深更半夜，還有雅興來夜遊，也是常人辦不到的。」

「夜遊？」苗吐蕊的臉上有了異樣的情緒，頓了一下道：「誰有興致夜遊？」

司馬駿生恐她又嘮叨起來，忙道：「不是夜遊？那為什麼……」

不等司馬駿的話落音，苗吐蕊冷冷的道：「是衝著你們兩個來的。」

「哦！」紀無情用眼神望著司馬駿，口中卻道：「前輩，你知道我們兄弟在這兒？」

「我不知道！」苗吐蕊態度依舊冷兮兮的道：「但是有人知道呀，伏牛山暗香谷，可不是沒有主兒的地方，豈能由你們來去自如。」

司馬駿從苗吐蕊的神情話語中，已領會到眼前的魔頭並不是站在自己一方的。

因此，微笑道：「原來前輩是暗香谷的特使，到山外來巡更瞭哨。」

「笑話！」苗吐蕊勃然作色，怒喝道：「我是什麼人，替人家巡更瞭哨？」

紀無情一搭一擋的道：「當然不會，司馬少莊主的意思你不要誤會了。」

苗吐蕊道：「我誤會了？他是什麼意思？」

司馬駿道：「我的意思是請問前輩，你在此時此地出現，必有所為。」

苗吐蕊竟然直接了當的道：「當然有所為，就是為了你們二人，我不是說衝著你二人而來嗎？」

司馬駿追問一句道：「目的何在？」

苗吐蕊將手中明杖抬起，遙遙指著山口以外，大聲道：「出去，立即退出伏牛山！」

司馬駿道：「卻是為何？」

不料，苗吐蕊沉聲道：「不要問理由，我也說不出理由，只知道有我在，誰也別想走進暗香谷一步！」

「哦！」紀無情有些不耐道：「前輩，你既不是巡更瞭哨，那……那是看家護院嘍。」

「放肆！」苗吐蕊聞言，突然右手一抬，手中明杖揮起，連掃帶砸，認定紀無情劈去。

紀無情何等靈巧，而且早有戒備，初見苗吐蕊的肩頭微動，早已點地騰身，閃出半步，讓開這突發的一杖。

「叭嗟！」石屑紛飛，夾著火星。

紀無情身前的石磴，被砸缺了碗口大小一片，力道之霸，令人咋舌。

司馬駿笑道：「前輩，這一杖讓人開了眼界了。不過……嘿嘿！憑這還不夠趕我二人出伏牛山。」他說著，對紀無情一揮手又道：「紀兄，讓我向苗前輩討教幾招。」

話落，人已躍出亭子，站立在路邊一塊空地上——

沒等他站隱腳步，苗吐蕊如同幽靈一般，虛虛飄飄的也到了空地之上，冷冷的道：「小輩，你仗著司馬山莊的名頭，還是吃了熊心豹膽，口口聲聲要討教幾招，哼哼，你以為你經得起幾招？」

司馬駿道：「你儘管全力而為吧。舉手不留情，當場不讓父。」

「看招！」他口中喝著「看招」，其實屹立未動。

他存心試試苗吐蕊是真瞎還是假瞎，也想先嚇唬一下對手，苗吐蕊若是聞聲一驚，作勢應敵，必然落個笑柄。再者，也可以看看苗吐蕊的出手路數。

薑是老的辣，任他司馬駿沉聲一喝，苗吐蕊紋風不動，冷靜得像沒事人一般，淡漠的道：「看什麼招呀?你也沒有出手，我也雙瞎無路，看什麼？」

顯然的，「五更貓」苗吐蕊老奸巨滑，司馬駿這一個敲山震虎的想法落空。

因此司馬駿眉頭一動，訕訕的道：「我說看招，不是看我的招，我明知道你的視力不佳。」

苗吐蕊道：「看誰的招？」

司馬駿道：「要看你的招。」

「五更貓」焉能不知道司馬駿是逞口舌之利，大怒道：「油腔滑調，司馬長風怎會有你這個不肖之子。」這句活可真引動了司馬駿的怒火。

因為，在司馬駿心目之中，父親就是無上的權威，司馬山莊就是無上的尊榮，誰侮辱到司馬山莊或是父親，那是不能忍耐的。

「錚！」司馬駿長劍出手，挽了一個斗大劍花，厲叫聲道：「瞎老婆子，少莊主指點你幾招。」

「五更貓」苗吐蕊不怒反笑，依然不動聲色的道：「哈哈！不知天高地厚，擎天劍法唬不了人的，憑你還不夠格！」

司馬駿已是不耐，一領劍訣，擎天三劍颼！颼！颼！招展「宇宙洪荒」，三劍連環，直攻不守，指、點、戳、撩，三招九式，罩向苗吐蕊。

司馬山莊的威懾武林功夫，司馬駿朝夕苦練了近二十年，可以說已得精髓，盡獲真傳，怒極出手，焉同小可。

忽然——紫影似有若無，虛無飄緲的山霧一般，在劍光之下幾個閃爍，倏的失去蹤影。

司馬駿不由大吃一驚。他知道「五更貓」的功力修為已到了爐火純青之境，但也只僅僅傳聞而已，料不到劍風所及，招招落空，式式不著邊際。

在這種情勢之下，司馬駿眼前敵影雖失，但是他的劍招絲毫不敢放鬆。固為，敵影失去，並不是真正的失去，而是敵人的身法高於自己，說不定就在自己的前後左右，一旦護身劍法鬆懈，也就是遭到攻擊的時候。

就在司馬駿舉劍展式，一面尋找敵人之時。「我在這裡，可以歇手了！」「五更貓」苗吐蕊不知何時，已雙腳跨坐在二丈高的亭子伸出的飛簷之上，悠閒的神情令人氣煞。

司馬駿的雙眼冒火，提在手中的劍，不知如何是好。這是他出道以來，從來沒栽過的大跟斗，尤其當著紀無情之前。

紀無情也暗地裡犯嘀咕。

他從來沒見過輕身功夫如此登峰造極的高手。

突的——「喵——嗚——」一聲貓叫，來自亭子頂端。

「五更貓」苗吐蕊不似先前跨坐的悠閒，整個人似蜷如蹲。像極一隻大貓，半伏半蹬的在亭子簷上，口中發出貓叫之聲。

這貓叫之聲，乍聽來並無二樣。

但是，一聲聲低迷的慘淒淒的味道，令人毛髮側立，通身起了雞皮疙瘩，由脊梁上泛起一陣寒意，五內發毛，坐立不安。

「喵——嗚——」苗吐蕊的人前伏後拱，真的像一隻碩大無比的靈貓，正是捕鼠的架式。

紀無情一見，低聲喝道：「司馬兄，小心！」

他的話音未落——但見紫影如同飛矢，破風有聲。

苗吐蕊真像一隻餓貓，身子縮作一團，雙手五指戟張，臂肘微曲，兩隻腳向後伸直，認定司馬駿撲到。

那份狠，無可形容。

幸而有紀無情斷喝示警。

司馬駿雙膝用力急彈，擰腰穿出三丈，向左側縱去，驚虹一般快速。

他快，苗吐蕊更快，原來直撲的身子居然在半空際一式「迴水挽流」，追蹤著司馬駿如影隨形。

司馬駿縱身閃躲，腳下尚未著實，已覺著頭頂勁風破空，不由嚇出一身冷汗，忙不迭雙腳互撞，借力二次飄身斜飛。

「喵——嗚——」貓叫之聲就在耳際。

司馬駿心膽俱寒，顧不得一切，手攀身側荊樹，凌空翻騰，陡的下冒五丈，認定斜突出山腰的一塊巨石落去，勉力而為，急切之間，不成招數。

不料——人還沒落實。「喵——嗚——」苗吐蕊早已蹲踞在巨石頂端，胸前那隻貓頭鷹一雙碧綠凶芒的大眼睛，閃著寒森森的綠光。

司馬駿連番被逼，情形十分狼狽，這時，顧不得許多，幸而長劍早已在手，不分招式的，認定苗吐蕊奮力劈去。

咚！火星四濺！一劍落空，巨大的山石，被砍去了手掌大小一片，哪有苗吐蕊的影子，另有一聲：「喵！」在夜風中搖曳。

司馬駿此時已是既急又怒，既驚又怕，既氣又羞，他不分三七二十一，回劍向貓叫聲處就刺。

然而，但聽紀無情大聲道：「司馬兄，稍歇。」

「叮……咚……」劍聲微震，原來紀無情已與苗吐蕊交上了手。

司馬駿內心的羞愧，恨不得有個地縫鑽了下去。因為疲於奔命的連番折騰，竟然連敵人的影子也沒找到，這個人算是丟大了。

顧不得一向自傲的性格，長劍抖了抖，加入戰團，認定苗吐蕊的後心刺去，真想刺一個後心到前心的透明窟窿。

在平時，司馬駿絕對不會加入戰團，以多欺少的與紀無情聯手。

但是，此刻，他哪顧得許多，更因，若不是紀無情出手，只怕自己還在被苗吐蕊逗得像玩猴兒戲的跳來蹦去。

司馬駿加入，實力增加一倍，當今武林四大公子之二的兩個少年高手，論實力應該不容置疑。

可是「五更貓」苗吐蕊是邪道有名的人物，魔頭中的佼佼者，尤其她比狸貓還要輕盈靈活的步法，忽而在前，忽而在後，左右上下，難以捉摸。

雙方來來往往，糾纏追蹤，三條人影有時合，有時分，全都悶聲不響，游走移位，劍來刀往，杖影飄忽。

苗吐蕊手中一枝明杖上下翻攪，僅靠一隻右手，拂動時從容自如，絲毫沒有破綻。

黑衣「無情刀」紀無情的一柄刀，霍霍生寒，呼呼生風。

司馬駿的「擎天劍法」展開，有時如寒芒點點，有時如長江大河一瀉千里，長虹似的劍氣，繞成匹練般光芒，也是凌厲無比。

高手過招，快如閃電。轉瞬之間，五十招過去。

「五更貓」苗吐蕊忽然左手的銅罄「叮咚」一聲，彈身躍出丈餘，大叫道：「看不出紀家無情刀、司馬擎天劍被你兩個摸到了竅門，能在我明杖下走過卅招的，算你們露了臉。」

紀無情橫刀在胸喝道：「怎麼？服了嗎？」

「服！」苗吐蕊冷笑道：「嘿嘿！上天有好生之德，愛你兩個年紀輕輕，前程尚有希望……」

「笑話！」司馬駿先前被她捉弄，一股怨氣難伸，搶著喝道：「你想借口開溜。」

苗吐蕊聞言咧嘴一笑，皮笑肉不笑的道：「開溜？嘿嘿！玩了半天，難道你們還不知道我是為了練練筋骨，一時興趣藉你們在逗樂？」

司馬駿本已怒火如焚，聞言越加發惱，沉聲道：「你少賣狂！」

苗吐蕊道：「小輩，你自己見識淺！難道你不知道我的『罄聲追魂杖影奪魄』？」

紀無情豪氣千丈的道：「我已要你盡力而為，只管把箱底的玩意抖出來！」

「好！」苗吐蕊一咬牙道，「不到黃河心不死，讓你們見識見識。」

說著，噹一聲！罄聲突然而起，小小碗口大的銅罄，發出的脆響，竟如寺廟叩鐘，震人耳鼓。

罄聲出動之中，苗吐蕊的右手明杖，如同一條巨蟒，彷彿暴長丈餘，化為無數靈蛇，指東打西，分取相聚兩丈的司馬駿與紀無情。

果然，罄聲之中，苗吐蕊的杖法與先前判若兩人，凌厲何止十倍。

銅罄，是中原北幾省瞎子算命先生的招攬法器，黃銅製成，形似小鑼，約莫中碗碗口大小，加上一個「丁」字形的罄錘，只用一隻手的無名指與食指掛提著，中指略微一彈，罄錘擊中罄心，發出輕脆悅耳的響聲。使屋內之人曉得是算命先生，出來招進室內算命，乃是一種江湖算命人的招徠噱頭用的。

但是在苗葉蕊手中，卻變成一種懾人心神的武器，最少能使人煩燥不安。

眼前的司馬駿，就十分不耐這等「叮叮咚咚」的噪音。他一面揮劍迎敵，一面叫道：「邪門外道，鬼畫符的唬人玩意。」

紀無情對「罄音追魂杖影奪命」似乎知道的多一點，他舞起無情刀，低聲的與司馬駿道：「司馬兄，不要理會她，拉倒她的人，自然聽不到鬼叫的聲音了。」

殊不料，罄音越來越密，聲響也越來越大。

隨著罄聲，明杖招數也越來越急，力道也越來越猛。顯然罄聲與苗吐蕊的功力修為大有關連。

叮咚！噹啷！不絕於耳。

杖影嘶嘶破風綿綿不已。

紀無情面對勁風如同狂飈，迎面潮湧，自己的力竟無從著力。

司馬駿也有同感。

兩個少年高手，居然被逼在杖風之外。

此刻晨霧更濃，東山欲曙未明，山野濕氣上升，白茫茫一片，遠在二丈之外，看不見人影。

苗吐蕊一見，「喵——嗚——」發出聲貓叫之聲，在罄聲杖影中，如同一隻瘋虎，只把紀無情、司馬駿逼得團團亂轉。

紀無情尚可勉強支撐。

司馬駿已額頭見汗，微微氣喘。這並不是司馬駿的功力比紀無情差，一則練武之人最忌心浮氣燥，司馬駿因怒而急，而氣而燥，二則先前一頓撲躍折騰，內力一時未能恢復。

高手過招，若是有一方稍遜一籌，勝負立即可見。

苗吐蕊原是老謀深算的行家，自然也已瞭如指掌的看出，只要再有十招，必然能將對方的敗象顯出。最不濟也會制倒其中之一，若是去了一個，第二個在三五招內，必敗無疑。

因此，她左手罄聲如同灑豆，右手明杖毫不遲滯，突然一招「雲龍九現」，抖動的杖身，化為一片杖山杖海，認定挺劍刺來的司馬駿迎面點到。

紀無情一面揮刀，一面瞧個清楚，大喝道：「司馬兄，小心！」

司馬駿也已發覺苗吐蕊的杖勢找向自己，只因自己劍招用老，一時收勢不及，暗喊了聲：「不好！」

苗吐蕊的杖尖勁風襲人，眼看已指向「中庭」大穴，只要再進一分，心臟難以閃躲。

就在這千鈞一發之際，突然，嘶一點寒星，快逾飛蝗。

嗒！一聲輕響，不知是什麼東四，不偏不移，正射在明杖的尖端，硬生生將明仗砸得抖出三尺左右。準、穩、狠、力，初寫黃庭，恰到好處。
一股冷汗，順著苗吐蕊的脊背向下流，趁著這剎那之間的空隙，閃電退出七尺。苗吐蕊的入也忽的側退丈餘，厲聲喝道：「是誰？出來見見！」
晨霧濛濛之中，叢樹濃蔭裡，探花沙無赦滿面堆笑緩步而出，身後跟著位黑色皮膚少女，正是回族的「銅箏公主」黑百合耶律香兒。
沙無赦不理會「五更貓」苗吐蕊，卻向司馬駿與紀無情分別拱手道：「少莊主，別來無恙。紀兄也在這兒？真是不容易。」他似乎沒把苗吐蕊放在眼內。
苗吐蕊何曾被人這等輕視過，況且適才的一塊飛矢，分明這來人弄的鬼。她明杖一頓，沉聲喝道：「小輩，你是何人？」
沙無赦這才揚揚劍眉，十分悠閒的踱了半步，低聲緩緩的道：「不才沙無赦，御賜探花郎，回疆小王爺，江湖浪跡客。」
苗吐蕊十分不悅的道：「非我族類，夷狄之人！」
沙無赦並不生氣，又對苗吐蕊道：「我與司馬少莊主與紀兄乃是舊交，難得故友相逢，又在人跡罕見的荒郊曠野，我們要傾盡斜舊，外人千勿打擾。」說畢，已又向司馬駿與紀無情道：「二位兄台怎會有此雅興，到伏牛山來游山玩水？」
沒等兩人回話，苗吐蕊趨前一步，尖聲叫道：「大膽的化外之民，你可知道我是什麼人？」
沙無赦不由微微一笑，正待開口，耶律香兒卻搶先嬌叱聲道：「口口聲聲化外之民，夷狄之人，何不瞧自己那付模樣？」

苗吐蕊冷哼聲道：「我的模樣壞嗎？」

耶律香兒道：「三分不像人，七分卻像鬼！」

「大膽！」苗吐蕊手中的罄「叮噹」，一聲脆響，另手的明杖已經抖起一個棒花，直指丈餘之外的耶律香兒。

沙無赦一見，淡淡一笑道：「我這個化外之民在此，豈能讓別人先接……」紫玉橫笛倏的曳出聲清嘯，攻向苗吐蕊點出的明杖掃去。

「噠！」聲音雖然清脆，但內行人可以聽出力道十分沉重。

人影立即一分。

苗吐蕊退出七尺，抖抖明杖道：「小小年紀，手上有幾斤力氣！」

沙無赦急忙抽身，暗地裡瞄了一下手中的紫玉橫笛，幸而沒有損傷，朗聲而笑道：「哈哈哈，化外夷狄之人，別的沒有，就是有一股蠻力。」

雖然，沙無赦心中有數，知道苗吐蕊的明杖最少有二十年以上的修為，不是好相與的，然而，神情上依舊毫不動容，仍舊是玩世不恭的態度。

苗吐蕊就不然了，她換了一招，心中益發氣惱，退後當兒，手中罄聲連響，明杖也已揚起，明掃暗點，一聲不響，直取沙無赦的面門。

這一招，狠毒至極。

武家交手，一寸長，一寸強。

苗吐蕊之所以退後，並不全為了與沙無赦硬接一招被震退的。

她經過杖笛一碰之際，對沙無赦的力道，已有八分了解，知道這個回族少年，絕對不是吳下阿蒙，必須用己之長，攻彼之短。

所以，她的杖法改變，力道全部運用到杖尖，也就是不讓沙無赦的玉笛接近自己。故而，杖尖挺出之際，如同一柄鋼錐。

站在一邊的司馬駿低聲對紀無情道：「紀兄，先聯手除了這個妖婦，遲了恐怕暗香谷的毒將會出現，就更難打發了。」

紀無情點頭道：「對！上！」

兩個人一刀一劍，發聲喊，分為左右，向苗吐蕊襲到。

另一個耶律香兒，也已沉不住氣，卸下肩頭銅箏，搶攻上去。

沙無赦縱然不想聯手合擊，此刻也辦不到了。

因為眼見苗吐蕊的明杖破風而到，除了揚笛化解之外，別無第二個方法。

四個少年高手，分為四面八方，刀、劍、笛、銅箏四件傢伙，雨點般全向核心的苗吐蕊身上招呼。

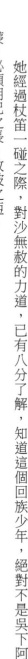

卅四　桃花又現

若是一般高手，苗吐蕊可以說不會放在心上，但是，四大公子之三，加上一個塞外刁蠻公主，情勢焉同等閒。

先前以一對二，苗吐蕊還佔了上風，如今，四個人聯手，實力增加了一倍，苗吐蕊起初還仗著靈巧的身法，熟練的杖式不覺得吃力。

二十招過去，完全改觀了。雖然，她手中的杖法隨著叮咚磬聲並未稍緩，但漸漸的手臂發疲，周身見汗。

刀、劍、笛、錚，一招接一招，一波接一波，如同怒焰排山倒海，沒有一招是虛招，扎扎實實的，除了招架，沒有還攻之力。

這等挨打的仗勢，任何高手，也難以支撐多久。

片刻，東方已露出魚肚白。

「五更貓」苗吐蕊已汗流浹背，氣喘不已。

沙無赦首先發話道：「瞎婆娘，讓你丟下指路棍的時候到了。」

紀無情才喝道：「五更貓，天亮了，五更已過，你這隻瞎婆貓還有什麼花樣呢？」

苗吐蕊氣喘如牛，兀自冷冷的道：「小輩，姑娘我要你們的小命！」就在她說話之中略一分神。司馬駿長劍急刺，認定苗吐蕊的左手手肘斜削下去，這一招既快又急，辛辣至極。

苗吐蕊欲待橫杖，但紀無情的一柄刀夾肩帶臂砍來，銳不可擋。她要想斜跨閃躲，沙無赦的玉笛又點上脅下。

無可奈何之中，揚起左手銅罄，毫無章法的迎著司馬駿長劍擋去。

噹——咻——大響一聲金鐵交鳴，接著是破風刺耳，曳向遠處。

苗吐蕊手中的「銅罄」破空飛去，顯然是被司馬駿長劍所挑，落在十丈外的荒草叢中，連個聲音也沒聽到。

苗吐蕊氣、怒、驚、嚇、急、慌，真的手忙腳亂，驚惶失措。

忽然，她冷笑一聲，陡地上射丈餘，整個人頭下腳上，急切之際將手中明杖向地面一點，像元宵節的起花爍。

忽的身穿出四人包圍的圈子，斜刺裡飄出三丈有餘，落在塊大石之上。因此，刀、劍、笛、錚全都落空。

司馬駿揚劍喝道：「要腳底抹油？」

苗吐蕊勃然大怒道：「姑娘不懂什麼叫腳底抹油，也希望你們不要腳底抹油。」說著，在懷內掏出一個寸長的荻管，抖手向山口峽谷內丟去。

嗚——蘆荻小管，迎風直射，發出刺耳的厲哨。

哨聲未已，峽谷內一條紫色身影快如飛鴻翩然而至，落向苗吐蕊身前，恭身道：「前輩有何指示？」

苗吐蕊指著司馬駿等四人咬牙切齒的道：「將這四個小子打發了。」

「遵命！」紫衣人朗聲應著，突然認準司馬駿等四人立身之處撲來。

紀無情心想：難道這人的修為超過苗吐蕊？不然為何……

就在他轉念未了——耶律香兒突然高聲叫道：「七大惡婆！」

沙無赦聞言，忙的攔住作勢衝向前去的司馬駿道：「小心使毒！」

話還未落音。紫衣人已來到跟前，一言不發，雙手猛然一抖，一片黃中夾青的粉末，隨著晨風，立刻擴散開來，足有五丈大小一片，順著風勢飄向司馬駿等人。

沙無赦欲待抽身，然而，腥氣加上烈香，中人欲嘔似……

癱瘓、軟弱、麻痹、暈倒！四個人全都瞪著眼暈倒當地。

紫衣人一見，折回身來，恭聲朝站在巨石上的苗吐蕊道：「前輩，四個侵入本山的歹徒，已被制倒，請前輩發落，屬下回谷。」

「慢點！」突然，一聲鶯聲燕語的嬌喝，悅耳宜人。

嬌喝餘音尚在，白影如同一隻靈鳥，白紗飄飄已到了場子。

紫衣人回頭立椿抬拳，大喝道：「誰？」短促的「誰」字才出口一半，接著是「咯！」的一聲，仰天倒地，連大氣也沒有喘一下。

苗吐蕊由大石上撲身而下，揚拳向白影搗出。

白影人冷冷一笑道：「憑你？」她的語音嬌柔，式子卻如同靈鳳探爪，五個蔥白也似的玉指，似抓還推，認定苗吐蕊抓來的拳頭抓去。

「啊喲！」苗吐蕊神哭鬼嚎的一聲慘叫，搗出的拳鮮血淋漓，灑出一陣血雨。她的人也像一隻斗敗了的公雞，急不擇路的向懸岩深處落荒而逃。

白影人一招重傷了苗吐蕊，如同沒有發生任何事情一般，自言自語的道：「救人要緊！」說著，施施然走向倒地昏迷的耶律香兒身畔，在香兒身上解下一個牛皮水囊，拔開木塞，向倒地的四個人口中分別灌進淡黃的水，然後望著地上的四人。

四人已慢慢的蠕動起來。

白衣人微微一笑，未見她作勢擰腰，腳下虛縹縹的，轉眼已沒入晨光之中。

太陽，漸漸的爬上東山頭。

大地，一片光輝、明朗，充滿耀眼的陽光。

陽光刺眼，晨霧全消。

紀無情覺著是躺在半截大石上，腰際被尖尖的石塊頂得有些痠疼，側了個身子，揉揉睡眼……

「咦！」挺腰坐了起來，環顧地上還躺著四個人。

不先不後，司馬駿、沙無赦、耶律香兒也惺忪的揉眼睛。

沙無赦還囁嚅的道：「頭好暈。」

司馬駿一躍而起大聲道：「啊呀！咱們是中了毒了！」

紀無情也站了起來道：「中毒？對！中了那紫衣婆娘的毒，可是……」

沙無赦也已發現紫衣人就橫臥在他身前，不由得奇聲怪道：「放毒的人應該不會中毒呀。」

他口中說著，盯著地上紫衣人，突然發現奇蹟似的大聲道：「你們來看，看她臉上是……」

三人聞言，一齊聚湧了來，不約而同的齊聲驚呼道：「桃花血令！」

躺在地上的紫衣人，斷氣多時，慘白的臉上，十分明顯刺眼的五個指痕。

那五個指痕排列成一朵桃花，指印血紅，顯得鮮艷奪目，一朵鮮美的五瓣盛開桃花。

紀無情目凝遠山，十分神往的幽然道：「是她！我們中了毒，她來救了我們，是她！她是……她就是桃花令主！她……」

司馬駿道：「紀兄，你指的是藍姑娘？藍秀？」

紀無情道：「除了她還有誰？」

沙無赦沉吟了一下道：「沒有第二人……」

忽然，耶律香兒大聲道：「不是，不是別人救了我們，是我們救了我們自己。」

沙無赦笑道：「香姑娘，你……」

耶律香兒指著地面道：「喏！你們瞧！這是我隨身帶的水囊，水囊裡的雲霧仙茶全沒有了，所以我們才沒有中毒而死。」

紀無情瞄了一下地上的牛皮水囊道：「水囊會自己送雲霧仙茶到我們口中嗎？」

「這……」耶律香兒摸著鼻子苦苦一笑，語為之塞，一張臉漲得像豬肝般，羞得低了頭。

紀無情無限神往的道：「她為何不與我們見面呢？唉！難道真的緣慳一面？」

沙無赦不由笑道：「紀兄，自古多情空餘恨，還是自然一點兒好。」

司馬駿也道：「既然不願見面，這份情我們也不能不領，待諸他日吧。」

紀無情忽然道：「司馬兄，平時言語之中，你曾不止一次的表示，桃花血令必將是武林的一大魔頭，未來武林必然要被桃花血令引起血風腥雨的殺劫，是嗎？」

司馬駿點頭道：「不錯，家父一再叮嚀，要我注意桃花血令的發展。」

紀無情又問道：「那……今天桃花血令救了我們，這又做何說詞呢？」

「巧合吧！」司馬駿衝口而出。

「不。」紀無情道：「沒有巧合，此情此義，紀無情終生難忘！」

沙無赦探口道：「藍姑娘麗質天生，冰雪聰明，神采如同天上人，難怪紀兄情深以往。」

「可惜！」司馬駿忽然道：「可惜名花有主。」

紀無情聞言，急呼呼的道：「名花有主，誰？是誰？」

司馬駿胸有成竹的道：「與紀兄乃是知交，金陵世家的常三公子常玉嵐。」

沙無赦忙道：「珠聯璧合，算是一對天生佳偶。」

孰料紀無情掙紅了臉道：「不然！我與常玉嵐尚在公平競爭階段，勝負尚在未定之天，談不上名花有主。」

沙無赦笑道：「紀兄，依兄弟看，這一回合只怕你要居於下風。」

紀無情不悅道：「未必！」

耶律香兒睜著對大眼睛道：「你們在說些什麼？我是完全聽不懂。」

沙無赦道：「你當然聽不懂，這件事與你無關。」

耶律香兒噘起小嘴道：「我們來伏牛山是要進暗香谷，空在這兒磨牙幹嘛？」
司馬駿道：「對啦！沙兄怎的也到伏牛山來？」
沙無赦苦苦一笑道：「想找一些解毒去邪的藥，防著這條命。」
司馬駿道：「沙兄，你是言不由衷吧？」
沙無赦失聲一笑道：「噗嗤！中原的武林最近有一樁極大的變化，司馬兄應該知道。」
紀無情不由插嘴道：「什麼變化？」
沙無赦斜睇了司馬駿一眼，然後對紀無情道：「在下幾度進出中原，對中原武林之中，黑白兩道涇渭分明，頗為欽佩。想不到現在……嘿嘿，現在完全變了。」
紀無情不由道：「怎麼變了呢？」
沙無赦冷冷一笑道：「白道之中自以為正派名門，也用起毒來，而且比邪門外道還陰狠。」
司馬駿大不為然的道：「絕無此事！」
沙無赦道：「司馬兄，你未免太也的武斷了吧。」
司馬駿怫然道：「口說無憑。」
沙無赦道：「在下就是被害人。」
司馬駿搶白的道：「被誰所害？是名門正派嗎？」
沙無赦冷冷一笑道：「正是名門正派。」
司馬駿大聲道：「哪一門？哪一派？」
沙無赦不加思索，但十分平靜的朗聲道：「司馬山莊！」

此言一出，在場之人全都一愣，彼此互望一眼，半晌說不出話來。

司馬駿勃然大怒道：「沙無赦！你太過份了！信口開河，你的居心何在？」

紀無情也笑道：「沙探花這個玩笑開得有些過火。」

沙無赦尚未回話，耶律香兒嬌聲道：「一點兒也不過火，要不是我拚著性命去一趟天柱山，採到雲霧仙茶，小王爺的性命只怕……」她十分嬌羞，含情脈脈的斜著眼瞟著沙無赦。

沙無赦點頭道：「香兒，你只管講下去！」

耶律香兒接著道：「你們看，這皮囊裡就裝的是雲霧仙茶，只準備給小王爺路上喝的。不然，哼！我們大家這時還不知是個什麼樣子呢？」

沙無赦卻道：「香兒，你把我中毒的情形告訴司馬少莊主。」

耶律香兒紅著臉道：「看我，沒有會過意來……」

司馬駿不耐的道：「我只問你，沙無赦是在司馬山莊中的毒嗎？」

耶律香兒也提高嗓門道：「是在禹王台！」

沙無赦補了一句道：「是你們司馬山莊地下道的一個出口的地方。」

司馬駿臉上有些尷尬，但是立刻淡淡一笑，掩飾他內心的不安道：「禹王台離司馬山莊少說也有十餘里之遙，為何……」

沙無赦有些發惱的喝道：「你能說司馬山莊沒有秘密地道嗎？地道的出口不在禹王台嗎？」

司馬駿不甘示弱的道：「地道也好，出口也好，與中毒有關嗎？」

沙無赦大聲道：「地道內中毒，逃到出口，毒發，然後橫臥在禹王台……」

耶律香兒接著雙臂交叉，環抱在胸前，執回族聖禮，十分虔誠的道：「蒙聖靈保佑，天可見憐，小王爺福大命大，被我胡找亂撞的遇上……」

沙無赦揚眉而笑道：「少莊主，要不要我把如何進入貴莊秘道，秘道內的情形如何？又是如何中毒？如何掙扎著逃出惡毒的機關，當著紀兄之前，一五一十的抖了出來？」

這當然是司馬駿所不願意的事。

因此，他紅著臉含怒道：「此時此地，在下無暇與你多講。紀兄，咱們走！」說著，向山內指了一下，舉步便走。

紀無情也道：「沙探花，司馬兄說得對，你我此時同樣的身在險地。」

沙無赦笑了笑道：「紀兄，身在險地沙某並非不知，我也不是為了與司馬山莊算帳而來。」

司馬駿道：「謊言，既不是找碴生事，無緣無故的誣栽我司馬山莊施奸放毒。司馬昭之心，世人可見。」

不料，沙無赦仍然微笑道：「我們不管過去如何，今天，可是生死與共。因此，先把話說明，我沙無赦還不致於短命，司馬山莊也搬不了家，了結這段公案的時候有的是，況且……還有那……」

司馬駿滿臉含怒，顯然十分不悅。但是，他怕沙無赦又提洛陽丐幫的事。因此，乘機下台，接著道：「好！咱們總有一天來個大結局。」

紀無情忙道：「既然如此，中毒之事放在一邊。」

沙無赦緊接著道：「利害攸關，咱們總算相識一場，賭這次的暗香谷，請！」他一聲「請」，拱手齊眉，對耶律香兒揮揮手，大步向谷內走去。

不過僅僅數十丈遠近，轉過山角掩飾的谷口，原來別有天地。

紅的、黃的、褚的、紫的、黑的、烏的、雜石、黏泥、黑土、紫岩。

連一根草也沒有，且莫說是一棵樹了。

扁禿禿地，教人心裡有股說不出的乾燥，枯竭，毫無生趣，了無情趣，完全是洪荒時期，沒有水的世界。

沙無赦不由叫道：「索性是沙漠還好過一點，這是人住的地方嗎？」

司馬駿也搭訕著向紀無情道：「紀兄，好一個險惡的地方。」

耶律香兒噘起小嘴，埋怨著道：「早知道多帶一些雲霧仙茶。」

一行人談論之中，已進入了寸草不生的荒谷深處。

迎面，一排如鋸齒一樣的嶙峋巨石，高矗入雲，削如凝脂，玲瓏剔透，似乎十分脆弱，而形勢又像十分險峻。

沙無赦本來走在前面，此刻忽然停下腳步，回身對司馬駿道：「少莊主，這裡看樣子就不平凡，彼此都要小心互相照顧。」

司馬駿的餘怒未息，聞言嗤之以鼻道：「你自為識多見廣，既膽敢單人獨騎闖進中原，諒來這區區的暗香谷擋不住你大回族的王字號人物。」

沙無赦微微一笑道：「閣下的口氣，對沙某頗有不諒解之處。」

司馬駿寒著臉色道：「要獲得別人的諒解，先要捫心自問。」

沙無赦道：「在下捫心自問，並沒有足以令少莊主不悅之處。」

「哼！」司馬駿冷哼了聲，不再理會沙無赦，回頭對紀無情道：「紀兄，我們是明進還是暗進？」

紀無情不由朗聲道：「硬闖！」

司馬駿道：「紀兄，你由左側，我由右側，越過亂石屏，在屏後會合。」他一面說，一面已移步向右邊走去。

沙無赦不疾不徐的道：「慢點！」

司馬駿冷冷的瞟了他一眼，一臉的不屑之色，腳下依舊沒停。

沙無赦笑著轉面對紀無情道：「紀兄，暗香谷比不得硬橋硬馬的陣仗，凡事要冷靜，以免……以免陰溝裡翻船。」

紀無情聞言問道：「以沙兄之意？」

沙無赦道：「從長計議！」

紀無情認為有理，忙道；「司馬兄，忙不在一時半刻，不妨聽聽沙探花的意見。」

司馬駿雖並不以為然，但是，他也不能立即與紀無情分開，那樣，勢單力孤，目前身陷險地，就非常不利了。因此，口內不言，腳下已停在原地。

沙無赦微笑道：「目的情勢如何？兩位心中明白，我不知道兩位一左一右越過這座亂石屏之後有何打算？」

紀無情道：「見機而行。」

沙無赦點頭道：「好！請問，紀兄，亂石屏後面的情形如何？兩位真的能毫無阻攔的越過嗎？越過之後真能會合嗎？會合之後又如何？若是根本左右無法相通，兩位又如何？紀兄與少莊主想知道嗎？」

他這一連串的問話，紀無情都無法回答，苦苦一笑道：「暗香谷神秘莫測，難以預料。」

沙無赦道：「這就是了。因此，我們不能冒然行事，首先，彼此有個照應，不能落了單，一旦落單，萬一有個不測，連訊息都沒有人送。再說，三個臭皮匠湊成一個諸葛亮，若是我們四個人聯手，最不濟也能逃出一個來，只要有一個活口，其餘三個人便不致全軍覆沒。紀兄，你以為如何？」他侃侃而談，說來頭頭是道。

司馬駿冷笑道：「多了人礙手礙腳反而……」

他的話還沒落音，耶律香兒忽然斜跨了一步，嬌聲喝道：「你指的是誰？姑娘要試試你這個不礙手礙腳的人有多大氣候！」

紀無情一見，急忙攔上前去道：「什麼當口了，大家還要鬧意見！」

沙無赦笑道：「我們回族人就是兩件事不饒人，第一是榮耀不容受到傷害，第二是遇到該死的時候絕不怕死……」

紀無情忙道：「沙探花，別的不談，我與司馬兄願意聽聽你對於眼前的事如何處理？」

沙無赦頷首先對作勢的耶律香兒招呼一下，要她不要再氣惱，然後正色道：「暗香谷既是以毒出名，必然處處陷阱，依在下之見，首先我們四個人無論在任何情況之下不可分開。」

紀無情道：「哦！人分散力分散，有理。」

不料，沙無赦目視司馬駿道：「前些日子，我與一位朋友聯手進入一座秘道，結果，我中毒，他不知，他……」

司馬駿心知沙無赦所指的什麼，怕他又拿出司馬山莊來編排，因此大聲道：「說說眼前的，少東扯西拉胡說八道。」

「好！」沙無赦笑著道：「第二，為了避免中毒，翻過亂石屏，大家要摒息呼吸，認為絕對無毒之時或找到妥當地點，大家輪流，一半人護功牧守，一半人調息養氣。」

紀無情道：「對！沙兄的心思細密，這一點非常重要，我與司馬兄就曾因一時大意中了隨風飄毒，幸而中毒不深又加以服藥化解。」他說時，目瞟司馬駿。

司馬駿雖然沒有說話，但從他目光之中，可以看出對於沙無赦的這第二個辦法，絕對沒有反對之意。

接著，沙無赦又道：「第三，不用在下饒舌，論功夫，咱們是四大公子來了三個，拚一拚可能穩操勝算。但是對用毒放蠱，沙某自量甘拜下風，不知二位是否有避毒之法？或解毒之方？」

紀無情與司馬駿茫然的互望一眼。

沙無赦不等他二人開口，接又道：「恐怕也是一竅不通吧？」

紀無情苦苦一笑道：「的確如此。」

司馬駿沒好氣的道：「你沙探花必有良策嘍？」

沙無赦淡淡的道：「良策沒有，我只覺得咱們只以智取，不能力敵。話又說回來了，假若真的看出沒有蠱毒的時候，又必須全力而為，狠下心來，只是這兩者之間的分寸，要拿捏得十分準，才不致於冒冒失火的著了道兒，也不會坐失良機。」

紀無情連連點頭道：「對！咱們就這麼辦。」

司馬駿對沙無赦氣還沒消，雖然他覺得沙無赦的話頗有道理，一時還拉不下臉來與他交談。因此，他一雙眼盯著紀無情問道：「說了半天，我們現在到底要怎麼辦？」

他這是對著沙無赦而發，但表面上卻是問紀無情。

沙無赦爽朗的一笑道：「我們之間，應該沒有深仇大恨才是呀，少莊主，你又何必如此的不諒解在下呢？」

紀無情生恐他二人又針鋒相對的衝突起來，連忙道：「眼前我們身陷險地，個人的意氣之爭，暫時放在一邊吧。」

「對！」沙無赦笑道：「明知不是伴，事急且相隨，這句話，現在可派上用場了。」

司馬駿也報之一個冷冷的眼神道：「好的！青山不改，綠水長流，彼此日子還長著哩。」

紀無情含笑道：「沙探花，依你之見，我們怎樣越過這亂石屏，進入暗香谷？」

沙無赦正色道：「據在下所知，當面的亂石屏一無蟲，二無毒，除了攀登上有些困難之外，也沒有什麼危險可言。」

「哦！」紀無情哦了聲道：「你所說的攀登困難是什麼？」

司馬駿更加冷笑著面露不屑之色，仰天對面，諷譏的道：「連這座亂石屏都困難，咱們就不必強出頭硬充好漢了。」他分明是對沙無赦而言。

沙無赦焉能聽不出來，他眉頭一揚，指著迎面的石山道：「既然如此，那就請吧！」

「哼哼！」司馬駿聞言，鼻子裡冷哼一聲，擰腰平地竄起，逕向亂石疊雲的山腰撲去。

紀無情叫道：「山不難攀，小心毒物。」

他口中喝著，人也跟縱而起，尾隨著司馬駿的身形，展功追去。

沙無赦淡淡一笑，對耶律香兒道：「讓他們去打頭陣，走！」兩人幾乎是同時起身，一齊作勢。

四個人都不傻，雖然分為兩撥，相距也不過十丈。

山勢雖然陡峻，只是這四人全是少年高手，輕身功夫也是一時瑜亮，所差無幾。片刻之際，已到了群山最低的分水嶺間。

眼前頓時開朗，雖然還是黃沙紅土的光禿禿盆地，卻是坦蕩蕩地，毫無險惡的味道，與一般荒蕪的旱地並無二致。

忽然——耶律香兒叫道：「小王爺，你看！」

荒地進山的遠處，地上有四五個白點，仔細望去，分明是躺伏在地上的五個人。

沙無赦凝神望去，忙道：「大家小心，那是五個……」

話尚未了，紀無情本來走在前面，也已發現，他順手抽出腰際的長劍，一個箭步，前射數丈，已到了最近的一個「白點」之前。

長劍一探，挑向那「白點」，口中同時厲聲喝道：「不要裝神弄……」「鬼」字尚未出口，急的退躍三步，張大眼睛，口中吃驚的「咦！」了一聲。

這時，司馬駿在前，沙無赦與耶律香兒跟蹤，也已到了當場。

但見，那「白點」乃是一個通身雪白勁裝的婦人，而且臉色慘白毫無血色，雙眼眼珠突出，臉上肌肉扭曲，十分怕人。似乎早已斷氣，只是身子尚未僵硬。

司馬駿不由失聲道：「原來是她們，怎麼會死在這裡呢？」

沙無赦：「司馬少莊主，你認識她？」

司馬駿並不答言，跨前一步，用劍尖指著那白衣屍體胸前繡著的圖紋，對紀無情道：「紀兄，五毒青竹幫，怎麼會……」

紀無情也皺起眉頭道：「物以類聚，她們五姐妹淫蕩成性，陰毒出名，原來有暗香谷做靠山，可是怎會……唉！你們看！」

白衣婦人的蒼白臉上，卻有一個血紅的五瓣桃花。

沙無赦一個字一個字的道：「桃——花——血——令！」

紀無情遊目四顧，極眼逡巡。曠野寂靜，哪有半個人影。

只有「五毒青竹幫」五毒蛇姐妹的五個屍體，靜靜地躺在地面，微風，吹拂起她們雪白的衣角，仔細聽來獵獵作響。

沙無赦略一探試地上的屍體，目凝遠方，像自言自語，又像對其餘的人道：「好快的手法，最多半盞熱茶時分，五個人就這麼了斷了。」

司馬駿對紀無情道：「五條毒蛇也不是等閒之輩，是誰有這麼高的身手？」

紀無情幽然一嘆道：「唉！除了藍秀姑娘，恐怕沒有第二人辦得到。」

司馬駿忙道：「還有一個人辦得到。」

「誰？」紀無情失聲的問。

司馬駿道：「桃花老人陶林。」

沙無赦搖頭不迭道：「非也，依在下之見，絕對不是陶林。」

司馬駿不悅道：「怎見得？你未免太也的武斷了吧。」

沙無赦指著地上屍體臉上的桃花形傷痕道：「陶林的手指，沒有這等纖細吧？」

果然，五瓣桃花形指印，玲瓏纖細，五瓣相距完全一樣。

除了排列得十分整齊之外，印痕的大小也分不出是拇指與小指，但不像是粗大的手指印上的，小巧得很。

司馬駿一見，不由臉上飛紅，但口中卻道：「指印雖然細小，並不一定證明是女人所留，這等憑內力施為的斷血手法，全在功夫的深淺，難道要扎出五個血洞來？」

紀無情微微一笑道：「二位之見，都有道理，就不必為了此事急執，因為謎底不難揭穿。」

他二人雖沒當面衝突，但是言來語去，分明是彼此心中有了芥蒂，互不服輸。

「哦！」

「啊！」

沙無赦與司馬駿二人，不約而同的喊了聲，四目凝視著黑衣「無情刀」紀無情。

紀無情微笑道：「兩位有疑惑嗎？」

司馬駿道：「謎底如何解開呢？」

紀無情道：「從屍體上看，她們死了不久，從來路看，這暗香谷只有一條入山的谷口，我們是剛剛進來，並未碰到有人出谷，因此推論，殺死五毒青竹幫五條毒蛇之人，必是在暗香谷內。」
沙無赦連連點頭道：「此人比我們後來，卻比我們先進谷，必是高手無疑。」
司馬駿也道：「此人先在谷外解了我們的毒，乘著我們尚未甦醒，搶先越過亂石屏，遇上了這倒楣的五條母蛇攔阻，所以……」
沙無赦搶著道：「要揭開謎底，就事不宜遲。」
紀無情點頭道：「對！走！」
四個人互相瞄了一眼，都沒說話，但是，各自展功，齊向谷內奔去。

黃沙黑上的荒地盡頭，乃是一片闊葉樹林。
青蔥一片濃蔭，加上數不清密密麻麻的樹，使林子內黑黝黝的，看不見林子內是怎生模樣。
四人來到林子邊沿，不約而同的停了下來。
「無量壽佛！」
林子內一聲如洪鐘的聲音，突然傳了出來。
四人不由全是一凜。因為，這聲音高亢入雲，震得人耳鳴心跳，嗡嗡之聲不絕於耳。
假若是施功示警，來者定是敵人。
假若此人沒有「敵意」，並無敲山震虎的企圖，他的功力修為之深，可以想見。
就在四人一愣之際，陰暗的樹林之中，緩步走出一個細高瘦長的老道人來。

卅五　奼女迷陽

那道人瘦骨嶙峋，通身上下仿若一副骷髏，找不出半點肉來。臉上白森森的，兩個深邃的眼窩，像兩個黑洞，洞內，閃閃發光的是一對白多黑少的眼球。鼻子，像一個三角的立體骨架子，嘴唇咧開，顯出兩列多於白的板牙。特別大的耳朵，像是兩片薄皮「插」在鬢角的兩邊，似乎一不小心就會掉下來。

一身藍晶晶的道袍，白銀色的繡著太極八卦，敞開來沒扣上緊腰帶，赤著雙腿，不屐不履。道長好像比一般人都要長的一雙手臂，左手不住的前後晃動，右手抱著枝白鬃拂塵，步履厚實。

由於這道人臉上無血無肉，所以看不出他的喜笑哀樂，更摸不透他的來意了。

不過，由於他剛才一聲「無量壽佛」，展示了功力不凡，因此，司馬駿等四人，全都格外小心，也停下步來。

四人對望了一眼。

沙無赦低聲道：「咱們現在可是禍福與共了，少莊主，司馬山莊的名頭最高，由你出面吧。」

司馬駿雙眉一皺，就待喝叱發作。

紀無情忙道：「司馬兄，此時不要露出怯意，不過，小弟瞧不出這妖道的來歷。」

司馬駿這才按捺下怒火道：「我也沒聽說過黑白兩道中有這麼一個道人。」

沙無赦微微一笑道：「我聽說過！」他說完，並不等司馬駿與紀無情回話，越眾而前，朗聲道：「九華枯骨子，竟在暗香谷出現，莫非暗香谷花銀子請你來守大門，那未免委屈了些兒吧。」

那道人聞言，腳下略略一頓，中氣十足喝道：「咦！小輩，你是什麼來頭，居然認識道爺？」

沙無赦冷冷一笑道：「小王爺我是你的救命恩人，你竟然不記得，未免忘恩負義了吧？」

枯骨子手中拂塵一揮，沉聲道：「小輩，一派胡言！」

沙無赦道：「胡言？嘻嘻！記得嗎？十五年前你在大戈壁埋在黃沙之下的事嗎？」

枯骨子不由氣焰低了下來，猶豫一陣，語聲也隨之低沉下來道：「小輩，十五年前本道長確曾在大戈壁遇上沙漠颶風，險些被沙潮埋葬在風眼之中。不過！嘿嘿！小輩，這事與你何關？你是怎麼知道的？你想拿這件事來唬道爺嗎？」

沙無赦仰天一笑道：「哈哈！小王爺今年二十六，當時是十一歲……」

枯骨子冷然道：「十一歲的孩子懂得什麼？」

沙無赦卻道：「本小王爺與眾不同，回族的孩子十一歲就算成人，小王爺我就是十一歲受封的。」

「小王爺？」枯骨子兩個眼睛轉動著，寒森森的目光，電光般在沙無赦身上打量。

沙無赦道：「十五年前，小王爺率隊第一次狩獵，這是咱們回族酋王必經的例行考驗。路途中遇見你已在颶風中打滾，眼見就要被捲起的風沙掩埋，命手下將你搶救上來，拖到牛皮帳中，住了三天三夜，颶風過後，才隨大隊出了大戈壁，又贈你水囊乾糧行李盤纏，護送你到隘門，難道這不是救命恩人？」他娓娓道來，一面口說，一面手比，說得有聲有色，繪形繪影。

枯骨子沉吟了一下道：「事是有的，可是……可是貧道當時並沒見過你，你……」

「哈哈哈……」沙無赦仰天一陣大笑，朗聲道：「枯骨子，那時的你呀，嘿嘿……你還沒有資格見到本小王爺。哈哈！我可以問你，你當時的一切照拂，是不是一位名叫塔塔木小頭目？」

枯骨子似乎怦然心動，不停的揮動拂塵，口中像自言自語的道：「事情嘛是完全不錯……」

沙無赦早已又接著道：「我記得你，因為那時你一手拈著拂塵，另一手執著一枝杏黃長幡，上面寫著『九華枯骨子遊方救世』九個漢字，漢字一邊還注著回文，所以我記得清楚。嘿嘿！加上你這個少有的枯骨樣兒，就是燒成灰，我也記得。」

枯骨子的眼神不像先前冷漠，手中拂塵一垂，喃喃的道：「塔、塔、木、塔、塔、木……」

沙無赦豪氣的道：「你不必猶豫什麼？現在你是站在哪一邊？」

枯骨子道：「你所說的哪一邊，指的是什麼？」

沙無赦道：「是站在暗香谷的一邊為暗香谷拚命，還是讓我們進去？」

枯骨子冷冷的道：「念在十五年前的一段香火緣，你同這位回回姑娘可以立刻退出谷去，貧道我只當沒看見，其餘另外兩個小輩，給我留下來。」他說話大刺刺的，彷彿司馬駿與紀無情已是甕中之鱉，成了他手到擒來的囚犯。

司馬駿不由喝道：「狂徒，你不怕風吹了你的牙齒！」

紀無情也怒道：「憑你還不配留我們中間的任何一個。」

沙無赦接著道：「枯骨子，你要聽清楚我的話。」

枯骨子問道：「什麼意思？」

沙無赦不疾不徐的道：「第一，我們四人既然一伙兒來，行動就是一致的。第二，我不是要你放我們走，而是要你閃開，我們要進去。」

枯骨子道：「這……這恐怕辦不到。」

沙無赦淡淡一笑道：「如此說來，你果然是暗香谷化大把銀子請來守大門的了？」

枯骨子拂塵一振道：「貧道的忍耐是有限的。」

沙無赦道：「我並不要你忍耐，只要你表明態度。」他說著，一隻手已按在腰際的紫玉橫笛之上，意味著不惜一戰兵刃相向。

這時，侍立在沙無赦身後，一直一言不發的耶律香兒，也已濃眉上揚，作勢欲發。

紀無情與司馬駿相互交換了一個眼神，各自運功戒備。

枯骨子怎能看不出當面的四個年輕人都是一派高手，而且每個人都在運功，只要一言不合，就可能放手一搏，群毆群鬥。

他冷冷一笑道：「四位打算動武？」

司馬駿早已不耐，「嗆！」擎天劍出鞘。

枯骨子不慌不忙，左手向敞披著的懷內摸出兩個酒杯大小的木製葫蘆來，揚腕丟向沙無赦，口中道：「接著！這是兩份解毒之藥，你與那回族女娃兒每人一份，算是我的一點意思，回報在回疆的不死之情，我們從此誰也不欠誰。」

沙無赦揚掌接過兩個小葫蘆：「這解毒之藥是進谷之後用的？」

「不！」枯骨子冷冷的道：「是現在用的。」

沙無赦奇怪的道：「現在？你是說現在我們已中了毒嗎？」

枯骨子搖搖頭道：「還沒有！」

「那……」

「因為我還沒有放。」枯骨子口中說著，忽的退後兩步，大聲道：「回族朋友，小心！道爺的拂塵劃著圓圈順著拂塵就有縷縷黃煙，那就是毒。」他說時，已揚起拂塵，劃了一個圓圈。

毒！可不是什麼功夫，憑你鐵錚錚的漢子，絕頂一流高手，也無可奈何。

因此，司馬駿本已揚劍欲發，聞言也不由急的後撤三步。

紀無情在急切之際，抽刀護定面門。

這都不過是人的本能，極其自然的反應而已，真的毒豈是如此就可以抵擋化解的。

枯骨子冷笑道：「老道我放你先跑出十丈之外，也難逃劫數。」

沙無赦卻並沒動。

耶律香兒原是緊隨在她的小王爺身後寸步不離，所以也依然俏立原地。

枯骨子道：「回族朋友，打開解藥葫蘆，塞在任何一個鼻孔之中，毒可就要發出了。」

不料——沙無赦不但不照著枯骨子的話辦，將解藥小葫蘆打開塞入鼻孔，反而手腕一揚，把原先接過來的解藥葫蘆丟還給枯骨子，口中朗聲道：「咱們不領情，這解藥還給你。」

這一招大出在場之人的意料。

司馬駿與紀無情不由暗暗佩服這位回族小王爺的豪氣。

連枯骨子也大大不解。他一面伸手接過沙無赦拋回的解藥葫蘆，一面也把正在劃著圓圈的拂塵停了下來，眨動陰沉的眼神，大聲問：「為什麼？這解藥可是救命靈丹，找不到第二處求得的唯一保命妙藥啊！」

沙無赦卻不屑的道：「在下雖然是化外之人，卻知道一個有所為有所不為。」

枯骨子道：「此話怎講？」

沙無赦道：「咱們是四人結伴而來，生死與共。朋友、江湖、武林，無論是黑白兩道，水陸兩路，都有一個千人搬不動萬人抬不走的一個『義』字。」

枯骨子不禁搖頭道：「假若我給你四份解藥，那不如不放毒了。」

沙無赦道：「我並不奢望你給我四份解藥。」

「噫！」枯骨子有些糊塗的問道：「那你打算怎麼樣？」

沙無赦慷慨的挺挺胸，朗聲道：「兩家相爭，各為其主。你為了暗香谷，我們各有立場，誰也別怪誰。但是，枯骨子，你是成名的人物，沙某願意與你分個高下，可是，要在真章實學之下分，不是憑仗著邪門歪道的施蠱放毒，在下相信你是江湖上成名揚萬的老一輩人物，諒來必定同意我的成見？」這番話不亢不卑，侃侃而談。

枯骨子的眼神隨著不同的閃動，半晌無言。因為他臉上只有皮包骨，無血無肉，看不出半點神情。但是，從他眼神之中，可以看出他的心態，是十分複雜。

此時，司馬駿與紀無情早已擁上前來。

紀無情的大拇指一豎，對著沙無赦道：「沙探花，紀某今天算是親聆了你的豪情。」

司馬駿內心對沙無赦也十分讚嘆，然而，一時拉不下臉來表示敬佩之意，卻揚劍指著枯骨子道：「閣下成名甚早，反被一個回族少年教訓，真替中原江湖道丟人現眼。」

「大膽！」枯骨子雷吼似的一聲斷喝，右手的拂塵竟然揚起。

唰——拂塵夾著勁風，發出破風嘯聲。

這老道是惱羞成怒，一柄拂塵快逾驚鴻的劃了七個圓圈。

一陣似有若無的黃色煙霧，從根處拂塵長鬃尖端散出。

空氣之中，立刻有一股如麝似蘭的隱隱香息，隨風飄蕩。

沙無赦一見，大聲叫道：「快退！」

司馬駿揚劍不退反進。

紀無情也操刀作勢，無情刀站樁起招。

他二人打算在毒性未發作之前全力一撲。

沙無赦一見，忙不迭大叫道：「二位快退，快！」他自己探出隻手，牽起耶律香兒的手，低喝道：「走！」

然而，紀無情與司馬駿兩人已發動刀劍，一時哪裡剎得住勢子，但聽——噹啷！鏗鏘！刀劍落地之聲。

「啊！」「喲！」兩聲半截的驚叫。

司馬駿仰天倒下，只覺天旋地轉。紀無情手腳發軟，像一堆爛泥。

枯骨子冷笑聲道：「小輩們，自己找死！」他說著，突然一個箭步，竄到沙無赦與耶律香兒兩人身前，就將手中接回兩個裝解藥小葫蘆用力捏得粉碎，照著兩人面門灑去。

同樣淡黃色的輕煙。

同樣如蘭似麝的香息，沙無赦原本目眩眼花，通身痠軟無力，經過灑來的黃色粉末之後，頭也不暈，眼也不花，只是周身力道全失，真氣無法凝聚。

枯骨子低聲道：「快快坐在原地調息，一個時辰之後，才能復原，出谷去吧！」

沙無赦望望身旁的耶律香兒，分明與自己無異。

再看，司馬駿與紀無情，早已被林子內出來的四個妖嬈健婦兩人一個，挽扶進了林子。

此際，沙無赦除了趺坐調息之外，只有眼巴巴的看著，連舉手抬足之力也沒有。

枯骨子又叮嚀聲道：「咱們互不相見，若是再見，休要再提回疆往事。」話落，人已擰腰折回林子，轉瞬不見蹤影。

微風掠起地上灰沙，曳空而過。

大地，轉入沉寂。

夜，正未央。

燈，正閃亮。

幽谷、花樹、迴廊。

人影，穿梭的在簾攏中來往。

好一個典雅精緻的臥房，布置得不但像王侯府第的千金小姐閨房，而且在豪華中毫不俗氣，從牆上的名家書畫真跡，就可以看出屋內主人的修養程度。

這時，屋內燈光如畫，宮紗玲瓏的燈籠，點燃著精巧的牛油燭，火苗閃爍之下，使屋內充滿了熱情感。

燭光透過人高的梳妝鏡，反映出無數的燈影。

梳妝鏡磨得雪亮刺眼，照得人纖細畢現，顯得空間大了許多，反射到紗帳盡頭。

紗帳雪白剔透，閃亮的銀色鳳形帳鉤，高高吊起，紅綾飛鳳被，覆蓋著雙眼緊閉的黑衣「無情刀」紀無情，鼻息微動，雙腮泛紅。

隔著一張古琴，屏風後有一張憩息的活動躺床。

床上，也鋪著淺黃的氈子，水綠色的被子下，躺著的是司馬駿。

司馬駿雙目緊閉，嘴唇泛紫，呼吸有些急促，發出近乎呻吟的細微聲音。

四個人樣的少女，穿梭在屋內來往。

有的捧著漱洗盆等，安置在梳妝台前的洗臉架之上。

有的抬進來一個三層食盒，從盒內取出六盤小菜，香味撲鼻，色澤喜人，十分精緻，外加兩雙碗筷，一小缽晚香米粥，兀自冒著熱氣。

還有一盤白麵餑餑，也是熱騰騰的，放在一個檀木鑲翠小圓桌上，連兩個圓凳，都抹得乾乾淨淨，光可鑒人。

靠窗的捲雲條几上，正中一座青銅獸爐，燃著陣陣香息的紫檀，渺緲的縷縷香煙，化成絲絲雲氣，盤旋在屋內久久不散。

約莫是二更時分，四個丫環安排好了侍奉雜務，不由吱吱喳喳、指指點點的議議紛紜。

一個較大的低聲道：「你們二個說，牙桌上的與躺鋪上的兩人，哪一個好？」

另外一個吃吃而笑道：「什麼好？好是什麼？」

「呸！」較大的一個啐了聲道：「騷蹄子！你說什麼好？我是說看他們兩個英俊的外表，哪一個比較好？」

「哦！」其中最小的一個道：「你說的是哪一個比較帥氣？對不對？」

較大的一個連連點頭道：「對！就是這個意思。」

另一個吃吃笑道：「少動歪腦筋，帥不帥都輪不到咱們，管那麼多幹嗎。」

最小的一個俏皮的道：「吃不到人參果，看看也是好的呀，咱們的大姐也是美人胚子，說不定呀，等一下三谷主選中了其中一個，另外一個就賞給我們的大姐呢？到那時呀……」

另外兩個嘻嘻笑的緊接著道：「到那時咱們可夠忙的了，一天辦兩場喜事，要鬧兩個洞房，嘻嘻哈哈……」

大的一張臉豬肝似的由紅脹紫，舉起拳頭道：「兩個小婆娘嚼舌根，看我不撕破你們的嘴！」

那兩個急忙閃到屏風之後，吃吃笑彎了腰。

大丫頭趕著奔過去！

「幹嗎？」一聲嬌叱，一位豆蔻年華的絕代佳人，掀簾而入。

四個丫頭忙作一團，一齊迎上前去，福了一福，齊聲道：「三谷主好！」

被叫做三谷主的佳人，桃腮含威，一雙水汪汪的眼睛先瞟了一下司馬駿同紀無情，然後對四人道：「屋內躺著兩個中了毒的人，要你們小心侍候，你們卻像造反似的吵翻了天，太不像話！」
較大的丫頭偷偷瞟了一下三谷主的臉色，低聲回話道：「一切都準備好了，谷主放心。」
三谷主施施然繞過四個丫頭，緩步走到牙床之前，仔細的審視一下紀無情，輕言輕語的道：
「毒已散了，最多半盞熱茶時分，就會醒來。」
說著又走向司馬駿，看了一下，對四個丫頭道：「這兩位名列當今武林的四大公子之內，可不是簡單人物，你們按照我的吩咐準備妥當沒有？」
較大的丫頭連聲應道：「都照谷主的交代，安排好了，谷主放心！」說到這些，她伸伸舌頭做了個鬼臉，又道：「谷主，這一個房子裡兩個……」
她指指床上的紀無情，又指了指躺在床上的司馬駿，臉上有一層神秘的笑。
三谷主的臉上，也是一陣難為情的笑。
但是，她立刻又揚眉生嗔的道：「你管這麼多幹嗎？欠揍？」
「我是為三谷主您著想呀！」大丫頭說著，回頭對另外三個丫頭做了個鬼臉，又提高嗓門道：
「天都快三更了，谷主的蘭湯準備好了沒有？」
最小的一個道：「洗澡水早已準備好了。」
大丫頭道：「快侍候谷主沐浴。」
兩個丫頭一起走到梳妝台前，分左右侍立。
三谷主已經對著菱花鏡卸卻一件件珠光寶氣的飾件，解去身上的宮裝雲肩。
兩個丫頭分兩端扯起一衿薄霧也似的寬大紗縷，披在三谷主只套著一件大紅肚兜的動人胴體。

三谷主懶慵慵的站起來，裹著紗縷，嬌柔不勝的扶著ㄚ頭的肩上，向內室走去。

大ㄚ頭一面拾掇梳妝台上的東西，一面吃吃笑起來，對室內另一個同伴道：「看樣子咱們三谷主今天晚上……要……」

她望著內室聆聽一下。

內室，陣陣水聲。

然後才接著道：「要一箭雙雕。」

另外一個ㄚ頭單指劃著臉道：「羞不羞！你是瘋了是不是？只聽說一男二女叫一箭雙雕，哪有一女兩男叫一箭雙雕的！」

大ㄚ頭道：「你有學問，你說一女二男叫做什麼？說出來，讓我長長見識。」

「那叫做……噫！」另外一個ㄚ頭話說了一半，對著菱花銅鏡雙目圓睜，一臉奇異之色。

銅鏡中多出一個人影來。

通身雪白宮裝，一臉秀娟之氣，眉如遠山含黛，口似櫻桃緋紅，臉上似笑非笑，如嬌似嗔，俏立在房門入口之處，亭亭玉立，

翩翩不群，少見的美麗女郎。

這時大ㄚ頭也在銅鏡內發現了女郎，快速的扭腰回頭，對白衣女郎低叱道：「你是誰？」

「我？」白衣女郎一臉端重，冷淡的道：「你不認識我？」

大ㄚ頭只搖搖頭。

白衣女郎極其自然的道：「我是後谷的人呀！」

「後谷？」大丫頭茫然的道：「後谷的人怎會半夜三更跑到前谷來？」

白衣女郎道：「後谷的人不能到前谷來？」

「能……」大丫頭彷彿對「後谷」心存幾分顧忌，沉吟一下，自言自語的道：「依照本谷的規矩，後谷有事通知中谷，中谷通知我們前谷，怎麼……」

白衣女郎道：「要是遇到什麼緊急事件呢？」

大丫頭道：「緊急？什麼緊急事件？」

白衣女郎已一步步跨進房來，緩緩的道：「暗香谷前谷來了兩個客人，不夠緊急嗎？」

大丫頭不由一怔，失驚的道：「這件事大谷主也已知道了嗎？」

白衣少女冷峻的道：「誰能瞞得住大谷主，紙裡是包不住火的。」

「這……這……」

「不要這呀那呀的了。」白衣女郎的人已到了大丫頭身前，玉手不知不覺之際，已搭在大丫頭的肩上，微笑道：「奉了大谷主之命，要帶這兩個人到後谷問話，把解藥取出來。」

大丫頭道：「不！這事要先讓三谷主知道。」

白衣女郎的笑臉依舊，徐徐的道：「你不聽大谷主的金諭？」

「不是……咯！」大丫頭本要分辨。

然而，剛說出兩個字，忽然覺著啞穴方位有一縷奇大無比的力道。隱隱襲來，喉嚨中「咯！」的一聲，已說不出話來。

白衣女郎笑靨更加爽朗，喜孜孜的道：「解藥可以取出來了！」

她說著，按在大丫頭的手，力貫中指，再壓在大丫頭的肩井之上。

大丫頭覺得肩井如同無數牛毛細針刺入，痛、軟、痠，麻，難過得齜牙咧嘴，只好不住的點頭，一步一步的移向臥床頭，探手打開一個小抽斗，取出個碧綠的玲瓏玉瓶來。

白衣女郎搭在大丫頭肩上的手，輕輕的一按，微笑的接過解藥玉瓶道：「交給我，你辛苦了，歇著吧！」

她滿面堆笑，向另外一個丫頭招招手道：「你也過來。」

她的笑容是那樣迷人，她的風采是那樣雍容。一切都懾人心魄的，使人無法拒絕。

那丫頭像中了魔一般，走向前去。

白衣女郎將手中解藥瓶交給她，又像乩童神佛附身的叮嚀道：「你把解藥給他們二人用上。」

那丫頭連話都沒說完，如同被催眠一般，先拔去小玉瓶的寶蓋，向躺在床上的紀無情倒了幾滴乳白色的藥滴。然後再走向另一個躺在便床上的司馬駿，也傾倒幾滴在他鼻孔中。

就在此時——忽然，內室門口傳來一聲：「誰讓你亂用解藥！」

嬌叱聲中，三谷主披著輕紗，粉脂不施，看樣子是蘭湯中泡了個夠，臉上尚有水漬汗珠。

她發覺丫頭在施解毒液，大大的不悅，急切之際，連輕紗也不顧，搶上幾步，怒道：「你是想死嗎？」

那丫頭愣住了，驚慌得臉色鐵青，雙目失神，說不出話來。

三谷主越發怒氣如焚，忘記了自己僅僅掛了一個手掌大小的紅肚兜，掌揚力運，認定那丫頭拍推而去。

「不要怪她！」白衣女郎本來站在床前，此時一掌輕揚，話到掌發，遙遙向三谷主的掌落之處拍去。

三谷主一則覺著有一股似緩實急，似柔實剛的力道硬把自己發出的掌力卸卻，二則她這才發現自己臥室之內多出了一個白衣麗人。

太生疏了，也太令人驚訝了。

雖然三谷主發現對方也是個女性，但本能的環抱雙手，掩飾住胸前，既驚又怒的道：「你是什麼人？」

先前被嚇得發呆的丫頭，這時卻插口大聲道：「她是大谷主派來的……」

「找死！」三谷主不由勃然大怒，一股怒火竟發洩在答話的丫頭身上，斷喝了一聲，快如閃電般單掌認定那丫頭的胸前拍去。

「啊！」一聲刺耳驚呼，血從那丫頭口中噴出來，射在丈餘遠的屏風之上，再彈成滴滴血雨，四散各處，也曳起一陣腥風。

白灰女郎一見，不由皺眉道：「劫數！也是孽數，她不過是個丫頭，何罪之有？」

三谷主一掌擊斃貼身丫頭，這股怒氣並未消除，回頭戟指喝道：「冒充大姐派來的人，你意欲為何？」

白衣女郎道：「沒有冒充，我的確是從後谷來的，至於你大姐、二姐，我都見過，只是她們並不認識我而已。」

「那你為何冒充？」

「我不須冒充，也沒說我是暗香谷的人，我也不願做暗香谷的人。」

「剛才丫頭她說……」

「我告訴她我從後谷來的。」

「怎樣進的暗香谷？」

「一步一步走進來的呀。」

「滿口胡言！」

「並未說謊！」

「暗香谷屢屢關防，暗椿暗卡，我是問你怎樣溜進來的？」

白衣女郎冷冷一笑，沉吟了片刻，才輕言細語的道：「關防也好，椿卡也好，對我來說完全沒用，正像連你也攔不住我進你的臥房一樣，這該說得夠明白了嗎？」

她不慍不火的娓娓道來，像是閒話家常，但是言外之意分明沒把暗香谷放在眼內。

事實上也的確如此，白衣女郎進了前谷谷主的深閨，就是最好的說明。

三谷主粉面鐵青，挫掌作勢，悶聲不響，全力向白衣女郎推出。

不料——白影如一縷輕煙，白衣女郎的人已不見。

三谷主但聽身後有白衣女郎嬌滴滴的聲音道：「只會動手嗎？我可不是你的丫頭那樣容易打發！」

三谷主不由大驚失色，立刻旋身一轉。

但見白衣女郎俏立在梳妝台前，正用一隻手掠了一下髮邊的幾縷秀髮，好整以暇的若無其事。

三谷主既驚又氣，頓頓一雙赤腳道：「你究竟是人還是鬼？」

「人！」白衣女郎截釘斬鐵的一聲，接著借著銅鏡，雙目凝視著三谷主又道：「不過，我不是你心目中想像的人，你心目中想像的人，是男人，所以閨房臥室之中，睡了兩個男人。」

三谷主厲聲道：「賤人！你……」

「慢！」白衣女郎纖手輕揮，作勢阻止了正要發作的三谷主，笑吟吟的道：「其實，你臥室外假山涼亭之上，現在還坐著一個比床上躺著的兩個男士更英俊，更瀟灑，更美的男子。」

三谷主大嚷道：「滿口胡言，你……」

白衣女郎搖頭道：「不要忙著發嗲，讓我把話說完，你的名字叫『留香妖姬』？」

「仙姬！」三谷主搶著大叫。

白衣女郎道：「仙姬也好，妖姬也好，雖然有一字之差，但到處留香，是沒有差別的，正如同說你替我們女人丟人或是替女人出氣，完全沒有兩樣。」她一面說。一面向門外喃喃的道：「三公子，你該進來了，你的兩位朋友也快醒來了。」

雖然她喃喃低聲，但分明是用「千里傳音」的內家功力傳音入密，因為低沉沉的話聲，聽得出如同一縷銀線，低沉扎實，字字好像鋼錐，在空中飛射。

三谷主留香妖姬不由心中一凜。

因為當前的白衣女郎，看樣子年齡才不過二十左右，甚至不到二十歲，怎會有如此上乘的內功，實在是一件不可思議之事。

就在留香妖姬心念轉動之際，房門的繡帷微動，白衫飄飄，常玉嵐的人已凌空般的掀帷而入。

留香妖姬不由更加吃驚。
這乃是自己的臥室，是暗香前谷的心臟之地，也是前、中、後三谷的第一關兼大門口，在暗香谷來說，三谷連環之外，三谷以外的眼線樁卡，可都派有一流的高手把關放哨，雖不是銅牆鐵壁，輕易是無法進來的，
然而，這對白衣男女，彷彿把谷主的香閨，當成了酒樓茶肆，只要興之所至，掀簾而入。
這焉能不使留香妖姬既難堪，又惱怒，既驚嚇，又奇怪。
留香妖姬發了愣。
常玉嵐也不由一愣。他掀簾而入，正與留香妖姬打了照面。
但見她通身只穿了一個紅肚兜，酥胸半露，肚兜雖然也下垂到胯間。但是，雪白的胴體，在紅色燈光下，格外的刺眼。
常玉嵐真的沒有見過這等陣仗。他不由「啊——」的一聲，立即折身退出。
白衣女郎不由「噗嗤」一笑道：「怎麼？你怎的又臨陣脫逃？」
但聽常玉嵐在門外道：「藍姑娘，這個玩笑可開大了，快叫她穿著起來。」
藍秀盈然而笑，對留香妖姬道：「聽到沒有？人家要以禮相見，你雖然妖嬈慣了，別人可是正人君子，念在同是女兒身，給你穿戴好了再論是非。」
留香妖姬雖然是邪門黑道，但羞惡之心人皆有之，聞言桃腮生霞，一張粉臉紅齊耳根，咬著牙對身後的大丫頭喝道：「是死人嗎？衣服、蠶絲帶。」
大丫頭其實都早已準備好了。

雙手捧了一套連身勁裝，外加一條寬七寸，長有七尺的淡紅彩帶。那套勁裝上下身相連，貼身而著，快捷得很。

留香妖姬急匆匆的套上勁裝，接過那條彩帶，忽的順手一抖。

咻——不料那看是軟綢輕緞般的彩帶，竟像是鐵條鋼片似的，帶起一道勁風，刺耳驚魂。

留香妖姬受了太多的窩囊氣，此時稱手兵器在握，恨不得將藍秀碎屍萬段，方消心頭之怒。

蠶絲彩帶化成一條怪蟒，沒頭沒腦的連砸帶纏，既刷又掃，照著藍秀揮去。

藍秀哈哈一笑道：「我已說過，我不會與你交手。」

留香妖姬喝道：「你怕？」

藍秀搖動螓首，深深的道：「你不配！」

「納命來吧！」留香妖姬話起帶揚，一招「彩虹暴起」，繞向藍秀的胸前。

藍秀的笑聲初動，人已飄出五尺。

那彩帶收勢不及，竟搭在一個立地官窯花瓶之上，足有人高的三彩立地花瓶，「嘩啦！」一聲大響，被彩帶掃得粉碎，破磁片灑得四下飛濺，叮噹！嘩啦！唏哩之聲不絕。

一招落空，留香妖姬的怒火益熾，中途振腕急抖，蠶絲彩帶並不收回，凌雲急抖快旋，二次照準藍秀的頸子繞去，手法之快，變招之速，不同凡響。

臥室之中，空間不多。

藍秀這時，已到了屋角與屏風之間，左有笨重的梳妝台人高的銅鏡擋住去路，右有屏風與司馬駿躺著的便床阻攔。

留香妖姬一見，不由厲聲喝道：「我看你還往哪裡躲！」說著，招式不變，全身力道透過手腕，直貫彩帶，惡狠狠的纏去。

「哦——」一聲慘叫，聲動屋瓦。

留香妖姬厲聲喝道：「給我死！」

手中彩帶已經纏上對方的頸子，所以特別用力，緊握彩帶的另一端，而且著力的上揚一抖。

但聽——噗通！一個屍體，像丟破棉被似的，摔倒就地。

「嘻嘻……」藍秀輕盈的微笑。

「啊呀！」留香妖姬失聲驚呼。

地上——直挺挺的躺著的是大丫頭七孔滲血的屍體。

太玄妙，太神奇，太怪異，太出人意料之外了。

留香妖姬出手過急，著力太猛，她再也料不到在千鈞一髮之際，藍秀會在一剎那轉而來個「李代桃僵」，把大丫頭送到蠶絲彩帶之下。

按說，留香妖姬也不是弱者，暗香谷的三大谷主之一，也非倖致。

只因武家交手有「技高一著，縛手縛腳」的一說，再加上她求勝心切，急怒攻心，一時不察，鬧出這個重大的失手，天大的笑話。

在暗香谷，殺死一個丫環，算不了大事。

但是，在這種情形之下，就要另當別論。

留香妖姬再也無法控制，如同一隻瘋虎，咬牙咯咯作響，一言不發，掄起蠶絲帶，認定窗前含笑而立的藍秀第三次出手。

藍秀的笑容依舊，探手一掀雕花窗櫺道：「到外廂來，讓你見識見識。」話落，未見擰腰彈腿，人已由窗戶中穿了出去。

留香妖姬哪肯緩慢，就著窗戶尚未關上的片刻之間，一招乳燕出巢，人也如飛矢般啣尾追出。

皓月當空，碧天如洗。

藍秀對著月光下站立的常玉嵐道：「把妖姬交給我，紀無情與司馬駿該醒了，你進屋去瞧瞧他們，毒氣初盡，要人保護。」

常玉嵐斜眼望了望剛追出來的留香妖姬，見她已穿上勁裝，不由尷尬一笑道：「交給我吧。」

藍秀道：「啐！難道要我去侍候兩個公子。」

留香妖姬見他二人好整以暇，根本沒把自己放在眼內，心中氣惱可想而知。她揚起蠶絲彩帶，一振手腕，攔住去路道：「誰也別想活著出暗香谷，不知死活的小輩！」

說時，彩帶掃向常玉嵐的腰際。

藍秀嬌聲道：「閃！不要用手擋，它會纏上不放！」

常玉嵐道：「我知道了！」

他在百忙之中，斷腸劍已經出手，迎著掃來的彩帶著力削去。

若是平常的彩帶，這一劍早已斬為數十截，即使是鋼絲鐵條，也難逃削斷的命運。

然而，蠶絲彩帶可繞指，堅逾精鋼。

但聽，錚！蠶絲彩帶竟繞在斷腸劍之上，一連繞了三圈。

藍秀一見，嬌叱聲道：「不要撒手！」

常玉嵐一劍出手，兵器被人纏住，既氣又惱，也沉聲道：「較內力嗎?你拿錯了主意！」

果然——留香妖姬存心要試試常玉嵐的份量。

她故意的放鬆橫掃之力，將自己的蠶絲彩帶纏住了常玉嵐的斷腸劍，且不用蠻力抖動。因為，從藍秀內功修為上看，可以知道她的同伴——常玉嵐絕對不是弱者。

假若自己著力一抖，說不定力有未逮，反而抖不動對方，屆時騎虎難下，甚而被對方借力摔倒當地。

她有了這個盤算，因此，纏上之後，緩緩的用力，微微向懷內牽引。

此時，只要常玉嵐有一絲動搖立樁不穩，留香妖姬必然猛的一扯，常玉嵐連人帶劍，不立即摔倒，也會立樁不定，撲向前來。

那時，留香妖姬會突然立扯為拌，像在室內摔大丫頭一樣，將常玉嵐摔在假山石上，非死必落個骨斷筋折，甚而摔成一個肉餅。

殊不知，常玉嵐自幼深受庭訓，金陵世家的家學淵博，加上不斷的鑽研「血魔秘笈」，尤其受藍秀「桃花洗髓」的鍛煉，在不斷的精進，已是當前不世高手，豈同小可。

無奈，常玉嵐是「魚在水中不知水」，他本身並不完全知道自己無形中的長足進步，因此，尚在施展不開狀態之下。

可是，人在急切之間，一切潛在的力量，往往能發揮到極限。

這時，常玉嵐耳聞藍秀的嬌聲叮嚀，面對頑強對手的壓力，心中受榮譽感與生死關頭的逼迫，一股無盡的熱力，明顯的由丹田暴發而起，如潮洶湧，遍及全身，終於，集結於執劍的右手臂上。

他不撤劍，不著力，只是穩穩握著劍柄，力透劍身，再漸次的用到纏在劍身上的蠶絲帶上。

一條蠶絲彩帶，像筆桿一樣的直，像弓弦繃得緊緊的，隱隱有一絲絲吃吃之聲，漸來漸烈。

初時——留香妖姬只受著從蠶絲帶上傳來的力道不可抗拒，不絕如縷。

片刻——覺著手指發熱，腕間痠痛。

再來——力道直透手臂，筋骨咯咯有聲。

終於——整個身子血流不暢，痠麻僵硬，通身的肌肉收縮，好似要皺在一起，痛苦難當。

汗水，從額頭滴滴滴落。兩眼，金花亂散。

手中的蠶絲彩帶，再也把持不住，一直向外滑，像被一股大力抽的般，怎的也定不下來。

藍秀在一邊道：「妖姬！識相一點吧，快快鬆手，或者乘著尚有一點力氣，放開蠶絲彩帶的圈子，不然，五臟離位，血染當場，後悔不及！」

除了依照藍秀的話去做，留香妖姬別無第二個選擇。

然而，她擔心就在撤招收勢的剎那間，常玉嵐若是乘機一擊，到時怎的也閃躲不開。

因此，她勉強的腳下微微後移，眼看已到了窗外之下，手中彩帶全力抖動，讓纏繞在劍身上的圈套解開，百忙之中一個「倒翻元寶」，人搶著穿進窗子，到了室內。

常玉嵐並無非殺留香妖姬的心意，所以，留香妖姬這一招也出乎他意料之外。

藍秀一見，忙道：「不好！這妖姬要在紀無情二人身上下殺手！」

常玉嵐不敢怠慢，仗劍而起，人劍合一，也向室內撲去，快逾飛虹，疾比流星。

室內——留香妖姬已從壁上摘下一柄長劍，尚未出鞘。常玉嵐已跟蹤而至，不等她有片刻的緩衝之機，劍身一長，已抵在留香妖姬的後腰脅間，口中大喝道：「你待怎樣？」

這時，紀無情與司馬駿也被這聲斷喝驚醒，想是解藥已經生效。

兩人不約而同的一咕嚕坐了起來，環顧室內，像夢幻似的，茫然四顧，不知所云。

常玉嵐一見，朗聲道：「二位毒性未盡，不可用力運氣。」

就在常玉嵐說話之際，略一分神。

留香妖姬一斜身子，閃出常玉嵐的劍尖之外，「嗆啷」長劍出手，招展「靈鳳揚翅」，反劃常玉嵐的肩頭。閃避、出劍、制敵，一氣呵成，銳不可當。

常玉嵐在不防之下，不由大吃一驚！一聲脆響，火星四濺。

留香妖姬覺著執劍的手虎口大力一震，劍尖斜地飄出尺餘，「叮咚！」一聲輕響。

這突如其來之舉，留香妖姬心頭大凜，以為劍尖折斷，急忙抽收長劍，仔細省視，幸而長劍無恙。地上的輕響，原來是一隻翠綠的耳墜子。

以一個豆大的翠綠耳飾，竟然卸去了長劍的前刺之勢，而且震得劍勢斜飛尺餘，實在是令人驚訝的一件事。

藍秀的人在窗外探出個頭來，冷然的道：「乘人之危，好毒的劍法！」她說話之時，臉上含著一層微惱之色，又向常玉嵐道：「人無害虎心，虎有傷人意，臨敵對陣，你不傷敵，敵必傷你！」

真的，假若常玉嵐在出劍之時，稍一狠下心腸，留香妖姬縱然不血灑當地，也必嚴重受傷。慢說回手，連出劍的機會也絕對沒有。

常玉嵐玉面生霞，紅著臉道：「這就是正邪不同的地方，黑白兩道的分別！」

這時，紀無情的雙眼發直，盯著窗外的藍秀，大聲叫道：「藍姑娘！藍秀！」

藍秀微微一笑，尚未來得及回話。

突然——留香妖姬一個箭步，挺劍而起，劍尖快如飛星，已抵上半坐半臥的司馬駿背後，正是心臟地位，要命的所在，尖聲叫道：「常玉嵐，丟下長劍，不然……哼！我先要了他的小命！」

司馬駿毒雖化解，功力未經調息，乃是虛弱不勝，覺著背後劍尖力透衣衫，臉色大變。

常玉嵐一見，勃然大怒道：「你敢動他一根汗毛，我要你碎屍萬段！」

窗外的藍秀卻道：「那也不必，留香妖姬殺人是家常便飯，多殺一個司馬駿又算什麼！我們與司馬駿非親非故，本來是兩碼事，就讓她先殺司馬駿，常三公子，你再殺妖姬也不遲。」

留香妖姬本是要脅之意，也不過是挾人質找逃生之路，聞言不由銀牙咬得吱吱響道：「你以為我不敢殺他？」

「敢！」藍秀淡淡的道，「沒有人說你不敢。可是，我提醒你，司馬駿可是司馬山莊的少莊主，司馬長風的獨生子，司馬山莊能善罷甘休嗎？不把暗香谷踏平了才怪呢！」

常玉嵐也道：「留香妖姬，這後果要仔細的考慮，否則的話，你算惹了天大的麻煩。」

不料——留香妖姬把臉色一沉，橫著心道：「司馬山莊又如何？少來嚇唬本谷主！」

就在雙方相持不下，彼此顧忌之際。

「三谷主，慢點動手！」

卅六　以毒攻毒

令人毛骨悚然的一聲如狼嗥之聲，由庭院中傳來，話音未落，枯骨子長拂揚處，人已由門外一穿而入，如同一具會走路的骷髏。

他的一雙怪眼，掃視室內情形，將拂塵一甩，大剌剌的道：「武林四大公子，怎麼都到暗香谷來了，真是風雲際會，江湖上的盛事。」

常玉嵐不由冷冷的道：「一看就是邪門外道，牛鬼蛇神！」

紀無情是仇人見面分外眼紅，一咕嚕從床上躍下來，大喝道：「雜毛老道，有本事真刀真槍與你家少爺比劍，靠著施蠱放毒是下三流的卑鄙手段！」

枯骨子陰沉沉的道：「你連那只無情刀都保不住，還逞什麼強，常言道敗兵之將不足言勇。」

真的，紀無情此刻連刀都沒有，兩手空空，談什麼拚鬥比劃。

因此，他臉上發燒，氣得半晌講不出話來。

常玉嵐與紀無情雖沒有利害關係，但是，兩人之間由掙鬥到同遊，不期然有一份深厚的情誼，加上同為性情中人。

眼見紀無情受人奚落，不由長劍一領，沉聲喝道：「紀無情受毒失刀，由我代領教你幾招如何？」

「好！」枯骨子指著窗外道：「我在院落內候駕，不過，有話必須先說明，不然就沒有意思了。」

常玉嵐道：「有什麼話？快說！」

枯骨子道：「先讓你佔一個便宜……」

常玉嵐道：「常某一向不喜歡佔別人便宜，講求的是公公道道！」

枯骨子不由點頭道：「金陵世家後代，果然很有氣魄！」

「嗨！」常玉嵐不耐的道：「閒話少說，直接乾脆的說吧！」

枯骨子冷兮兮的道：「你們中間任挑一人，此人能勝了老夫，我做主，立刻放你們出暗香谷，要是勝不了老夫手中拂塵，哼哼……」

常玉嵐道：「你要怎樣？」

枯骨子陰森森的道：「全給我留下來！」

常玉嵐道：「好狂的老道！」

枯骨子道：「我的話還沒說完，要你們留下來，並不是要殺你們，所以你們也不必擔驚受怕。留下來在老夫的麾下，算是老夫的入門弟子，也算你們的大幸。」

常玉嵐勃然作色道：「你在做夢！」

枯骨子道：「做夢也好，不做夢也好，你們可以選出一個接得老夫三、五招的出面。」

「我！」

「我！」
常玉嵐搶著挺胸朗應。
窗外的藍秀幾乎與常玉嵐不約而同的嬌聲高喊。
枯骨子道：「群毆群鬥？」
藍秀搶先一步，在窗外道：「我已在院落裡等著你，放心，對付你，還用不到兩人連手，十招之內，要你心服口服。」
桀傲不馴的枯骨子，一方面狂慣了，另一方面當然有他的打算。因此，對著持劍逼在司馬駿身後的三谷主留香妖姬一施眼色道：「三谷主，麻煩你替我掠陣，瞧著些兒，也準備慶祝貧道一日收四個美女俊男為徒的大喜日子。」
留香妖姬滿臉的疑雲。
她料著枯骨子雖然手底不不弱，但是，酌量情勢，可能不是藍秀的對手。因此，她搖頭示意，口中卻道：「道長，這幾個毛頭小輩奸詐得很呀！」
枯骨子又以目光斜視一下，分明是表示自己有萬全之策，要她放心。
留香妖姬並不了解枯骨子葫蘆裡賣的是什麼藥，但事到如今，只好應道：「好吧！」說著一收長劍，躍出窗子。
藍秀生怕常玉嵐搶著與枯骨子對上，忙道：「老道，我可是等得不耐煩了哦！」
枯骨子慢吞吞的道：「閻王要你三更死，並不留人到五更，老夫這就來了。」話落，人起，一點地，人已箭射到院落之中。

常玉嵐也如影隨形，尾隨躍出。

藍秀仍舊沒事人兒一般，迎著常玉嵐道：「常少俠，你在涼亭之上，坐著看我怎麼降伏這個白骨精，更深露濃，亭子內比較好。」

常玉嵐雖然一百個不樂意，但是，他無法反對藍秀的話，尤其無力拒絕藍秀深情款款海一樣的那種眼神。只有依言向亭子走去，口中卻叮嚀道：「邪門外道的詭計多端，你可要小心！」

語重心長，一股關懷的溫馨，出自常玉嵐的口中，直達藍秀的心深處。

月亮在微笑，星星在眨眼。

雖然，面對著一場生死的搏鬥，性命交關的情勢，在藍秀與常玉嵐的心頭，有如春風拂面，冬陽廣被。

月已西斜，斜得好比掛在西山頭的一盞孤燈。

星星，東一個，西一個，疏疏落落的排在如洗的穹蒼，閃爍、閃爍、閃爍一陣，又沉入茫茫蒼蒼之中，後來，漸少漸稀。

院落雖然寬敞，但是，月已偏西，灑篩下來叢樹的影子，幾乎遮掩了一大半。

枯骨子插腰站在一片花圃之前，冷喝聲道：「女娃兒，先報上姓名師承來。」

藍秀螓首微搖，也冷然道：「那就不必啦！」

枯骨子沉聲道：「為什麼？」

藍秀道：「今日既非門派之爭，也無個人恩怨，只是一場小小的賭個東道，何必多此一舉！」

「好！」枯骨子道：「乾脆！到時候老夫我自然會知道。」

藍秀道：「可能你一輩子也不會知道，因為你根本勝不了我，尤其可能你會逃不過今天一鬥，唯一的顧忌是姑娘我今天沒有興致殺人。」

「嗯——」枯骨子一聲「嗯」，把尾音拖得長長的，分明十二萬分不樂意的道：「亮出兵器！」

藍秀腳下緩走兩步，意味索然的道：「用不著，你動手吧！」

「嘿嘿！你不要後悔！」枯骨子的雙目泛出碧綠的殺氣，拂塵揚起，「唰」破風厲嘯，直掃橫掃，虛晃一招。

他像老鬼吃人之前的一吼，又像貓兒撲鼠之前的弓腰嗚叫。

藍秀毫不動容不說，甚至連正眼也不瞄他一眼，只微微一笑道：「力道用的恰到好處，出手之前，是要先試一招半式，一來運運本身力道，活筋動骨，二來給對方一個下馬威，心理上先給對方壓迫。」她像是一個老師教徒弟似的，解說枯骨子這一招的用意，一半指點，一半評講。

枯骨子喉嚨內咯咯有聲，像是有吐不盡的濃痰，在內面翻攪，令人噁心。這是他動用自己本門的「枯骨功」的前奏，外人不得而知，除非是與他交過手的一方。

藍秀雖然並不熟悉枯骨子的功力，也不了解他的淵源，但卻本能的眉頭緊皺道：「令人作嘔，這功夫居然有人學，豈非怪事。」

對於枯骨子，真是一種天大的侮辱。他再也不能忍耐，原先要等著看藍秀出手，瞧出她的門道的企圖至此煙消雲散，肩頭微振，手中拂塵挽出丈餘大小的寒光，像一棚銀杏花似的，向藍秀立身之處撲到。

藍秀雙目凝神，忽的一扭。白影，由月光斜照之下，已移位到山蔭之處，快如脫兔，比脫兔還要快。

枯骨子成名多年，對於藍秀摸不清底細。

而今，一招出手，敵影即逝，心知這年輕的女郎，輕身功夫已練到了飛絮落花的地步了。不是一般高手所能望其項背，加上五行步位的交換生剋，越發難以捉摸。

因此，枯骨子冷笑一聲，心中暗喜。

他之所以沒有對藍秀神妙難測的移位功夫吃驚，反而心中暗喜。是由於他料定藍秀之所以不亮兵器，一定是在兵器上修為不足，全仗著閃躍騰挪，輕巧的走避來使敵人摸不到邊際。另外，藍秀曾誇說「十招之內」，含義是要累倒對方，伺機還擊。

最令枯骨子滿心欣喜的是，他認為自己是道家，陰陽八卦、五行生剋，自己滾瓜爛熟，算得是專家，不難利用這一點，來使藍秀就範。

因此，他冷笑連聲道：「班門弄斧，在關老爺面前耍大刀，看你往哪裡走！」喝聲之中，一招「迴水換波」，先是斜掃，半途中間忽的收招猛然平掃。

這是一招雙式，虛實交用。也是由坎門忽轉兌宮，五行中生、死交替的狠毒招數。

換一句話說，先用「掃」式引起藍秀的閃躲去路。讓出「生」門來，招演半途，「掃」式不變，已由斜地裡化為平掃，也把八卦圖形扭動，將「生」門完全封住，留下「死」門，引藍秀上鉤。

藍秀若是硬往「生門」移位，無異自投羅網，送到枯骨子的拂塵之下，根根拂塵，如同根根鋼錐，迎面砸下，大羅神仙也難消受。
藍秀若是隨機應變，折腰扭身，正好將整個後背獻在敵人的拂塵之下，硬接一招，難逃骨斷根折的厄運。
枯骨子分明見到藍秀已被罩在拂塵影中。
因此，越發得意，自信所料不差，一拂落實，用了七成以上的內力，拚命連掃帶砸，口中吼道：「著！」
轟！
嘩啦！嘩啦！
砰！噗噗噗……嘶……
一聲大震，一陣亂響，怪異的嘶嘶不絕。
水花四濺，瓦片紛飛。
一個偌大的金魚缸，被這一拂塵砸得稀爛，幾隻龍頭鳳尾的暴眼金魚，兀自在落葉滿地上跳蹦個不已，連枯骨子也濺滿了水，還有一些水草。
他這失手一招，乃是很難堪的事。
更難堪的是，藍秀卻在他身後道：「可惜這一缸名貴品種的金魚，在深山裡再也找不到第二缸了，何必拿無知的魚來出氣呢。」
這比一耳光打在他的臉上還要令他難過。
枯骨子咬牙切齒，一聲暴吼：「氣死我也！」他已顧不得武家的規矩，翻身回手，拂塵漫天花雨的兜頭砸下。

藍秀冷冷一笑道：「道人，你的真功實學，姑娘我已欣賞到了，把你原來的陰謀詭計使出來吧！」

她口中說著，雙掌一合，略一凝神，忽然前推急兮。柔和地，緩慢地，一大片隱隱而出的力道，像一面牆，一面盾牌，一朵淡淡的雲。把枯骨子拂塵的力道，不但完全抵制住，而且化解掉，每根拂塵上的長鬃，本是夾著無比力道，好比鋼錐。但這時都立刻垂了下來，像炎夏正午烈日照耀之下的柳枝。

枯骨子怎能不心膽俱裂。他忙不迭倒退三步，失神的吼道：「你！你這是什麼功夫？」

藍秀微微而笑道：「桃花初綻！」

「桃花初綻？」枯骨子喃喃的說著，雙目中碧綠光芒不停閃動。

藍秀又道：「桃花九轉的功夫之一，桃花初綻，不過是一招起式，要是用到『桃花怒放』，可能你更要消受不下了！」

枯骨子眼神不住的轉動，隱隱中一股殺氣騰騰的意味，隨著他閃爍不定的眼神愈來愈濃，也令人不寒而慄，難以逼視。

亭子上的常玉嵐一見，朗聲道：「藍姑娘，這老怪眼神有異，小心他放毒！」

藍秀不由眉頭緊皺，心想：我豈不知道他要放毒，你這一喝破，只打提醒他早點而已，毒！又不是可以預防！

她心中又想：他這樣提醒我是好意，從他急呼呼的喊叫上可以明白他對我的關懷！

一絲甜蜜蜜的感覺，從心底深處泛起層層漣漪。

少女的心，是羞，是喜。因此，桃腮生緋，櫻唇帶笑道：「怕毒，就不到暗香谷來了！」

枯骨子聞言，沉聲喝道：「狂徒，老夫不信你有什麼天大的能耐！」他一面暴吼連天，一面已將手中拂塵揚起，畫著圈子。

一連三個越畫越快的圈子，枯骨子的人忽然騰身離地五尺，凌空探臂，人像一隻怪鳥，手中拂塵舞得像陣狂風。

一縷黃色煙霧，從拂塵影裡向外噴射。

常玉嵐大驚喊道：「毒！毒！」他喊聲中，竟從亭子上疾撲而下，人在空中，單掌認定枯骨子壓去，竟然不顧黃色煙霧的劇毒，搶著攔在藍秀前面。

藍秀一見，不由粉面生寒，心跳神動，嬌叱了聲道：「傻瓜嘛！誰要你插手！」

她一面叫，人也不慢，突的折腰而起，平地冒起丈餘，藕臂舒處，竟已摟定常玉嵐的蜂腰，硬把昂昂七尺的常玉嵐，單臂挾起。

丹鳳棲梧，一個翻騰，輕巧的落在亭子的飛簷獸角之上，略微借力虛點腳尖，折回亭子內，將常玉嵐重重的向石桌上一放，嬌聲的道：「我的好令主，誰讓你插手來管，這不是增加麻煩嗎？」

這一招，說快，快到如同閃電，說妙，真的是妙不可言，在當時，電光石火，乃是一眨眼之際而已。

常玉嵐愣愣的道：「我是……我是怕你中了毒呀。」

「嗨！」藍秀又好氣，又好笑：「你不怕你自己中毒嗎？」

「我？」常玉嵐不由愕然道，「我當然也怕，可是……」

「好了！」藍秀苦苦一笑道，「不要可是了。」

常玉嵐認真的道：「我是個大男人，中了毒最多是一個死，可是你……你不同呀。」

一片真誠，令人可感。

「唉！」藍秀不由喟然一嘆，撇著嘴唇道：「我因為不怕雜毛老道的毒，所以才敢跟他斗，就是怕你中毒，所以才將你安排在亭子上，主要是這裡是上風，不怕毒氣會飄來呀。」

「你……」沒等常玉嵐再說話，枯骨子揚起拂塵在右，留香妖姬仗劍從左欺來。

兩人打個招呼，分兩側攀上假山，意圖夾擊。

藍秀一見，生恐他二人一起連手施毒，更怕他二人一對一的放毒，到時常玉嵐落在他們手中，便難以處理了。

因此，她低聲囑咐道：「你不要動，看我的！」話起，人已射出亭子，向右先搶上前去，揚起寬長的水袖，全力向撲來的留香妖姬拂去。

勢如驚濤拍岸，怒浪排壑，曠地掠起的一陣狂飈，硬把前撲的留香妖姬，逼退了三丈之遠，回身跌落在一叢萬壽菊花圃之後。

藍秀一招逼退了留香妖姬，蜻蜓點水式反彈兩丈來高，硬從涼亭的頂端越過，對已攀上假山的枯骨子嬌叱聲道：「你還有什麼花樣？」

枯骨子鼻子裡冷哼一聲，手中拂塵又開始畫起圈子來。

藍秀冷笑聲道：「鬼畫符的法寶，對桃花林中的人是沒有用的！」嬌笑聲中，人如一縷清煙，轉身出招，直向枯骨子拂塵影中穿去。

此時，枯骨子的拂塵之中，已噴出陣陣黃霧，根根鬃鬚，也如鋼針般散開了來，夾雷霆萬鈞之勢，煞是驚人。

藍秀長袖拂處，和風一片。

但見根根挺直的拂塵鬃鬚，像被烈火熾溶一般，軟綿綿的分向四方垂去，顯而易見的，把枯骨子貫出力道，完全卸去。

枯骨子雖也有了怯意，但是口中卻道：「你仗著那門氣功，化掉力道，化不了老夫的獨門神霧。」吼叫聲中，人也不停，挺起無勁無力的拂塵，連刺帶扎，迎著藍秀獨力施為。

藍秀見他一味蠻橫，毫不講求人性，其凶狠殘暴的神情，意在不擇手段制人於死地，從心底起了厭惡之心，冷笑道：「枯惡不悛，要你吃些苦頭！」

但見——枯骨子的拂塵柄中的黃霧濃得由黃變烏。

藍秀的白色身影穿過烏黑黃濃的霉霧，竟然若無其事，雙袖認準枯骨子筆直掃去。

「彭！」一聲震天價響，人影乍合即分。

黃霧被衝得四下飄散，化為灰淡煙塵。

枯骨子的一副骷髏，螺旋後飄五丈，彈在透花院牆之上，再反彈回來丈餘，落在水池之內。

「噗通！」水花四濺，芰菱飛起。

藍秀白色的人影，已飄回到涼亭之上，指著正要二次來襲的留香妖姬道：「識相點，枯骨老道就是你最好的榜樣！」

留香妖姬自料修為在成名多年的枯骨子之下，自己所恃仗的，不過是一些邪門毒藥，眼見藍秀對毒霧如同沒事的樣兒，先自有了幾分怯意，又見枯骨子的下場，更加膽寒。

然而，江湖人輸命不輸嘴，留香妖姬狠聲喝道：「是你找上暗香谷，暗香谷並沒找你！有什麼絕學，本谷主全接！」

口中這樣說，手上腳下可都沒有動，色厲內荏，顯然可見。

藍秀淡淡一笑道：「我並沒想到要找你們暗香谷，是我們令主要找你們。」

「令主？」留香妖姬雙眉緊皺，不解的道：「你們的令主是誰？與本谷有何過節？」

藍秀盈盈一笑，順手向亭內指著仗劍而立的常玉嵐，朗然的道：「喏！我們的令主就在這裡，你可以自己當面問明。」

留香妖姬心頭既驚又奇。

因為，從藍秀的氣質、人品、功力、風采，都如同天人一般，連自視極高的留香妖姬，不但自嘆弗如，而且自慚形穢。

而卻自己口口聲聲尊那仗劍少年為「令主」，那麼令主的功力必然更加高不可測。

然而，從各方面觀察，仗劍少年分明是「金陵世家」的常玉嵐，他雖名列「武林四大公子」，但是，紀無情、司馬駿已經是自己的階下囚，固不待言。

而「探花」沙無赦據枯骨子談及，也不過是與司馬駿、紀無情等量齊觀而已，怎會有如此大的差別呢？

她心中自己忖念，人不由如痴似呆的雙眼盯著常玉嵐，久久無語。

常玉嵐被藍秀這一奉承，本已有些羞愧，加上留香妖姬的一雙眼一眨也不眨的凝視著，更加玉面通紅，手足無措。

藍秀不由嬌嗔的道：「咦！一個不言，一個不語，這算哪門子事兒？」

常玉嵐的臉越發漲得由紅發紫，訥訥的不知從何說起。

留香妖姬的鼻子裡「嗤」了聲道：「唏！好一位英俊的令主，難怪手下有美艷如花的美人胚子。」

藍秀一見，不由怒道：「少東扯西拉，只問你該問的，小心惹起姑娘的脾氣。」

常玉嵐這才回過神來，仗劍而前，肅聲道：「常某好友司馬駿、紀無情、沙無赦，還有一位回族姑娘，都被你們使用邪毒歪道迷倒，留在暗香谷，常某是來向你們要人的！」

留香妖姬聞言，嬌笑不已，花枝亂抖，前仰後合的浪態十足。

藍秀實在看不下去，怒叱道：「不要賣騷，問你的話怎樣？」

留香妖姬道：「我沒怎麼樣呀！他……哦……你的令主說是向我們要人。」

「對！」常玉嵐大聲道，「向你們要人！」

留香妖姬嬌笑依舊道：「請問，你是什麼時候把人交給我的？不然憑什麼向我要人？」

常玉嵐沉聲道：「我沒交給誰。現在已有兩個人正在你的房間，我就要向你要。」

留香妖姬不服的道：「憑什麼？」

常玉嵐豪氣干雲的道：「講義氣，我是憑著武林一脈前來要人，不然，就要憑利害了。」

留香妖姬搶迫的道：「憑利害又怎樣？」

常玉嵐大力一按劍柄，朗聲道：「憑常某這個浪跡天涯的夥伴。」

誰知，留香妖姬存心調笑，顧左右而言他，冷冷一笑，對藍秀瞟了一眼道：「敢情就是這位不怕劇毒的美麗姑娘？」

常玉嵐大怒道：「憑常某手中的斷魂劍。」

話未落，「嗆！」簧扣輕響，常玉嵐的長劍出鞘，挽出一個劍花，寒氣逼人，劍光耀目。

不料——留香妖姬毫不為意的道：「慢點！還沒到動手的時候，未免忒也的性急了吧，難道大令主是急色兒？」她的態度輕佻，語意雙關。

「啐！」藍秀急得啐了一聲，低下頭來。

常玉嵐也怒道：「什麼是動手的時候？」

他眼見藍秀的氣惱嬌羞，也不由恨得牙癢癢的，抬臂振腕，揚劍躍身出了涼亭。

留香妖姬冷冷一笑道：「本谷主先把話交代明白，然後再動手不遲。」

常玉嵐怒不可遏的道：「說！」

留香妖姬好整以暇，喃喃的道：「首先我要提醒你，咱們暗香谷可是以毒聞名的，放毒，是我的老本行，要想我動手不放毒，恐怕是辦不到！」

常玉嵐盛怒之下，喝聲道：「你儘管放毒！」

留香妖姬道：「我再告訴你，你不要恃仗那位姑娘，她所以不怕枯骨子的毒霧，不過是手中握有本門的乳香液解毒靈藥而已。」

此言一出，不但常玉嵐對藍秀不怕毒霧的疑團頓解，而最吃驚的是藍秀本人。

因為她的秘密，不料被留香妖姬揭穿了，臉上有些兒掛不住。

留香妖姬又娓娓的道：「乳香液可以化解許多本谷神毒，可是，我可以告訴你，真正本門至高劇毒，乳香液是沒有用的。」

她話才落音，竟從腰際取出一個三寸來長的皮管，舉到眼前，提高嗓門又道：「看看清楚，這個小玩意，就是乳香液不能化解的。」

常玉嵐雖然不知留香妖姬手中的劇毒皮管究竟惡毒到什麼地步，但暗香谷一谷的谷主，必須有些絕頂劇毒是可以想見的。

他回眸看了一下藍秀的神情，心知留香妖姬所說的話必然不錯，對於藍秀之所以能不畏懼枯骨子的毒霧一事，也恍然大悟。

然而，此時此刻，常玉嵐已沒有第二個考慮，任它是刀山油鍋，既然出面叫陣，可不能就這樣縮頭，落下一個可恥的話柄。

他寒著臉沉聲大喝道：「無恥的賤婦，竟然誇口你的毒物，有本事的真刀實槍，與你家三少爺見個真功實學！」

留香妖姬笑道：「你認為是歪道邪門，就是本谷的真功實學。」

沒等她的話落音。

常玉嵐長劍揚劍，寒光閃閃，斷腸劍法起勢就透著不同凡響。

留香妖姬一見，斜跨半步，閃出劍光之外，嬌笑聲道：「慢點！」

常玉嵐劍勢既成，從不罷手。

但是面對的乃是「女性」，正是斷腸劍的三大禁忌之一。

斷腸七劍第一不攻冷招，對完全不防敵人，從不搶先出手；第二，不攻血親，因為劍名斷腸，一旦牽扯到血親，未免「斷腸」；第三，不攻孕婦，因為孕婦身懷六甲，不可能表達真正的功力，而且胎兒無辜，不應在未出娘胎之時，就有殺身之危。

在「不攻冷招」的禁忌之下，常玉嵐收劍停勢，喝問道：「又有什麼花招？」

「不！」留香妖姬冷冷一笑道，「我有話一定要交代清楚。」

常玉嵐怒道：「也太嚕嗦了！」

留香妖姬拈了拈手中的皮囊細管，冷森森的道：「這不是毒煙，也不是毒霧，不是毒器，牠是活的，活生生的九節蜈蚣。」

此言一出，常玉嵐不由一愣。

站在一邊的藍秀也不得不凝神而聽。

九節蜈蚣乃是五毒之中少見的毒蟲之王。

傳說，九節蜈蚣生在雲、貴、川的邊陲苗疆，雖然也是蜈蚣中的一種，但由於深山懸岩，原始林莽之中，牠所以爬得快，跳得高，飛得遠，蜈蚣之中俗稱「飛天蜈蚣」者，就是這一種。

僅只是能爬、能跳、能飛，還容易對付，因為無論多快、多高、多遠，也逃不出輕功絕高常玉嵐的斷腸劍之下。

可是，「九節蜈蚣」由於生在人跡罕到之處，專吃那瘴氣毒沼處所生長的百毒花草，通體含有劇毒。慢說被牠咬上，就是牠所過之處，也會散發出一種奇毒的氣味。

牠身上所排泄的糞便黏液，所染之處寸草不生，禽鳥潰爛。人，當然也消受不起了。

留香妖姬握著小皮囊，十分得意的又道：「怎麼？二位也知道這個活寶的可愛了吧！牠的寶貴之處就是直到現在連本谷也無法化解，現在拿來伺候你們兩位，也算是兩位的莫大光榮，哈哈哈……」她仰天一陣狂笑。

笑聲突然收斂，立刻把臉一沉，厲聲叱道：「是棄劍投降，還是要嘗嘗九節蜈蚣的滋味，我數一二三，你們決定好啦，現在起，——一！」

常玉嵐對江湖瑣事，武林野史，乃是如數家珍，對於「飛天蜈蚣」的歹毒，當然知之甚詳。他回頭向藍秀凝視一下，口中雖然沒有說話，但分明有向藍秀討教的意思。

藍秀此刻正在凝神思索對策。因為，她也深知「飛天蜈蚣」的厲害，一時又無計可施。

常玉嵐見藍秀並無表情，當然是沒有主意。他豪氣干雲的朗聲一笑道：「妖姬！常玉嵐一正壓百邪，就是不怕毒！」

留香妖姬雙目殺氣畢現，大聲喝道：「二！」

常玉嵐挺劍搶上一步，怒喝道：「我的劍不容你再數到三了！」人劍合一，掠起一股勁風，白衫飄動，已經欺到留香妖姬身前五尺之處。

相距五尺，探手可及。

留香妖姬一扭腰，閃開劍鋒，另一手就向手中皮囊一端拉去。只要她輕輕一拉，「飛天蜈蚣」就會破囊而出。

藍秀驚叫道：「快退！」
常玉嵐勇往直前，哪有後退的打算。
「三谷主，慢點！」一尖銳刺耳的一聲嗥叫。
「百毒天師」曾不同矮小的人，已由窗櫺中虛飄飄的撲了出來，人沒到，聲先發。
話落，人到了當場，面露陰沉的奸笑，衝著留香妖姬稽首道：「無量壽佛，奉大谷主之命，有話向三谷主傳達。」
留香妖姬只好握住小皮囊道：「道長！大姐有何交代，煩你這位天師？」
曾不同並不回答留香妖姬的話，反向常玉嵐道：「金陵世家的傳人，果然人如玉樹臨風！」
常玉嵐對江湖一切，都瞭若指掌，冷冷一笑道：「百毒天師葉落歸根了嗎？」
這話對曾不同來說，真如打翻了五味瓶，酸、辣、苦、甜、鹹，什麼味道都有。
曾不同成名最早，一向獨來獨往，自視更高，在黑道之中，曾以「放毒祖師爺」自居。
而常玉嵐這句「葉落歸根」等於是說他「歸順」了暗香谷，換句話說，也就是說他是暗香谷的走卒嘍囉。這對自命不凡的曾不同，當然是一種侮辱。
因此，他髒兮兮的臉上，由紅轉白，由白轉青，惡狠狠的道：「小輩，不要逞口舌之利，先看看你的同伴。」
他說完，連拍三掌。啪！啪！啪！擊掌之聲甫落，留香妖姬臥室的簾攏掀起。
四個健婦，兩人一個，分別扶著紀無情與司馬駿，而兩人全都是用透明三股牛筋扭成的粗索五花大綁，形同死囚。

常玉嵐一見，不由勃然大怒道：「曾不同！你憑什麼？是江湖的規矩？還是皇家的王法？」

曾不同冷冷而笑道：「一不是手法，二不是規矩，他們侵入暗香谷，暗香谷就有權這樣做。嘿嘿！連你也不例外。」

常玉嵐更加氣惱的道：「你不配！」

曾不同搖頭道：「道爺憑功夫，贏不了你，你也許不會輸給我，別忘了咱們三谷主手中本谷的絕門活寶。」

常玉嵐喝道：「無恥！」

曾不同道：「無恥也罷，有恥也好，識相的規規矩矩聽我把話說下去。」

常玉嵐道：「你還有什麼話要說？」

曾不同指指被捆綁的紀無情與司馬駿道：「你們武林四公子，有一半現在我的手中，我想，你常三公子自認為是講義氣，夠朋友，相信你不會眼巴巴的看著好友就這樣被我們給了結掉吧？」

常玉嵐略一沉吟，朗聲道：「你是要威脅我？」

「不！不不不……」曾不同搖頭擺手，一連說了不知多少個「不！」字。

然後慢條斯理，面帶陰笑道：「同你商量，同你商量，你若是點頭，我們暗香谷以上賓之禮對待這三位，你若是不點頭，老道士我也就做不了主。」

常玉嵐皺眉道：「又是鬼話連篇！」

「不！」曾不同一臉的慘笑道：「只要你答應替暗香谷辦一件事，老道我擔保，立刻放人！」

「要我替暗香谷辦事？」常玉嵐不怒反笑道：「哈哈！做夢，我常玉嵐不是任由別人指使的，更不像你這等甘自下流……」

「得啦！」曾不同尖聲叫道：「罵夠了吧！咱們真人面前不說假話，暗香谷不敢希望你別的，只請你辦一件事而已，也是條件，不能讓你白白的把這兩位大名鼎鼎的公子帶走。」

「條件？」常玉嵐衡量眼前的情勢，不由猶豫了一下。

第一，留香妖姬手中的「飛天蜈蚣」蓄勢待放，一旦放出無法抵擋，萬一傷害到藍秀……

在常玉嵐的心目中，藍秀的一切安危，都比任何天大的事重要，甚至寧願自己的性命犧牲，也不願見到藍秀受到傷害。

第二，紀無情與司馬駿現在面對面的在別人手裡，只要自己點頭，他二人就可以由階下囚變成座上客。否則，在黑道魔頭的手上，可能血染深谷。

雖然，常玉嵐與司馬駿沒有深交，但是，在常玉嵐記憶裡，司馬駿有多次的援手之恩，這份情誼始終未報。而今，應該是投桃報李的時候。

尤其是黑衣「無情刀」紀無情，常玉嵐與他乃是惺惺相惜的道義之交，以武會友的知己朋友。

再者呢，在百花門中的一段往事，常玉嵐內心深處，從未消除對紀無情的歉意。

況且，紀無情身負滅門血仇，豈能眼看他血染暗香谷，斷了南陽世家的煙火。

想著——

常玉嵐不免英雄氣短，兒女情長，暗暗的嘆息一陣才接著問道：「什麼條件？說來聽聽，常某做事，一向是有所為，有所不為！」

曾不同點頭道：「簡單！」

常玉嵐怒聲道：「爽快些。說！」

曾不同道：「殺一個人。」

常玉嵐不覺大吼道：「把常玉嵐當做殺手？」

此刻，久未發話的藍秀卻插口道；「殺人？何不先問問他殺什麼人？」

「對！」曾不同笑著道：「該殺的就殺，不該殺的，咱們再商量。」

常玉嵐望了一下藍秀。

藍秀的妙曼依舊，嫵媚姿容不改，微笑似有若無。這是她在「用腦」時的神韻。

因此，常玉嵐隱忍下來，問道：「暗香谷視人命如草芥，殺人不眨眼，還用到我去替你們動手？」

曾不同得意的道：「只談條件，不問理由。」

常玉嵐直覺的認為，一定是不平凡的人物，否則暗香谷是不會提出要自己替他們動手的。

溯憶當初自己落在百花門中，百花夫人交給自己的第一個任務也是殺人，要自己去殺司馬長風。而今，暗香谷也提出要自己殺人的條件，莫非也是要我去殺司馬長風？

想著，好奇的道：「要殺的是誰？」

曾不同淡淡的道：「百花門的門主。」

常玉嵐不由心頭一震道：「百花夫人？」

「對！就是百花夫人。」曾不同說完，凝神逼視著常玉嵐，等候他的答覆。

這真是不可思議之事。

常玉嵐從來沒想到暗香谷要殺的人竟然是百花夫人。
百花夫人要自己殺人。
現在又有人要自己殺百花夫人——
天下之大，無奇不有。
這兩件事是因果？還是巧合？
或則是有極為微妙的關連。
常玉嵐凝神的想，當然，怎麼也想不通。
曾不同等了片刻，不見常玉嵐回答，追問道：「常玉嵐，你該認識百花夫人吧？」
常玉嵐隨口應道：「當然，豈止於認識而已。」
曾不同道：「那麼，這件事……」
常玉嵐不假思索的朗聲道：「辦不到！」
曾不同的臉色一寒道：「你要是不答應，後果將不堪想像的。」
「你威脅我？」
「沒有，絕對沒有威脅的意思，你常少俠豈是受人威脅的人！」
「既然知道就好！」
「只是……嘿嘿……」
沒等曾不同答聲落音，一邊的藍秀卻施施然蓮步輕移，上前一步對曾不同道：「真的不能說明為什麼要殺百花夫人嗎？」

曾不同道：「我已經有言在先，只談條件，不問理由。」

常玉嵐不願藍秀傷神，搶著道：「我已告訴你，辦不到！」

不料——藍秀卻淡淡一笑，右手微抬，示意常玉嵐不要再說，卻對曾不同道：「假若常少俠答應去殺你們要殺的人，代價如何？」

曾不同色然而喜，大聲道：「立刻將你們的朋友紀無情、司馬駿大吹大擂恭送出暗香谷。」

藍秀不由一掀柳眉道：「這就是殺人的報酬？」

曾不同道：「還有，可以由你們二人出谷。」

「這卻不用。」藍秀收起笑靨，悶聲道：「暗香谷並沒有能力攔得住我們。」

留香妖姬一臉的不服，尖叫道：「我……」

藍秀並不等她說下去，鳳目一瞪道：「我同道士說話！」

曾不同打料著藍秀已有答應殺「百花夫人」的意思，生恐又節外生枝，笑著對留香妖姬道：「三谷主，容貧道與她理論。」說時，還對留香妖姬施了一個眼神，意思要她忍耐一下。

藍秀才又帶笑道：「但願你言而有信，善待常少俠這兩位朋友！」

曾不同喜孜孜的道：「你是說答應條件，去殺百花夫人？」

藍秀點頭道：「嗯！」

曾不同目視常玉嵐道：「可是常三公子他本人……」

藍秀忙道：「我可以做主。」

曾不同哪裡肯信，追問常玉嵐道：「常三公子，這位姑娘的話……」

常玉嵐朗聲道：「她可以決定！」

「哈哈……」曾不同仰天大笑不已，一面道：「多謝常少俠賞臉，咱們以一個月為期，百花夫人的命，來換貴友的命，一月後再會！」

就在他鬼哭神嚎的吼叫聲中，忽然破蒲扇一揮。眼前，濃煙如同山霧，霎時伸手不見五指。

藍秀探手一拉身側的常玉嵐，低喝道：「退！快！」兩人起勢彈身，後退數丈。

敢情這濃霧只是一個煙幕，掩護他們退回房去而已，並無劇毒，濃霧斷散，曾不同等人影也渺如黃鶴。

常玉嵐怒氣沖沖的道：「好雜毛，也太的奸詐。」說著，作勢向前，就朝屋內撲去。

藍秀探臂攔在前面道：「走！今天是沒有結果的，出谷再說。」

語落，人已虛空飄起。

常玉嵐雖然一百個不願意，但他不能自已的撐腰彈身，追蹤著藍秀的一縷白影，箭射而起。

山澗流水依舊。晨霧從山涯緲緲升起。

清晨，山區。

曉風，殘月。

兩條白色的身影，如同飄花落絮，輕無聲息，但是，快如驚鴻，星飛丸射的向山下奔跑。

好快，轉眼之際，已到了山腳。

阡陌縱橫，田野尚無人跡。

野村犬吠，炊煙，從遠處的林莽間縷縷上升，化作淡淡的輕紗，與飄浮的白雲混成一體，分辨不出是雲是煙。

柳林沿著一灣小河一望無際。

涵簾，橫挑在柳樹梢頭，隨風揚曳。

藍秀緩下身子，落實地面。

常玉嵐隨著收功停身，微笑道：「你今晚的性情為何與平常不同？竟忍得住那老道的威脅？」

藍秀也報之以微笑道：「光棍不吃眼前虧！」

「這……」常玉嵐苦笑道：「這就是你的理由？那更與你的個性不合了。」

藍秀幽然一嘆道：「飛天蜈蚣是天生毒物，留香妖姬所說的並不是嚇唬我們的話，假若我們憑一股匹夫之勇，絕對討不了好去，更遑論救紀無情與司馬駿了，何苦來哉！」

常玉嵐道：「難道就這樣罷了不成？」

「沒有呀。」藍秀一味的含笑，「我並沒說就此罷了呀。」

常玉嵐追問道：「那你想好了對付他們的方法？」

藍秀俏皮的道：「已經有了。」

「有了？」常玉嵐不禁睜大了眼睛，逼視在藍秀的臉上。

藍秀更加笑得蜜甜，緩緩的說：「是呀，百毒天師曾不同不是已經告訴了我們嗎！」

常玉嵐更加不解，急道：「他告訴了我們？難道說你真的要去殺百花夫人？」

「要找她，不是殺她！」

「那……」

「曾不同已迷了心竅，即使我們真的殺了百花夫人，也未必守信承諾放了紀無情與司馬駿。」

「對！他們根本不會有信用。」

「這一點我當然明白。」

「那……那找百花夫人幹嗎？」

「坐下來，折騰了一整夜，也該休息一下了。」

「前面有涵簾，一定有野店。」

「對！去飲一杯泉水粗茶，一定別有情趣。」

兩人一問一答之際，信步穿過柳林。

林蔭密處，一片小小的草坪，茅舍半間，涼棚一抹，兩三副座頭，原木褐黃紋路可見，瓦窯的茶具，黃竹的筷桶，卻也有另一種趣味。

此時店家初起，正在掃除涼棚內的滿階落葉，一見藍秀與常玉嵐連袂出現，不由一愣，持著竹梢紮成的掃把，站在棚子內發呆。

常玉嵐揮揮長凳上的浮塵，先讓藍秀坐下，才對店家道：「店家，水該開了吧，先泡一壺茶來。」

店家被他一語驚醒，應道：「是！是！客官，你們是……是……」

常玉嵐覺著好笑道：「路過，路過，我們是從暗香谷來的，路過這兒。」

店家似乎大吃一驚，半信半疑的道：「暗香谷？好遠！」他忽然像醒過來，連連點頭，臉上有十分驚懼的神色道：「哦！是的，這荒村野店，除了暗香谷，哪會有客官你們這等的一表人材。」
藍秀不由露齒一笑道：「暗香谷的名頭不小。」
一言未了，柳林里裡一聲鶯聲燕語道：「兩位真的是暗香谷的人嗎？未必吧。」
車聲、蹄聲。香車緩緩在柳梢拂動之下馳了出來。
藍秀低聲道：「巧！說曹操曹操就到了。」
常玉嵐也色然而喜道：「百花夫人。」
車，停在涼棚外。
百花夫人一色鵝黃宮裝，掀起簾幕，如履平地的從車內步出。
四個清麗少女，也由車後棚內躍出，隨伺在夫人兩側微後。
駕車健婦，放下轅鞭，抱著個錦凳，搶先安放在涼棚之內，木桌上首。
常玉嵐搶上一步，拱手齊眉道：「想不到在這荒村小店會見到夫人的芳駕。」
百花夫人儀態萬千，雍容的道：「人生何處不相逢。」說著，施施然走向端坐未起的藍秀，十分和藹的道：「藍姑娘，別來無恙？」
藍秀從容的欠起了身子，端肅的道：「多日不見，夫人風儀依舊。」
「老了！」夫人淡淡一笑，就著錦凳坐了下來。
那健婦早又捧出一個錦漆食盒，兩個少女接過來打開，取出了四色甜食，一壺玉壺碧螺熱茶，三個官窯茶盅，替三人各斟一杯直冒熱氣的香茶。
「嗆啷！嘩啦……」在場之人全都一驚。

但見店家雙手空空，還做個捧茶架式，泥塑木雕般站在茅屋門前。地上，茶杯瓦壺，跌得粉碎，茶水順著凹凸不平的地面四流。他真的被嚇住了，不知是為了暗香谷的惡名，還是為了這野店中突然來了「神仙」。

百花夫人不由展顏一笑道：「我們是否有驚世駭俗之罪？」

常玉嵐帶笑道：「夫人本是天人，加上香車美侍，鄉野之人怎的不驚。」

藍秀瞟了常玉嵐一眼道：「常三公子的品味可夠瞧的。」顯然的，她對百花夫人有難以描寫的酸味。

常玉嵐哪裡有這等細心，也因為打心底也沒有這等想法，所以又加強語氣道：「我是出自內心的話，並沒有半點虛假奉承的意思。」女兒家的心思，常玉嵐更加不解。

藍秀對於常玉嵐，是芳心已許。而對於常玉嵐進入百花門那段往事，雖然頗能諒解，也清楚常玉嵐仍然是清白的。

但是，百花夫人對常玉嵐的關懷，藍秀總覺得不是味道，甚而覺著過分了點。

當面鼓，對面鑼，常玉嵐一再奉承百花夫人的風度氣質，內心一股異樣的感受，實在難以抑止。但是，又不便發作。只是揚起柳眉，十分凝重的道：「該談談正事了吧！這麼巧不期而遇，也是一種緣份。」她把「緣份」兩個字特別加重語氣，提高了語調。

常玉嵐愣愣的點頭道：「對！對！實在是緣份！」

百花夫人心細如髮，又是女兒之心，焉能看不出藍秀的神情，聽不出她的言外之意，櫻唇略動欲言又止。

藍秀沒好氣的望著常玉嵐，表面上雖沒發作，內心中已像一團火。

一個人心中的七情六欲，雖然可以壓抑，但要想表面上半點不露，乃是非常困難的事。

眼前百花夫人凝眼不語，藍秀的神情有異，常玉嵐可不是西廂記裡書呆子張君瑞，免不得覺著「氣氛」不對，只是不知由何而起。他急忙話頭一轉，拱手對百花夫人道：「夫人怎會在曙色初起就來到了荒野？」

百花夫人盈盈一笑道：「接你同藍姑娘呀。」

常玉嵐固然是一愣。

藍秀也不由大感訝異，插口道：「請問夫人，是戲言還是？」

百花夫人道：「我會戲言嗎？不是我倚老賣老，在你們兩位之前，總是一個前輩，甚而是長輩。」說著，又爽朗的一笑道：「哈！藍姑娘，這，你該放心了吧？」她是語意雙關。

常玉嵐只覺得她是要藍秀放心她的話是真的。

而藍秀呢？彷佛心事被人看穿，感覺著自己多疑而小家子氣，不免一陣臉上發燒，雙頰紅暈。

好在在百花夫人又接著道：「我的預料是到暗香谷接你們，可沒料到我們在這兒見面。」

藍秀道：「百花門果然耳目靈敏，就知道我同常少俠進了暗香谷。」

不料，百化夫人螓首微搖，先呷了一口面前的玉壺碧螺，才緩緩的道：「百花門哪有你口中所說的那樣耳聰目明，二位進暗香谷的消息，乃是回族探花沙無赦告訴我的。」

常玉嵐不由道：「沙無赦，他……」

百花夫人道：「他沒有與二位碰面是麼？可是，二位的桃花令是並無分號，只此一家，瞞不住人的。」

常玉嵐不由玉面飛紅，十分尷尬的苦苦一笑道：「原來如此！」

百花夫人又道：「憑你們二位的修為，慢說是暗香谷，放眼當今武林，沒有人可以攔得住你們。只是暗香谷是不論功力修為的，所以我義不容辭，要去暗香谷替兩位壯壯膽，掠掠陣。」

她侃侃而談，語氣誠摰，慈愛之情表露無遺，關切之殷使人感激。

藍秀心中益覺自己是以小人之心度君子之腹，粉面通紅，低聲道：「如此厚愛，愧不敢當！」

而常玉嵐卻接口道：「夫人，幸而你沒有進入暗香谷。」

百花夫人道：「哦！怎樣呢？」

常玉嵐略為頓了一頓道：「暗香谷一心一意要加害於你，甚至派人刺殺你。」

「哦！」百花夫人神情自然依舊，只是道，「他們指派誰來刺殺我？」

「我！」常玉嵐的我字出口，自覺孟浪，臉上由紅變紫，顯然的內心不安。人雖坐在百花夫人的對面，恨不得立刻走開，避過百花夫人的眼神。

百花夫人沉穩得很，只淡淡的道：「你？我想不會吧！」

藍秀的心境已平靜下來，微微一笑，將坐下的長凳略為移向百花夫人，輕聲道：「常少俠語焉不詳……」她略為將暗香谷發生之事，大要的說了一遍。

然後又接著道：「我同常少俠，原本是要去找夫人您的，因此適才我冒昧的說出『緣份』二字。」她一面述說事情的來龍去脈，一面夾著解說之意，這就是她聰慧之處。

百花夫人當然了解，因此，她慈愛的一笑，轉面向常玉嵐道：「你找我很難，我找你，比較容易得多，假若殺了我，能解決你的閒難，我也樂意讓你殺了，哈！哈哈！
笑聲，十分複雜，有心情的流露，也有打哈哈的玩笑意味。
但是，常玉嵐十分不安，忸怩至極，訥訥的，不知如何是好。
百花夫人舉起面前的官窯細磁鑲金茶杯，向藍秀照了照道：「這玉壺碧螺春，可以清心解渴生津，嘗一嘗。」
藍秀一向自視甚高，但對於這位百花夫人的一舉一動的安祥高貴，也不由打心眼裡讚佩，舉杯淺嘗一口，才帶笑道：「要找夫人是我的主意。」
百花夫人道：「哦！是嗎？」
「是！」藍秀不疾不徐的道：「首先說明，不是想對你不利，而是要向你討教。」
百花夫人臉上的笑容始終不變道：「討教？」
「夫人。」藍秀扶了扶被風吹動的鬢角，慢條斯理的道：「世間之所以有殺人的念頭，不外是出於兩個原因，一個是『怕』，一個是『恨』，因為怕，殺了所怕的人，減少自己的不安，因為恨，殺了所恨的人，以消心頭的仇憤。」
不料，百花夫人就在藍秀語意稍停之際接著道：「還有一個原因是『愛』，為愛而殺的事，並不是沒有，這就是俗人所謂的『愛得要死』。」
藍秀雖然也為之動容，但並沒有停止她的語意，又道：「暗香谷為何要處心積慮殺夫人，假若我揣想的不錯，必然是因為暗香谷『怕』夫人。」
常玉嵐聽到這裡，恍然大悟道：「噢！所以你說曾不同告訴破暗香谷的方法，原來如此。」

藍秀不理會常玉嵐，卻向百花夫人道：「依我的井蛙之見，夫人不可能與暗香谷谷有深仇大恨，必然你是暗香谷的剋星。」她說到這裡，一對大眼睛凝視著百花夫人，等著她的回答。

百花夫人淡然道：「暗香谷的雕蟲小技，是古老的放蠱施毒方法，記得我曾涉獵一本手抄的小冊子，名叫做『萬毒歸宗秘笈』，記載的有放毒之術，也有解毒之方，匹夫無罪，懷璧其罪。也許就是他們視我為肉中刺眼中釘的原因吧。」

藍秀喜孜孜的道：「果然被我料中。」

常玉嵐更加喜不自禁，對著藍秀朗聲道：「藍姑娘蘭質蕙心，難怪你，原來成竹在胸。」他一臉的愉悅之情，加上毫不掩飾的開朗神態，越見其是性情中人。

百花夫人幽然道：「幸而我會一些解毒之法，否則恐怕要用性命去換你的兩位好友了。」

常玉嵐掙紅了臉道：「怎麼會，怎麼會呢？拚著我自己的命不要，也不會對夫人您不利。」

「夠了！」百花夫人以手示意，卻對藍秀道：「藍姑娘，幾時你能有閒暇的時候，我們倆好好的聊一聊。」

藍秀道：「隨時都可以。」

「不！」百花夫人搖搖頭道：「暫時還沒有機會讓我們閒聊，況且，時機也沒到。」

「時機？」

百花夫人又用手勢攔住了藍秀的話，轉面向常玉嵐道：「我親自到暗香谷找你，要轉告你三件大事。」

常玉嵐道，「三件大事？」

卅七　八大門派

「第一，」百花夫人道：「我已打探出你父親的消息，這算不算大事？」

「算！算！」常玉嵐幾乎從座位上跳起來。

父子親情，加上老母高堂憂心如焚，更由於父親的失蹤，是由自己而起，常玉嵐焉能不關心激動。

百花夫人又道：「第二件，武林中有一股可怕的力量漸漸成熟，將帶來血腥浩劫，首當其衝的可能就是桃花林。藍姑娘，你有何打算？」

藍秀頷首道：「事情一定會發生，想來為時不遠，到時還請夫人援手。」

百花夫人沒置可否，又肅容道：「再過五天，常少俠與人的約會到期，該不會忘記吧。」

常玉嵐像是晴天霹雷，不由按桌而起道：「該死，我與八大門派有三月之約。」

「對！」百花夫人道：「據我所知，八大門派的高手，稍有地位的武林高手，都已兼程趕赴金陵，你這位正主兒，卻在這荒村野店遊山玩水，也算糊塗得可以了。」

有責備，有關懷。

常玉嵐心神不寧，擔心在約會之前，八大門派中一部分激進毛燥的江湖人士，到莫愁湖惹事找岔。

藍秀也為金陵常家的安危擔心。但是，卻安慰他道：「金陵有你大哥，加上南蕙，諒來不致受到騷擾，不必急在一時半刻。」

百花夫人也道：「我已命全老大，兼程趕到金陵，會合金四禿子，不動聲色的在你家左近掩護，八大門派的一般高手，還沒法興風作浪。」

常玉嵐聞言，肅之一揖，正聲道；「慚愧！為了寒舍的事故，累到夫人費神，實在不知如何才能表達我內心的感激。」

百花夫人卻道：「不要有世俗之見，男子漢，更不要婆婆媽媽。」

藍秀也道：「依夫人的意見，目前常少俠當務之急是立刻返回金陵？」

「對！」百花夫人道：「事有輕重緩急，至於暗香谷之事不足為慮。而且，我要讓司馬駿在暗香谷多待一些日子，這對於某些事反而有益。」

常玉嵐聞言道：「萬一暗香谷狠下心來，撕掉人質……」

「不會！」百花夫人斬釘截鐵的道：「陰謀，是一項陰謀。」

常玉嵐道：「夫人能不能再說明白一些？」

百花夫人道：「水落才能石出，如今，水沒落，我說水底有一大堆石頭，都於事無補。」

藍秀點點頭道：「夫人所言甚是，我雖不知道內情，但是我相信夫人的真知卓見！」

百花夫人輕聲道：「有你這句話，我比什麼都高興，你真是……」她說到這裡，原本喜之不勝的面容，忽然罩上一層濃雲密霧，不勝悲淒，一雙朗星般明亮的眼睛，似乎有一層濕潤的水痕。

接著，她忽然探手抓住藍秀項際用七彩絲絨繫著的一塊飛鳳血玉佩，緊緊的握著道：「這玉佩古樸純真，血絲活絡，乃是漢時的古物。藍姑娘，你帶著它會逢凶化吉，遇難呈祥。」

藍秀正色道：「這是家傳的古物，出生之日佩帶，沒有片刻或離，至於它的來源，就一無所知了。」

百花夫人不住的點頭，一面已緩緩站起。

常玉嵐一心記掛著金陵家中的安危，恨不得插翅飛回。但是，又不便催促百花夫人與藍秀，對於這兩個女人談的不過是無關緊要的古玉血佩之事，尤其不耐。一臉不安之色苦苦的笑容，令人一見就知他心急如焚。

百花夫人不由微笑道：「常少俠，你好像心事重重，對嗎？」

常玉嵐點頭不迭道：「八大門派齊集金陵，不是家兄可以應付的。」

藍秀道：「五天足夠了，應該放心！」

百花夫人起身離座緩緩走向軒車，一面道：「既然如此，我就不奉陪了！」

說完，已跨上車轅。

藍秀不由暗想：她的功力已臻化境，僅只看她衣袂不動，跨上三尺餘高的車轅，彷彿平地前跨一步，就可看出是至上的修為。

常玉嵐盼望百花夫人早點上車，自己也好趕路。因此不等百花夫人回過身來，拱手朗聲道：「恕不相送了！」

「慢點！」偏生百花夫人喊了一聲，從車內取出一個精緻的錦囊，隨手丟向常玉嵐道：「接好！」

常玉嵐探手接了個正著，正要問這錦囊盛的是什麼？

百花夫人已一聲：「起車！」

駕車的健婦長鞭迎風一揚。

「吧噠！」車輪滾動，雙馬掀蹄向柳林外奔去，千株柳樹，濃蔭遮日，轉眼不見蹤跡。

常玉嵐抓著錦囊，目送百花夫人的軒車去遠，才自言自語的道：「無緣無故的丟個錦囊是什麼意思？」

藍秀失笑道：「唉！打開看看不就知道了嗎？」

「我真笨！」

「不是笨，是糊塗！」

「唉！」

常玉嵐喟然一嘆，已拉開了錦囊的封口。

竟然是一塊血玉古佩，大小型式，與藍秀胸前所佩戴的那塊完全一式無二，唯一不同的是玉佩上的花紋不是飛鳳，而是一條昂首吐珠的蟠龍。

他不由將玉佩送到藍秀眼前，晃了晃，又與她所佩的那一塊比了比道：「這是一對！甚至是一塊玉分割開的，你看。」

藍秀不由紅著臉道：「是的，可是……」

常玉嵐見她久久不語，問道：「可是什麼？」

藍秀凝神遠望，喃喃的道：「她怎麼會有這塊古玉血佩呢？」

常玉嵐道：「這有什麼奇怪的，你有，就不許她也有嗎？」

藍秀道：「我不是這個意思。」

常玉嵐道：「你的意思是……」

藍秀接過玉佩，與自己胸前懸掛的一塊翻來覆去的比了又比，併了又併。真的，連古玉本身的血紋都非常吻合。

她交回給常玉嵐道：「戴起來吧，古玉是可以避邪保身的。」

常玉嵐道：「我能戴嗎？」

藍秀道：「為什麼不能？」

常玉嵐道：「一龍一鳳，別人看到了該怎麼說？」

藍秀露齒一笑，嬌羞的道：「你想別人該怎麼說？」

常玉嵐道：「當然會說我倆是親兄妹喏。」

「親兄妹？」藍秀撇著嘴，久久不言。

常玉嵐也愣愣的盯著藍秀胸前迎著朝陽光耀奪目的玉佩，在陽光反射之下，那隻飛鳳栩栩如生，真的要凌風飛去的一樣。

藍秀被他盯瞧著胸前，不由一蹬腳道：「發什麼呆，要不要趕路？」

常玉嵐忙道：「要，要，當然要。」

藍秀道：「那還呆頭鵝似的愣在那兒幹嗎？」

常玉嵐陪著笑臉道：「我在想這塊玉佩要不要佩戴起來。」
「戴不戴由你。」藍秀沒好氣的說著，也不向常玉嵐招呼一聲，騰勢向柳林外躍去。
常玉嵐忙叫道：「喂！等我，等我。」
回聲，在林野間四下飄蕩。
太陽，升起了老高，陽光，普照著大地——

秦淮河的污水，帶著刺鼻的腥氣，緩緩的流。
莫愁湖靜靜的，水紋似有若無。
堤樹，半焦黃的落葉，飄在水面，泛起小小漣漪。
黃昏的斜陽，送著幾點歸鴉。
偶爾，發出一兩聲低啼，掠過滿天彩霞。
「金陵世家」的金字匾額，在晚霞反映之下，閃閃發光。
天色尚未入夜。
兩對紗燈已經點燃。
四個護院，佩刀分兩側肅之。
入門處，有一班吹鼓手侍候，凡是有「客」，就奏起迎賓樂。
這是金陵世家的例行禮儀。
可是——

今天來的客人不大相同，一個個佩刀帶劍，橫眉豎目，有僧、道、尼姑等方外之人，也有短打勁裝的江湖浪子，只是沒有一個衣冠楚楚的達官貴人。

大廳上兒臂粗的紅燭高燒，數十對氣死風燈，照耀得如同白晝。

「武學泰斗」的橫匾，是文淵閣大學士蘇建章奉旨代筆所書，魏碑字體，越顯得威靈顯赫，氣勢懾人。

一排五間寬的大廳，雕花格扇早已打開。一排排的太師椅上，坐滿了八大門派有頭有臉的人物。

少林明心大師坐在左首的客位首席，閉門垂睛，面色端肅凝重。

右首，是武當的鐵冠道長為首，掌門人白羽道長手按劍柄，緊貼著師叔鐵冠而坐，滿臉的怒火，目露煞氣。

大廳上雖有許多人，但是肅靜無嘩，就是有一根針掉下來，也可以清楚的聽得見。

山雨欲來風滿樓。氣氛緊張得像拉滿了的弓，只要一言不和，禮數都將化為干戈，血腥在所難免。

主位上，空著五張太師椅。

數百只眼，都望著大廳後屏帷的地方。

腳步聲起，正是初更時分。

大廳中起了一陣騷動，細語如蚊，議論紛紛。

「篤！」一更的梆聲響了。

常老夫人款步而出，身後常玉峰、常玉嵐、藍秀、南蕙魚貫跟在身後。

常老夫人雖然雙眉緊皺，但她乃是武林世家——當年威震河朔的「一盞孤燈」趙四方的掌上明珠，見過世面。

所以，仍然面露微笑，向兩廂怒眉瞪眼的眾人一一頷首，口中朗聲道：「有勞各位枉駕，老身失迎！」

一語甫落，崑崙派掌門人西門懷德霍地站起，略一拱手道：「老夫人，同為武林人，不必客套。今天來到金陵的同道，一定要聽老夫人你的一句話。」

常老夫人淡淡一笑道：「掌門，常家的禮數不可廢，既然各位降尊來到金陵，地主之誼不可少……」

她的話沒落音，武當鐵拂道長高振單臂怒不可遏的吼道：「咱們都不必虛情假義，老道我這條手臂承蒙你的兒子留下來，可是我另一條手臂，還是要討回！」

常玉嵐冷漠的道：「道長，你為何認定你那條手臂是我下的毒手呢？」

鐵拂暴跳如雷道：「你投身百花門下，為了本門俗家弟子黃可依之事，出面橫樑鬧事，還想賴。」

常老夫人攔住正要開口辯解的常玉嵐，微笑道：「鐵拂道長，據老身所知，犬子玉嵐並未投入百花門下，也就是說與你們武當派無仇無恨，也沒有利害關係，不可能憑直覺就認為你是傷在犬子之手。」

白羽道長眼見師叔以一敵二有語塞之勢，插口道：「師叔的手臂是劍削，而且酷似你們獨門斷腸劍的手法，這就是鐵證！」
藍秀眼見白羽道長的氣勢洶洶，大有不惜一拚狂態，不由從座位上站起道：「白羽道長，你身為武當掌門，乃是武林威尊的金字招牌，適才的話是否得當？你一言九鼎，應該仔細考慮了！」
白羽道長怒沖沖的道：「我的話有什麼不對？你可以講講。」
藍秀的黛眉上掀道：「在座的全是練家子，都算得上當今武術高手，誰也騙不了誰！」
白羽道長道：「對！」
藍秀道：「第一，天下用劍的高手，如同天上繁星數不勝數。至於劍法門派，並非全無雷同，雙方交手，開門起式就是交代門派。交手過招，各門有各門的架勢，招數並不能毫無相同之處，尤其是劍招走實，傷口的深淺、部位、輕重，不過是隨著用劍人的功力而定，幾曾見過憑劍創可以看出門派的。白羽道長說鐵拂前輩的手臂是斷腸劍法所削，各位武林同道請冷靜的想一想，這話……靠得住嗎？信得過嗎？」
她侃侃而談，義正詞嚴，一雙秀目不時掃視左右兩廂的一眾武林，神情、語調，如同金石墜地，鏗鏘有聲。
白羽道長被藍秀這席話搶白得臉上一陣青、一陣白、一陣紅。
他乃是名門正派，位為掌門，又不便惱羞成怒。但是在嘴皮子上論武談藝已經落了下風，老臉上實在有些掛不住。
因此，節外生枝高聲道：「常老夫人，這位姑娘是常府的什麼人？」
此言一出，藍秀不由粉面生寒，勉強壓住心頭怒火，怫然不悅道：「大路不平眾人踩，江湖人管江湖事。各位既能成群結隊而來，數百人對付一個金陵世家，難道就沒有人能站在常府這一方嗎？」

常老夫人也不悅的道：「白羽掌門，不要橫生枝節，藍姑娘是老身我延請來的貴賓，是小兒玉嵐的知交，本來，我可以不答覆你毫無意義的問話，但是，看在你是一派掌門，又是客位，老身忝在東道，才費這些無渭的唇舌……」

這番話說得白羽道長面色鐵青。

「談談我們峨嵋的血債。」左首站出一個高大壯碩的獅面中年漢子，大吼著越眾而出，拖著條青藤桿子，來勢洶洶。

插腰岳立在大廳正中一片空地上，手中半軟半硬的藤，杵在地上咚咚有聲，粗魯至極。

常老夫人不由雙眉緊皺道：「這位怎麼稱呼，恕老身眼拙？」

左首的少林掌門明心大師合十道：「阿彌陀佛！老夫人，這位是峨嵋的習武堂首座人稱『獅面頭陀』，他是為了峨嵋羅漢堂首座青雲大師的命案而來。」

南蕙聞言，笑瞇瞇的道：「我的債主來了。」她彷彿沒事的人一般，蹺著二郎腿，一隻手揮了一揮道：「大個子，青雲大師是死在我的手中，這筆賬不要找別人算，我在這兒。要怎麼算，我隨時候教。」

獅面頭陀聞言，雙目冒火，眼珠暴出，獅吼叫道：「好！有種，下來！」

南蕙慢吞吞的站起……

常玉嵐一見，生恐這麼一動手，勢必形成混戰，後果難以想像，因此，他霍地站起，攔在南蕙前面，拱手向「獅面頭陀」道：「青雲大師之事，乃是一場誤會。」

「獅面頭陀」厲聲道：「誤會？連人命也可以誤會嗎？」

常玉嵐笑道：「當然！好在南姑娘已經擔當，這事有所交代，而發生誤會的當時，在下也在場，當然脫離不了干係。」

獅面頭陀還待發作……

常老夫人卻道：「今日之事，不是峨嵋一門一派之事，武林解決糾紛，不外是文武兩途，文則論理，武則比劃。」

獅面頭陀叫道：「就是要比劃。」

「好！」常老夫人笑道，「現在嗎？」

獅面頭陀叫道：「就是現在，打鐵趁熱。」

常老夫人不住的點頭道：「好！」她說了一個乾乾脆脆的「好」字，緊接著向兩廂的百餘人道：「因為要解決峨嵋派這位首座的恩怨，今日之會，到此為止。」

一眾武林人聞言，不由鼓噪起來。

常老夫人故作不聞，又伸手拉著南蕙的一隻手，喃喃的道：「蕙姑娘，武林恩怨遲早要了，既然是武門，全憑真章實學，這位大頭陀孔武有力，說話聲如洪鐘，功力必然高人一等，你有本領，盡量施為，老身我們可沒法插手。」

南蕙笑容滿面的道：「許久沒試試功力了，難得有這個挨掌的靶子，打死了人不需要償命的事，打著燈籠也難找。你老人家放心，包你有好看的招數。」她談笑風生，眼睛裡根本沒有獅面頭陀這個人。

獅面頭陀的氣可大了。

他一順手中青藤杖，大吼道：「好狂的丫頭，快納命來！」

南蕙嬌聲道：「我會送你去與青雲見面。」儘管嬌叫，也不離位。

原來，常老夫人一隻手緊緊地拉住她的手不放，口中又嘮嘮叨叨的道：「蕙姑娘，能勝了對手，固然可喜，只是冤冤相報永無寧日，若是敗在獅面頭陀的手下，血染七步，只有認命。」

南蕙道：「那怪我學藝不精。」

常老夫人仍然緊緊地抓住南蕙的手不放。

南蕙在常家一待就是幾個月。常府上下對這位姑娘既尊敬又喜愛，加上常老夫人視她如己出，待她如親女兒一般疼愛，因此，南蕙對老夫人也出自內心的尊敬，自幼失去母愛由父親南天雷一手帶大的她，從來沒有享受過慈母的關懷。

還有就是，南蕙乃是女兒之身，在深居盤龍谷洗翠潭，既年幼，又沒有世俗的禁忌。一旦到了金陵，沒有行市有比勢，眼見到男女有別，天性使然，把以前的放蕩不拘，統統改變過來。

女兒家溫柔的一面，自然的恢復本份，對於大庭廣眾之間，尤其收斂許多。

故而，她只覺著常老夫人抓緊自己的手與老夫人口中說的話大相逕庭，完全不是那回事。

常老夫人口中似乎鼓勵南蕙出手一搏，憑真功夫了結這段公案。

可是，常老夫人的手，卻是愈抓愈緊。

她哪裡知道常老夫人的心意。

常老夫人因為「獅面頭陀」點明叫陣，口口聲聲要替青雲大師報仇。

偏生南蕙又挺身而出，直言不諱。

這等雙方面都毫無隱諱的表明了態度，依武林規矩誰也無法攔阻。

然而，常老夫人怎能讓南蕙就這麼出手。

衡量南蕙的功力，絕對不在獅面頭陀之下，萬一南蕙全力一搏，來個當場流血，到時一場混戰在所難免。

常老夫人先前的一番話，是有言外之意，明著是任由南蕙與獅面頭陀立刻分個高下，暗含著的意思是點明——

假若南蕙與獅面頭陀動起手來，其他各門各派之事，就沒法理論了，如此一來，各門各派當然不甘心，一定會出面阻止。

這樣，獅面頭陀在各門派眾意難違之下，不可能再逼著南蕙動手，事緩則圓，南蕙既不失去臉面，也就不至於再把與峨嵋派的仇恨加深。

尤其不會在大廳中發生流血事件。

果然——在眾人七嘴八舌紛紛擾擾之際，少林掌門明心大師終於合十當胸道：「常老夫人，你今天乃是主位，事情的輕重要有些擔當。」

常老夫人就是要等明心大師出面說話。

因此，她微笑頷首道：「大師此言老身有些不明之處，可否明教？」

明心大師道：「豈敢，老衲認為峨嵋派之事，只是今天的一個環節，並非峨嵋之事了斷之後，有關更重要的武林大事即可迎刃而解，一了百了。」

「大師所言甚是。」常老夫人正中下懷，口中卻道：「獅面首座出面叫陣，來勢洶洶，咄咄逼人。蕙姑娘一口承擔，兩下要見真章，原本事不得已，老身豈敢以兵戎相見？」這話點明了是，只要獅面頭陀不咄咄逼人，南蕙方面可以擔保不會出手。

明心大師焉能聽不出常老夫人話中含意。他揚揚既長又白的壽眉，拈鬚對獅面頭陀道：「獅面首座，對於貴派青雲首座之事，可否暫擱片刻……」

明心大師身為少林掌門，少林乃為八大門派正首，說出話來，自有其不可撼的份量。

然而，獅面頭陀將手中青藤杖在地上抖的震大價響，吼著道：「青雲師兄的血仇，就是峨嵋一門一派的血仇，本座身為峨嵋之人，報仇雪恨縱死不懼，於今仇人當面，斷難罷休，誰也攔阻不了！」

他本來是一個性如烈火，暴燥至極的人，加上報仇心急，哪裡在言語上留心，一番話近乎給明心大師難堪。最後一句「誰也攔阻不了」更使明心大師在眾目睽睽之下，尊嚴盡失。

明心大師這個釘子碰的不小。

常老夫人又乘機笑道：「如何？今日各路貴賓，原應以你明心大師的馬首是瞻，老身既不能與每一位武林同道一一交談，也只以大師來理論的重心，因為少林一門，江湖咸尊，大師法威，一言九鼎……」

原本，數百武林也因獅面頭陀言語頂撞明心大師，態度極為蠻橫有些不滿，而今，常老夫人這番話，無異是火上加油。

一陣騷動，群情鼎沸。

明心大師又多了一層顧慮，他怕八大門派自己內部起了內訌，到時不可收拾，先自亂了陣腳。八大門派糾眾而來，原本各有不同的企圖，正為峨嵋為了青雲大師的私仇一般，面臨利害攸關，烏合之眾的弱點暴露無遺。

因此，明心大師由座位上立起來，雙手高舉，示意左右不要喧嚷，口中也跟著道：「各位同道稍安，容老衲再與獅頭首座商量。」

他不惜以武林班頭少林掌門之尊，單手合十對獅面頭陀打個問訊，滿臉堆笑道：「老衲無意攔阻，也無權攔阻。但是，鑼不敲不響，話不說不明，三月之約，乃是八大門派共同約定，也是在座各位的公意。首座若果與這位姑娘當場過招動手，另外七大門派與金陵世家之事，必然無法了斷。因此，老衲才不揣冒昧，向首座你進言，請首座暫忍一時之怒，好在這位姑娘並無迴避之意，與貴派樑子，不難了結。」

明心大師在年紀上年高德劭，在武林中，地位崇高，一席話朗朗而出，侃侃而談，拋卻私仇，重在公意。

數百武林，所有的目光，都盯著獅面頭陀。

不料——獅面頭陀氣焰更盛，大吼道：「憑你說得天花亂墜，青雲師兄的血仇第一，其餘之事，本座顧不得許多。」

一竿子打翻一船人，犯了眾意。

數百武林群情憤慨，人人摩拳擦掌，個個躍躍欲試，只差沒有指名叫陣，對獅面頭陀十分不利。

明心大師更加擔憂，一面單手高舉，一面向獅面頭陀施了個十分明顯的眼神，口中道：「青雲大師的事，老衲與你同樣關心，只是……」

「何必多費唇舌。」一聲斷喝，如同晴天霹靂。

一個黑影由人堆裡平空而起，如同一頭龐大無比的蒼鷹，落在明心大師與獅面頭陀之間。

蓬亂的頭髮，高而尖的鼻子，一雙圓眼不黑不白而是金黃眼球。閃閃眨動，隱隱生寒，來人生得十分怪異。

他不理會明心大師，卻吃吃一聲冷笑，對獅面頭陀道：「人家的事你可以不管，你自己的性命管不管？」

語意森冷，音調尖削，真像鷹啼。

在場之人，包含明心大師在內，對這個鷹形怪人都不認識，在座的只有常玉嵐認出他是「神鷹」全老大。

但是，聽他的語氣，似乎意在阻止獅面頭陀。

因此，全都肅靜下來。

獅面頭陀不由道：「你是何人？」

「神鷹」全老大冷冷的並不回答獅面頭陀的問話，只尖聲道：「報仇嘛，誰也攔不了你，只是你這條青藤杖在地上搗得人心裡煩，令人受不了。」隨著他的話語，但見他順手一抓，若不經意的將獅面頭陀手中的青藤杖接了過來，雙掌合起來一陣揉搓不已，順著他的雙掌中，一陣陣青色粉末，像灑麵粉似的，紛紛落了下來。

片刻之際，一根偌大的青藤杖無影無蹤，地上一堆青藤粉末，像尖尖的一堆小山。

數百人全都愣了。

須知，身為峨嵋習武堂首座，獅面頭陀絕對不是吳下阿蒙，功力豈是平庸之輩，手中的兵器應該不至於輕易的被人抓去。

青藤杖雖然非鋼非鐵，但是，它乃是峨嵋野山獨有的稀奇之物，堅愈鋼鐵，韌性極佳，否則，焉能選做殺人利器。

況且，獅面頭陀這根青藤杖乃是千萬中挑選自峨嵋人跡罕到的野山深處，怕不有數百年的風吹雨打日曬夜露，才能保持它活鮮鮮的青色，可以說是難得的珍品。

而竟然被人不經意的揉成粉末，怎不令人吃驚呢？

「神鷹」全老大就在眾人失神發愣之際，尖聲道：「我只討厭你的這根討飯的打狗杖，報仇鬧事，你自己看著辦就是了。」他的語落人起，雙翅迎風一展，人如蒼鷹，撲過大廳半空，越門而去。

在座的武林群豪，被這突如其來的怪人怪事給愣住了，有的張口結舌，如痴如呆。

燈光依舊，燭影搖紅。

大廳上從騷亂到靜穆，像一池死水，連個水紋也沒有。

明心大師單手合十，朗聲道：「阿彌陀佛！孽障！孽障！」

獅面頭陀的凶焰怒火，像被兜頭澆下一盆冷水。

武當的鐵冠道長離座而起，拂塵擺動一下，對明心大師道：「大師，對於此人，貧道記起一些往事，大師也許還記得。」

明心大師略略點頭道：「他是當年的『全大元』？」

鐵冠道長十分肯定的道：「對！『神鷹』全大元，黃河渡口力戰十三鼠，雙手強挽戰船，三個時辰之內，掌傷七十三人的『神鷹』全大元。」

明心大師凝神道：「聽說此人被人買通他弟弟，在酒中下毒，不但化膿化血，而且屍骨無存，怎麼會……」

他的一言未了，一陣管樂之音，由大門外傳來。

十六個白衣少女，分為兩側，每人手中一盞紗燈，腥紅耀目，徐步穿過院落，分為兩旁雁翅排開。

管樂之聲更加熱鬧。

十六個少女，淡黃衫裙，絲、竹、笙、簫、管、笛、琵琶，細吹細打魚貫而入，在兩列少女之後，一字排班，樂聲不停。

四個健婦，褐色勁裝，合力拖著一輛絳紫簾幔的大車越過門檻，緩緩馳到庭院正中，方才停下。

香車兩側，各有兩個紫衣少女，掀開車前垂下的絲絨幕布。

車內，百花夫人一身雪白紗質宮裝，雲鬢高挽，脂粉薄施，那份典雅悠閒中，透著雍容華貴。

她輕啟朱唇，娓娓的道：「全大元適才的莽撞，諸位不會見怪吧？」

百花夫人很少與武林往還，但是，江湖上沒有不知道百花夫人這個出類拔萃的頂尖人物。雖然有人沒見過她，但眼前的氣派，除了百花夫人之外，誰也擺不出這個譜。

常玉嵐忙不迭迎上前去，拱手為禮道：「夫人枉駕何不早知會一聲，也好遠迎！」

百花夫人道：「不速之客，常少俠不會責怪我猛浪吧？」

這時，常老夫人也離位而起，迎上前去道：「久聞令名，今日一見，夫人風儀果然不是等閒，辱蒙先陋，蓬蓽生輝，請來上座！」

百花夫人笑吟吟的道：「常老夫人太謙了。我今日冒昧造訪，只想把心中一點疑團，請教八大門派高人，少時再敘俗禮。」

她說完，微笑回身，先對獅面頭陀道：「峨嵋一派，根基深遠，閣下身為習武堂首座，諒來是修養有術，目光遠大的武林長者。」

獅面頭陀並不認識百花夫人，甚至連百花門這個名字都沒聽說過，他只在峨嵋金頂習武堂傳藝授徒，對江湖之事甚少過問。

青雲大師執掌羅漢堂，與獅面頭陀交往莫逆，兩人鑽研論道十分投機，因此，他立誓為青雲大師報仇，單人獨馬離開川中，進入中原。不料，出師不利，仇沒報成，反被一冒失鬼「神鷹」全老大施功示敵，毀了他的青藤杖。

原本一肚皮怒火無處發泄，又見百花夫人一派陣仗，教訓的口吻，再也忍不住了。青藤杖已變成一堆粉木，他雙臂突抬，一言不發，左拳右掌，認定百花夫人襲去。

百花夫人想不到獅面頭陀會突然發難，不由粉面變色，嬌叱聲道：「大膽！」

誰知，沒等百花夫人出手，貼身四個少女不約而同分左右夾擊。

但聽——「砰！」一聲大響，獅面頭陀的偌大身子，像是一片落葉，被兩邊襲來的勁風震得老高，直挺挺的跌在七尺之外，庭院之中石板路上，摔了個結實。

一眾武林不由異口同聲道：「哎呀！」一聲驚呼，聲動屋瓦。

四個少女還待追上前去。

百花夫人低聲道：「住手！」喝止了四個少女。她彷彿沒發生過什麼事一般，帶笑走進大廳。

此刻，駕車的健婦已搬來一個錦凳。

百花夫人緩緩就坐，才向常老夫人道：「今日之會，可否容妾身說幾句話？」

常老夫人忙陪笑道：「太謙了，但憑做主。」

八大門派人雖對百花門極為痛恨，但眼見神鷹全老大與四個丫環的功夫，不免每人心中有數，誰也不敢自討沒趣的強出頭了。

但是，心中的憤恨，也越加厲害。

常言道得好，打死和尚滿寺羞，峨嵋派栽了個大跟斗，也就是八大門派丟人現眼。

因此，一眾的目光，都落在少林明心大師身上。

明心大師乃是少林現任掌門，八大門派的慣例，都是以少林為首。

明心大師義不容辭的出面。他為了緩和當前的情勢，故作鎮靜，緩步回到原位坐下，正好與百花夫人的坐位緊鄰，拈鬚正色道：「夫人，今日之會，乃是八大門派與金陵世家兩方面的事，與百花門似乎並無牽連？」

他首先要想撇開百花門，雖沒直指百花夫人師出無名，但言外之意非常明顯。
百花夫人螓首連搖道：「不然！」
白羽道長深知百花夫人乃是絕世高手，就是一眾使用少女，個個都不是一般高手可以比擬，因此，他也順著明心大師的話道：「八大門派與百花門是有些過節，但不應該在今天混在一起解決。」
百花夫人依舊道：「各位，此話未免是違心之論，也有違常理。」
西門懷德也乘機道：「對！白羽大掌門的話不錯，百花門可以定一個時間。」
明心大師道：「何解？」
百花夫人道：「八大門派找的是常玉嵐，並不是金陵世家。」
白羽道長道：「常玉嵐就是金陵世家。」
百花夫人笑道：「假若常玉嵐僅僅是金陵世家的三公子，各位會找他嗎？一定不會，各位所以要找他，是因為他被我百門花延請為首席護法，也因為百花門的事，與各位有了過節，結下樑子，百門花怎能不管呢？」
事實原就是如此。
八大門派的人彼此互望一眼，一時找不出反駁百花夫人的話。
明心大師搖搖頭，只誦佛號：「阿彌陀佛！夫人，你既然一定要插手，八大門派也不能示弱，只是，夫人乃是女中豪傑，請問，百花門一定要掀起江湖浩劫，任意製造血腥，濫殺無辜嗎？」
白羽道長緊接著道：「本門俗家弟子黃可依，與人無爭，百花門為何毫無理由的擄去，至今音訊全無，而且不聽本門長者出面理論，又殺害武當三代弟子十三人之多？」

百花夫人淡淡的道：「黃可依乃是難得的練武上材，而且絕對不適合練你們武當的劍法……」

沒等她的話落音，鐵冠道長沉聲道：「一派胡言，強詞奪強！」

百花夫人不由黛眉緊皺，十分不悅的道：「鐵冠，看在你是武當長老，不然……哼！但願你有些分寸！」她的話不威而猛，不怒而威。

鐵冠道長乃是武當碩果僅存的「鐵」字輩三大長老之一，比現任掌門還要高一輩，怎能任由百花夫人當眾喝叱。

縱然明知不是百花夫人的對手，但人爭一口氣，佛爭一爐香，輩份越高，尊嚴越不可侮。

因此，鐵冠道長猛的從座位上彈身而起，捧劍作勢待發。

百花夫人吟吟一笑道：「要動手？」

鐵冠道長道：「士可殺而不可辱！」

百花夫人道：「我並沒辱沒你呀！反過來卻是你什麼一派胡言啦，是一位武林長者應該信口開河嗎？」

明心大師心裡有數，他料定今天有百花夫人在此，八大門派一定討不了好去，是以能不太過難堪的下台，就算上上大吉了。

因此，乘著鐵冠道長尚未出手，急忙朗聲道：「鐵冠道長，暫且息怒，等老衲再向百花夫人請教幾句話。」

白羽道長明白明心大師的心意，也就向鐵冠道：「師叔，你老人家就再聽明心大師與她們理論。」

鐵冠道長悻悻的坐了下來。

明心大師喟然一嘆道：「武林立門成派，首在健身強體，發揚武德，其次是行俠仗義，濟貧救危，再而是結合同道鑽研功夫。夫人，老衲這一點論調，你是否同意？」

百花夫人不由點頭道：「名門正派，正是如此。」

明心大師又道：「凡是組幫之派，是否應該著眼於名門正派？」

百花夫人搖搖手道：「大師，你不必拐彎抹角，我今天在此，就是要宣布一件事，就是把百花門的百花解散九十九花。」她說到這裡，鳳目一掃在場諸人，臉上帶著一層神秘的意味。

明心大師問道：「解散九十九花？」

百花夫人頷首道：「對！只留下一花？」

西門懷德插口道：「留下哪一花？」

百花夫人不加思索，衝口而出道：「桃花！」

此言一出，八人門派眾人固然是大吃一驚，連常玉嵐也出乎意料之外。

最不解的是藍秀。她睜大一雙神光炯炯的大眼睛，一時不知百花夫人是何所措。

卻是明心大師神情凝重迫不及待的朗聲道：「夫人，原來你就是桃花令主？」

百花夫人不由笑得花枝招展，一面道：「嘻嘻！明心大師，你猜到哪裡去了，我像桃花令主嗎？」

鐵冠道長先前的怨氣尚未消除，不由硬生生的道：「不要故弄玄虛。」

這一次，百花夫人並未生嗔，伸手指著藍秀道：「創立桃花令的，是這位藍姑娘，各位在桃花林大會上都已經見過。」

藍秀不由臉上生霞。

百花夫人又指著常玉嵐道：「各位，桃花令的令主，就是金陵世家的三公子，這位翩翩佳公子，各位該不陌生吧？」

明心大師正色道：「既然如此，夫人與這件事更加無關，而且桃花門與金陵世家也越發的脫離不了干係了。」

百花夫人道：「大師所謂的干係，指的是什麼？」

明心大師道：「桃花血令，初立門派乃江湖大事，怎能說八大門派不聞不問？」

桃花令符之事既已挑明，藍秀與常玉嵐就再也不能不開口了。

藍秀尤其不能袖手旁觀，因此，她對百花夫人含笑點頭，打個招呼，算是禮貌。

這才反問明心大師道：「明心大師，少林一門領袖武林，大師你德高望重，但是依我看，未免有些老大。」

此言一出，八大門派之人不由譁然。少林派多少年來，一直受到江湖黑白兩道尊敬，何曾有人斗膽這麼指責過。

明心大師也紅著張臉道：「立幫組派，武林人個個有關，少林能否領袖武林，是否真如姑娘所言過於老大，總是武林一脈，不能不問。」

藍秀毫不放鬆的道：「如此說凡是組幫行令，一定要取得少林的同意嗎？」

這話咄咄逼人，也很難答覆，如果說「不」，適才明心大師的話自己全部推翻站不住腳。如果說「是」，無形中少林把今天之事攬在自己身上，難以善後。

明心大師沉吟片刻尚未說話。

藍秀笑著道：「還有，桃花林之會，各門各派均有參與。請問，當時為何沒人出面追問，沒人出面異議，今日是否遲了些兒呢？」

明心大師把話一轉道：「組幫立派並非不妥，比諸一盤散沙，遇事找不到綱領好。可是，姑娘，桃花血令未免殘忍，手段上不是武家所願見。」

他總算找到了這個光明正大的題目。

不料——藍秀聞言面罩寒霜，十分不悅的道：「大師的話是何所指？」

這時，白羽道長插口道：「最近桃花血令屢次用極殘忍的手法，殺人時留下桃花血令……」

西門懷德也緊接著道：「老朽也曾親眼目擊，屍體上的五瓣致命傷痕，形如桃花。」

藍秀不怒反笑道：「哼哼！二位掌門說的不錯，那正是桃花門所為，我與本門令主常少俠都不會推諉卸責。」

明心大師道：「阿彌陀佛，桃花門以傷人留標為榮嗎？藍姑娘？」

藍秀朗聲道：「殺惡人即是善念，大師，佛家是否有此一說？」

此語一出，明心大師不由一愕。

藍秀早又大聲對一眾武林道；「各位自命為正派名門，請問，行俠仗義，鋤奸除惡，有罪嗎？」

大廳上一時沉寂，沒人搭腔。

藍秀非常冷漠的又道：「桃花令是殺過人，桃花血痕是留在被殺人的屍體上。請問，八大門派的正人君子，哪個是死在桃花血令之下？」

她說到這裡，轉面又對明心大師道：「明心大師，假若有，你可以拿出憑證舉出例子來。」

明心大師訕訕的道：「那卻沒有。」

藍秀道：「這就是了。」

百花夫人在藍秀口若懸河滔滔陳詞之時，臉上充滿了喜悅之色，分明是對藍秀十分欣賞。

這時，她才插口道：「各位！桃花門殺人留令，乃是武林中一件不可避免之事，請問，八大門派立山開派以來，有哪一門派是沒犯過殺戒的？」

這一句話，沉重有力。

真的，八大門派中，找不出未殺人的記錄。

因此，明心大師等誰也不敢不承認這項事實，誰也回答不上來一句話。

論理，八大門派雖沒理虧，但也說不出一個所以然來。

論武，八大門派衡量形勢，不動手則已，萬一兵刃相見，灰頭土臉的，必是八大門派一方。

因為除了百花夫人、藍秀、常玉嵐、南蕙幾人之外，還有陶林、全老大等，都不是好相與的。

甚至，八大門派之中，找不出人來與他們拚。

常言道得好，識時務為俊傑，也就是江湖上所說的光棍不吃眼前虧。

明心大師究竟經多見廣，他心中不用盤算，也早已料定今天站在下風，八大門派必須吃癟。

他略一沉思，一百個不願意，但是總得找個台階才好下台。

於是，他頷首對百花夫人道：「桃花令符若真的殺人為了鋤奸除惡，老僧擔保八大門派絕不出面阻擾。」

他這是一種場面話。

藍秀不由一笑道：「哦！大師既然不阻撓，我想其餘的各位也無意出面阻撓吧。」她的話中有話，等於說「諒也沒人敢出面阻撓」。

至於特別提出明心大師，只不過是一項「禮貌」而已。

在座之人焉能聽不出來？

可是，武林之中講的是實力，有了實力，縱然尖酸一些，也沒有人會去自找麻煩。

明心大師強打笑容，又道：「老僧只有一個小小的要求，要向常三公子與常老夫人說明！而且，請賢母子給我一個老臉，答應下來！」

他生恐藍秀嘴上毫不留情，因而把目標轉向常家母子。

常老夫人自然不便失禮，忙道：「大師有何話，當著各位儘管指教！」

她的「當著各位」四字，極為得體，也就是點明了今日已不是常家一家的紛爭，同時，也表示「只有各位才能決定」。

當然，常老夫人口中的「各位」指的是百花夫人與藍秀。

明心大師苦苦一笑道：「令郎既是桃花令主，老衲今天代表八大門派提出一個小小的要求！」

常老夫人忙道：「大師請明講！」

明心大師道：「桃花令符從今天起，但願不要施用到八人門派中人的身上，只此而已，別無奢求！」

常老夫人尚未答言。

百花夫人接腔道：「大師的意思是要桃花門與八大門派河水不犯井水？」

明心大師忙點頭道：「正是此意，彼此各行其道，互不侵犯，自然相安無事！」

明心大師的話，極盡緩和之能事，所謂的條件，也不過是一項表面的允諾，目的只求下個台階而已。

不料——

百花夫人搖頭不迭道：「大師的主意雖然很好，確能息事寧人，只怕，事與願違，一千萬個辦不到了！」

像原本微波蕩漾的湖水中，突然投下一塊巨大的重物，立刻波濤起伏。

八大門派之人，直覺的感到事態嚴重。

因為，一切希望都寄托在百花夫人的身上。

只要她能淡淡一笑，今天這場會即使是沒有結果，也可以「全身而退」，暫時不會有火爆的事件出現。

相反的，假若百花夫人不存心壓制，立刻會「化玉帛為干戈」，一場血腥在所難免。

連最有耐心的明心大師，也不由心中一凜。

百花夫人這句「一千萬個辦不到」，就是斬釘截鐵的拒絕了八大門派的最基本要求。

數百人的臉上變色。
一陣叮咚之聲，加上彈簧輕微的震動。
分明是大多數人已意味著大戰一觸即發，各自按上自己的隨身兵刃，準備一拚。
明心大師喟然一嘆道：「夫人，難道一場殺劫的確不可避免嗎？」
百花夫人仍舊端肅臉色道：「看來是無可避免！」
明心大師道：「阿彌陀佛，菩薩慈悲！」
百花夫人道：「菩薩慈悲是心靈上的解脫，可惜，有些人偏偏喪心病狂，徒呼奈何！」
明心大師的一片息事寧人之心意，想來已到了盡頭，搜盡枯腸，再也沒有更好的辦法，他緩緩的扶著禪杖，由座位上站了起來道：「夫人！既然如此，老衲已算情至義盡，但是，我還是有一個意見，必須說明！」
百花夫人道：「大師請講！」
明心大師十分淒愴的道：「金陵乃藏龍臥虎之地，常府又是名門世家，江湖刀光血影，不免驚世駭俗，也污染了這個莫愁湖的山光水色，老衲與八大門派同道，在紫金山下候教！」
他語意悲壯，令人動容。
說完，又合十對一眾武林道：「八大門派命運相同，全在一條船上，老衲今天斗膽接下這場生死之約，是因為八大門派創派祖師的聲譽，各門各派的千萬世後代。如果有不願意參與的，請就此訣別，有家累的同道，也可以退出，即使只剩老衲一人，也要向歷代祖師及後世弟子有個交代！」
詞意懇切，語調感人。

數百人轟地一聲，不約而同的應聲道：「我等願意拚著一死！」
聚蚊尚且成雷，數百武林高手在積憤難伸之下的齊聲怒吼，聲勢驚人。
明心大師不愧一代掌門。
臨到這等生死關頭，依然沒有忽略風度禮數。
他向常老夫人合十道：「老夫人，一個時辰之內，在紫金山麓候駕！」
誰料——
「且慢！」
百花夫人立刻出聲止住了明心大師的去勢。
然後又嬌笑連聲，不住的打著哈哈道：「大師的修為，應該是爐火純青，為何這等性急？」
明心大師也有些變色道：「士可殺而不可辱，八大門派有被殺死的子弟，沒有被羞辱的子弟！」
百花夫人笑靨依舊，連聲讚頌道：「大師果然有俠者風範，少林一脈領袖群倫不是倖致！」
明心大師繃著臉道：「貧僧無能，令夫人恥笑，但少林弟子加上方外這個臭皮囊，還可以不辱歷代祖師，夫人不必謬獎！」
百花夫人柳眉掀動道：「身體髮膚受之父母不可毀傷，為何大師立志拚命？」
明心大師已不是先前一味求全的語調，慷慨的道：「泰山鴻毛，當死則死！」
百花夫人又道：「並沒有人約你拚命，何來當死則死？」
明心大師一改嚴肅，朗聲一笑道：「哈哈！女菩薩！你存心戲弄本座！」

百花夫人見明心大師已動了肝火，不願再打啞謎的朗然道：「拚命在所難免，只是不是現在！」

明心大師道：「這一點毋須指教，此時此地，均有不便，老衲已約今晚一個時辰之後，也就是二更時分，在紫金山前找個公道，老衲深知百花夫人身旁，均為絕世高手，少林不才，也願一拚！」

她雙目如同朗星，又像雨潭清澈的湖水，神光瀲灩，掃視了在場群雄一眼，然後朗聲道：「江湖風雨欲來，血風腥雨如海，可是，今天在場的，包含妾身在內，都沒有拚命的對手，也沒有恩怨可言！」

數百人紛紛議論，吱吱喳喳。

片刻——

百花夫人道：「請問，凡是武林之會，江湖人士的紛爭，三十年來，從未缺少司馬山莊的，今天，哪位是司馬山莊的人？」

一片沉寂。

真的，一眾武林都被百花夫人之言提醒，在此之前，大家全都沒想到這一層。

明心大師也不由放眼四下梭巡，失望之後才向武當，峨嵋、雪山、崑崙等各派掌門瞧視一下。

各派掌門全都微微搖頭，表示出乎意外，也不明白道理何在。

百花夫人又道：「大師口口聲聲提到八大門派，依妾身之見，只有七大門派……」

她的話音突然中止，一雙星目，落在明心大師的臉上，久久不移。

明心大師老臉上實在掛不下去了。

百花夫人不等他回話，雙手遙遙平伸，向在場的人朗聲道：「誰是丐幫的同道？請站出來說話？」

又是一片沉寂。

丐幫在名門正派之中，幾乎不在少林之下，甚至論徒眾的數目，遠超過各門各派，耳目之雜，更是首屈一指。凡是江湖武林的聚會，不論何種性質，都少不了丐幫一份，即使不請，也會自來。

如今……

百花夫人微笑道：「這等怪事，各位難道一點也沒有警覺到嗎？丐幫子弟滿天下，有煙火的地方，必有丐幫子弟，難道今天之會不算武林大事？若是算得，丐幫為何破例，不參加應該參加的八大門派行動，連個眼線也沒有來，看熱鬧的也沒來，請問，各位以為如何？」

明心大師既愧又惱！其餘百餘人都張口結舌，目瞪口呆。

百花夫人含笑道：「各位，今天之會，最值得一提的是沒有黑道上的朋友，妾身覺得這也是一次令人費解之事，黑白兩道雖然涇渭分明，但黑道中有數不盡的魔頭，他們唯恐天下不亂。而黑道的勢力，如同水銀洩地無孔不入，金陵世家並沒有明椿暗卡，大門敞開，竟然沒有一個黑道的人來，各位不覺著事態不平凡嗎？」

再一次沉寂！

整個大廳如同一片死水。

數百雙眼睛，都瞧著侃侃而談的百花夫人。

卅八　風聲鶴唳

百花夫人的笑容慢慢消失了。

她一聲輕輕的嘆息，顯示出她內心中的悲天憫人，一派憂慮。

常老夫人與藍秀等，早已在百花夫人離座而起之際隨著起身。

這時，常老夫人也憂心忡忡的道：「不是夫人指明，連老身也沒想到這一層，諒必夫人有高人一等的計謀！」

百花夫人道：「不瞞老夫人，高見的確沒有，消息卻十分正確！」

明心大師湊上前來道：「夫人所謂的正確消息，可否對老衲說明，或是當著武林同道宣布，大小也算一個主意！」

百花夫人道：「我這次不約而來，正是要與大師計議，今日八大門派已有七派在此，乃是難得的大好機緣，但請各位稍安勿躁！」

在場之人全鬆了一口氣。

因為原本是劍拔弩張的局面，眼看一場殺戮在所難免，從明心大師以下，莫不料定有多少人要七步流血斷送性命。

經過百花夫人這席話，大家全吐了一口氣。

常老夫人的心情最為歡欣。

因為，七大門派糾合了百餘高手，如同大軍壓境，一旦動起手來，無論誰勝誰負，金陵世家的名頭，必然毀於一旦。

祖先留下的大好基業，也必隨之瓦解冰消。

從此，在武林之中，休想再受人尊敬。

武林之中，講究的是一個「威」字，有人找上門，還有什麼威風可言，除非是把七大門派之人，統統擺平在當場。

可是，金陵城可不是荒山野寨，百餘人命，焉能等閒視之。

如今，百花夫人化干戈為玉帛，消戾氣為祥和，是上上大吉，不啻是常家的恩人。

常老夫人焉能不出自內心的感激。

因此，含笑道：「夫人請入座，各位也請就座！」

百花夫人仍舊回到錦凳之前，從容的坐下，才緩緩的道：「近來江湖上許許多多長久未露面的人物，又在中原出現，各位是否有些耳聞？」

西門懷德忙不迭的道：「此事非止耳聞，在歸德府本門大會上，老朽已見過幾個！」

明心大師也道：「本門也接到各路弟子的消息，的確如此！」

百花夫人道：「據我所知，中原武林之中，不日將有翻地覆地的大變化！」

明心大師先問道：「與這些重出江湖的人有所關聯嗎？」

「有！」百花夫人正色道：「有些，是被人唆使出來的，有些是聞風自來，打算混水摸魚，重振當年的雄風，或是想漁翁得利！」

白羽道長拱手為禮道；「既然如此，水有源頭，樹有根本，夫人可知中原何門何派有此驚人的妄想，大膽製造空前浩劫？」

百花夫人道：「來龍去脈已現端倪，只是尚未有明顯的證據，未便妄言！」

此刻，藍秀與常玉嵐不約而同一齊站了起來，齊聲道：「有！現在就有證據！」

連百花夫人也大出意外的失聲道：「哦！有證據？真的？」

藍秀含笑道：「不瞞夫人說，如果你的鳳駕不到，我與常少俠就會在適當時候，請出證據來！」

證據不說「拿」而說「請」，令人莫測高深。

常玉嵐也微笑道：「我這就請證據出來！」

口中說著，人已離位而起，轉過屏風之後走去。

片刻——

常玉嵐笑咪咪的大步而來，與他並肩而出的乃是丐幫新任幫主，前任司馬山莊的總管費天行。

大廳上一眾武林，莫不出乎意料的既驚又奇。

費天行是司馬山莊的總管。

司馬山莊領袖武林，與黑白兩道來往頻繁，即使有人沒見過莊主，可沒有不知道費天行的。

甚至，費天行長年一襲黃衫四季不改，江湖武林之人，因此不穿與他相同的黃衫。

黃衫，不成文的就是費天行的註冊商標。

費天行緊走幾步，拱手齊額，朗聲道：「各位前輩，眾家同道，天行有禮了！」

百花夫人不由喜形於色，笑著道：「這就好了！這就好了！」

白羽道長搶著道：「好！費幫主現出掌丐幫，又是司馬山莊的總管，對當前江湖的暗潮，消息自然靈通。」

因為一來丐幫子弟遍天下，二來江湖的一舉一動，莫不以司馬山莊的馬首是瞻，誰能瞞得過司馬山莊就是神通廣大了。

費天行一臉的尷尬之色，苦苦一笑道：「道長，黑白兩道一言一行瞞不過司馬山莊，你可知道司馬山莊的一言一行可以瞞過黑白兩道？」

幾句話緩緩道來，如同晴天霹靂。

大廳上的百餘武林，莫不大驚失色。

費天行略微一頓，才接著道：「司馬山莊要統一霸業，君臨武林，做江湖的暴君，手段是順我者昌，逆我者死，不擇手段的達到目的，掀起一場血腥浩劫，並且早已著手，各位都被蒙在鼓裡還不知道！」

除了常家母子、藍秀、南蕙與百花夫人之外，各門各派之人，面面相覷，啞口無言。

眾人皆是半信半疑。

這事太離譜了。

司馬山莊的名頭，已根深蒂固，司馬山莊的威風，凌駕八大門派之上，實在是不可思議之事，怎會貪得無厭的掀起腥風血雨呢？

費天行嘆了口長氣道：「各位！是否知道有多處被蒙面紅衣不明來歷之人殺人放火，那就是司馬山莊豢養的十八血鷹，明是十八，暗有百人。」

西門懷德曾身受其害，點頭道：「果有其事！」

費天行又已大聲道：「雪山了緣師太，巢湖江上寒、桂南苗山魁，連鐵拂道長的一隻左臂，都是司馬長風劍下造的孽。

「還有青城魚長樂、常府老前輩，與幾位武林長者，現在都是司馬山莊地牢的囚犯，甚至家母也不例外，幸而被常少俠大恩大德救出來，本幫老幫主常傑恩師，也是死在司馬駿的手下，天行我一身罪孽……」他聲淚俱下，再也說不下去了。

常玉嵐忙上前勸慰道：「費兄，當著天下武林，正是揭發陰謀的大好時刻，何必激動如此！」

百花夫人站起身來道：「此事關係重大，愚見請七大掌門留下，就在常府從長計議，掌門今日未到場的門派，推舉一人共商大計！」

明心大師口誦佛號道：「阿彌陀佛！」

白羽道長也感嘆不勝的口誦無量壽佛！

更梆已經兩響。

各派掌門分別對本門子弟叮嚀一番，才命他們聽候差遣分途離去。

大廳上燈光依舊明亮。

常府傭人已端整酒菜，擺好席面。

十餘人一面飲酒，一面商量如何免除這場即將到來的武林浩劫。

彤雲密布，朔風怒吼。

嵩山，矗立大地，低窪處竟已有了薄薄的一層積雪，不凋的高大松柏，青得近乎黑黝黝的，在寒風中發出一陣陣悶沉的呼嘯。

已經是午夜時分。

雖然時序不過是隆冬的開始，北國的深夜，冷得令人刺骨難耐。

少林寺高建在兩峰之間，正是塞外寒風掠過的必經之地。

夜來，東北風像小刀子似的，刮過群山，帶著哨聲。

雖然長青的松柏，也落下了已老的葉針，鋪滿了草枯地凍的山野。

忽然——

噹噹噹……

如撒豆似的急聚鐘聲，震天價響起，四野回應，久久不絕。

少林寺乃是佛家勝地，武林的泰山北斗，寺規清嚴，如同行兵打仗的組織，飲食起居，禮佛功課，都有一定之規。

鐘聲，是少林寺的行動音訊，少林徒眾，都以鐘聲為號。

午夜鐘聲急響，乃是有了緊急事故。

因此——

後院、前院、中院，從藏經樓起，到八堂廂房，甚至香積廚的徒眾，不分僧俗，都驚醒了好夢，匆匆忙忙的奔向大雄寶殿。

大雄寶殿佛像莊嚴，黃幔紅旗，長明燈火苗伸縮，萬字香煙雲渺繞。

八大值堂、監事、知客，各人都面帶疑雲，依例排班，但等主持大師兄出堂。

一片肅穆。

佛家徒眾不分僧俗，全知道必定出了大事。

然面，誰也摸不清楚究竟出了什麼事，靜靜的盤膝趺坐，聽候主持大師出方丈精舍當眾宣布。

又是片刻——

一點動靜也沒有。

首席監寺禪緣，低聲對身側藏經樓老和尚道：「性戒師侄，怎麼……」

藏經樓乃是少林寺的要地，不但藏有歷朝絕本佛經，而且有少林功夫的秘本，少林人物傳記，少林恩怨紀冊，少林發展大計。

藏經樓既是重要所在，那兒的守護法師，照例是由當前少林僧人之中，第三代頂尖弟子護法。

現在當職的乃是少林第三代首徒，法名性戒。

能提任藏經樓護法，必是同代弟子之中的佼佼者，而且非要有真才實學不可。

江湖中對藏經樓莫不心嚮往之，不說樓中收藏的名器經典價值連城，而武功的秘本，尤其是習武者夢寐以求的珍寶。

護守藏經樓的職司，依得寺清規，每七年挑選新人接替。

值得注意的是，凡是少林主持，或少林掌門，十之八九是藏經樓護法當選。

因為，當選了藏經樓護法師，已是千中選一的頂尖人物，經過七年寸步不離藏經樓，兩千多個日子，終朝每天十二個時辰都是身在寶山，與典籍寶藏為伴。

若是從「文」，對佛學禪理焉能不貫通，於是必是住持的材料；若是從「武」，七年的精進，當會出類拔萃，掌門寶座，還有第二人想嗎？

性戒和尚未來得及回答，臉上突然變色。

禪緣監寺，也是面如死灰。

一個面色黑裡透紅，長髯飄飄，玉帶朝靴的魁梧漢子，右手仗著支比一般劍稍短，比匕首略長，似劍非劍，似笏非笏的奇異兵刃，左手中、食、無名三指虛點在住持「明靈大師」的玉枕穴上。

兩人腳步齊一，緩緩由精舍迴欄廊上走來。

顯然的，住持明靈大師，是身不由己，被身後紅袍人制住的。

因為住持明靈的臉上一派死灰，雙目中驚惶之色可見。

原來，少林住持一職，素以禪理佛學有素養的人擔任。

現任明靈，與少林掌門明心大師，乃是同一輩份，同參的師兄弟。

明心大師武功修為領袖同儕，是為少林一派的掌門大師。

明靈大師，佛理淵博，禪事精奧，是為少林一寺的住持。

他一步步神色恐怖的步上講經法壇，如同木偶似的，展開手中持著一張白紙，呆滯的念道：

「少林一門，從現在起，立刻宣布解散，不分僧俗，凡是少林徒眾，從今天起，不得再對外有任何行動，若有膽敢叛門不遵者，輕則逐出少林，重者依規自裁，少林三十二代孫，現住持明靈、掌門明心，畫押！」

明靈大師讀完之後，呆呆的望著經壇下的三百餘位徒眾，老眼之中，淚水如同潰堤之水，盈盈流滿了瘦削的面頰。

三百餘徒眾不由譁然。

太突然了，幾乎是不可能之事。

即使是一代住持，也無權宣布少林解體。

以少林的說法，天下沒有少林，便沒有武林，也就是說，天下武林莫不源於少林，經過僧俗不同各代弟子或改頭換面，或斬頭去尾，招式、手法、步調、或去蕪存精，或稍加變化。然後標新立異，自成一家。

少林說出「沒有少林就沒有武林」，不免開罪了其他自命不凡或已成氣候的門派，樹下不少敵人仇家。

在六十年前，也就是少林二十五代之際，發生了十八路武林毀少林的血腥慘事。

於是，少林立下了戒規，不准徒眾再提「先有少林後有武林」之說。

然而，少林是不會無緣無故解散的。

而今，事前毫無跡象，而掌門大師明心並不在場，向來只知誦經拜佛的住持明靈，在半夜三更的寒冬之夜，突然鳴鐘聚眾，宣稱解散少林，太過怪異。

明顯的，他身後紗帽蟒服的赤面人，一定是以生命相協迫，或是更毒狠的陰謀，逼著明靈。
明靈大師在萬不得已之下，才由他人擺布。
因此，三百餘人有的只是異口同聲高誦：「阿彌陀佛」陪著明靈住持流淚。
有的，便大聲吼道：「我佛慈悲，住持師伯請收回成命！」
百餘習武僧徒叫道：「茲事體大，要等明心師伯回寺，才能決定！」
不料——
那紅蟒赤面人一言不發，突然左臂向前疾伸，三個手指竟戳向明靈大師的玉枕大穴。
哇！
血光如箭，腥氣撲鼻。
明靈大師口吐的血箭，射過經壇香案，足有丈餘之遙。
赤面人哼一聲，收回左臂。
「噗通！」
明靈大師的屍體，直挺挺撲向香案，把桌供香爐都砸倒了。
這不過是一眨眼之間的事。
少林數百僧眾，幾乎沒有叫出聲來，當然無法預防了。
習文的嚇得幾乎昏了過去。
百餘習武的手無寸鐵，等到回過意來，發一聲喊，如雨一般的暗器，全向那赤面人射去。
赤面人全不在意，將手中的怪兵刃順手一揮，乒乒乓乓，暗器全震落在地。

十餘個血性方剛的僧俗，更加怒不可遏，竟然赤手空拳搶上前去。

赤面人又是一聲冷笑，揮動如劍似笏的兵刃，幾個起落。

慘呼連聲，刺耳驚魂，除了斷手殘腿的之外，經壇上又多了幾具屍體。那赤面人仍然一言不發，單掌向已死的明靈大師屍體上遙遙招了一招。

咻——

原先在明靈大師手上的那張白紙，像是磁石吸針，琥珀引芥，已到了赤面人手中，他就用白紙，就近在地上沾了鮮血作為漿糊，將白紙貼在如來佛肚臍眼處，陡的發出聲高亢入雲刺耳驚魂的長嘯。

肩頭動時，紅光一溜，霎時去個無影無蹤。

就在少林寺出事的第二天。

河頭集，東岳大帝廟內，崑崙門分舵舵主冷如金，二舵主冷如水，兄弟倆雙雙死在臥室之內。屍體上貼著一張白紙。

白紙上寫著：

血令：限即日起，崑崙門立刻自行宣布解散，凡崑崙徒眾，不得再對外以崑崙門人行動，若有膽敢違抗者，冷氏兄弟同一罪行，同樣懲罰！

通天統一教主令

幾乎與崑崙門分舵冷氏兄弟死亡的同一天。

開封府，相國寺。

太陽才露臉。

圍集了一大堆起早趕市的閒雜人等，把相國寺的大門都圍堵住了。

雜人越來越多。

噹！一棒鳴鑼開道。

四個公門中衙役，手執紅黑兩截的水火棍，不分青紅皂白的向人堆裡大力打去。

禪符號正堂，似乎十分驚慌，連紗帽都沒帶周正，撩著官衣，鑽過人巷，進了相國寺大門。

地保上前單腿打千，低聲稟道：「太爺，這是江湖人的恩怨，最好是……」

縣太爺微微點點頭，但卻正經八百的坐在臨時安置的公案之前，一拍驚堂，官腔十足的喝道：「照驗屍單報上來！」

地保朗聲道：「無名男屍一具，年約七十五、六，身高瘦削，衣衫破爛，除咽喉要害被鈍器貫穿的手指大小而外，並無外傷，通身並無財物！」

縣太爺點頭道：「有無蛛絲馬跡證物？」

地保朗聲回話道：「喉嚨致命血流如注之處，有一白紙告白！」

縣太爺喝道：「刑名吏當眾朗誦以釋群疑！」

刑房趨前半步，從地保手中接過染有血跡的白紙，朗聲高誦道：「血令！青城派魚長樂示眾，青城弟子即日起不得再以青城二字自居，違旨者與魚長樂同罪，統一教教主押！」

縣太爺聽完，大力一拍驚堂木，哼了聲道：「哼！盜匪火併，諒也無人認領屍體，當然沒有苦主，著地方掩埋，回衙！」

官塘大道。

日正當中。

一乘官轎，在八個紅衣鮮帽壯漢呼擁之下，快如追風的向武當山進發。

眼前到了武當山麓。

官轎倏的停下，就停在路邊一片片花樹之前。

奇怪的是。

八個紅衣鮮帽壯漢悶聲不響，一字退排在官轎的後面垂手肅立。

轎內，沒見人出來，也沒有一點動靜。

官道的遠處，塵土飛揚。

數十匹駿馬蹄聲如同灑豆，風馳電掣，向武當山奔來。

馬上坐的原來是三元觀的一群道士，他們是從金陵遣返武當。

為首的三人，是武當鐵字輩的鐵冠、鐵拂，掌門人白羽道長。

略略落後一個馬頭，二十餘個弟子，列在後丈餘側騎擁護。

眼看到了離花樹七八丈之處。

官轎的垂簾無風自起，一片紅雲似的，穿出一個紗帽紅蟒的赤面人來。

赤面人電射出轎，左手單掌一推，人已落在官塘大道的正中。

隨著他的一推，發出一股狂風。

鐵冠等的座下馬，本來是快速奔馳，被這狂風逼後，前蹄人立。

一群馬驚急，發出陣陣長嘶。

幸而，馬上的武當道士全都身手不凡，否則會被馬掀離馬鞍，墜落塵埃。

鐵冠道長心知有異，一面勒馬向同伴施個眼色，一面翻身下馬，沉聲喝道：「閣下何人？為何攔住貧道等去路？」

赤面人並不答話，回頭向身後的八個紅衣壯漢略一招手。

八個紅衣漢子見後，快步上前，雙手將一張白紙打開，高聲念道：「血令，限即日起，武當一派，由鐵冠、鐵拂、白羽等三人，共同具名向武林宣布解散武當門，否則立殺不赦，統一教教主令！」

他讀完之後，原勢不動，未見作式，飄絮般的退回原來肅立處。

鐵冠道長先是一愣。

片刻之際，不怒反笑道：「閣下諒必就是統一教的教主？」

赤面人並沒開口。

但是，也略略點了點頭，算是肯定的答覆。

鐵拂道長冷冷一笑道：「我看你閣下的神經有問題，若不是神經錯亂，可能不會發生今天之事！」

白羽的怒火已經升起，沉聲喝道：「在武當山的地面，竟然有這等事發生，你吃了虎膽嗎？」

不料——

赤面人臉上毫無表情，順手從腰際一抽，亮出一柄非劍非笏的兵器出來。

紅光陡然暴射。

啊——

慘呼聲中血肉四濺。

已經少了一條胳膊的鐵拂道長，還沒下馬，一顆花白頭髮的六陽魁首，憑空飛去七丈，咚的一聲，落在地面，頸子中血注噴得老高，屍體「咚！」的跌落在官塘大道之上。

這乃是電光石火一剎那之際的事。

赤面人彷彿沒有動手一般，仍然回到原來立身之處，冷冷一哼，忽地側射丈餘，又已端坐在轎內，低低的喝了聲：「起！」

八個紅衣鮮帽壯漢，彷彿訓練有素，隨著四散開來，分列官轎的四方。

四個壯碩的轎夫，也已抬起了轎子。

這簡直太令人難以相信，除了套一句俗語：「說時遲，那時快」之外，真的無法形容當情景。

鐵冠道長真的被這出乎意外的橫事嚇愣了。

白羽乃一派掌門，面對這種場面，雖也愣了一下，但立即仗劍而前，疾射丈餘，追著官轎，大吼連聲道：「都給我站住！」

可是，官轎一群人仿若不聞，看慢實快，轉眼之際已去了數十丈之遙。

鐵冠道長回過神來，大聲攔阻本來還打算追上前去的白羽道：「窮寇莫追！」

這句「窮寇莫追」出口，連發聲喊叫的鐵冠，也不由老臉發熱。

因為，這不是「寇跑」，更談不上「追」。

白羽心中明白鐵冠師伯意思，就是真的「追」上，以白羽的功力修為，一定佔不了便宜討不了好。

可是，白羽道長是一派掌門，武當之辱，門派之恥，血腥之仇，不能就這麼忍下去。

因此，他收勢停身，面現悲淒之色，恭身道：「師伯，難道就這樣罷了不成？」

鐵冠道：「留得青山在，不愁沒柴燒！」

白羽說：「武當之派開山，數百年之久，當著眾弟子之面，長老遭人殺手，叫師伯我如何領袖武當，如何在武林中做人？」

鐵冠也眼中淚光閃閃的道：「此事之所以發生，依我愚見，絕對不是武當一門一派的樑子，必是百花夫人所講的江湖整體浩劫！」

「可是……」

白羽的眼中冒火，忘了尊卑的規矩，不由大吼一聲，接著道：「這事偏發生在我們武當山，又是當著我們武當弟子眾目睽睽之下，是可忍，孰不可忍！」

他吼到後來，才感到一派掌門，應該冷靜，與長輩說話，要有分寸。

於是，低頭垂睛，單掌當胸，略為緩和的道：「恕弟子冒失！」

鐵冠道長苦苦的一擺手道：「這時還講什麼禮數，我也激動得很，只是，事到臨頭，不能自己，即使氣死，也是於事無補！」
白羽道：「依師伯之見，本門應當如何？」
鐵冠道長緩緩踱開幾步，徐徐的道：「難道說百花夫人所說的武林大劫已經開始了嗎？」
白羽皺起眉頭道：「師伯的意思是，要把今天的事告知百花夫人？」
鐵冠點頭道：「這是整個武林的事！」
「這……」
白羽大為不然的道；「此事一旦張揚出去，武當門還有顏面見人嗎？師伯！」
鐵冠道長道：「我何嘗願意？只是，紙裡包不住火，事實總有一天會人盡皆知，掌門，不是我長他人志氣滅自己的威風，適才那歹徒的身手……」
他無可奈何的，攤攤雙手。
白羽道長也不由低下頭來。
當著一些下代弟子，一派的長老與掌門人，恁怎地也不便說「技不如人」。
但是，內心的痛苦，兩人乃是沒有二樣的。
白羽尤其傷心。
他忽的趨前幾步，「咚！」的雙膝落地，伏跪在鐵冠道長面前，聲淚俱下的道：「弟子無德、無才、無能，使武當蒙羞，應該一死而對武當列祖……」
說著，探手一抽寶劍！
鐵冠道長大吃一驚，來不及用手奪劍，順勢揚起右腳照著白羽抽劍手臂踢去。

嘯聲掠空。

白羽已抽出的長劍飛出數丈，他的人也被這突如其來完全不防的一腳，踢個仰面朝天。

數十名武當弟子，原已隨著掌門跪下，此刻全都伏地飲泣，淒楚至極。

鐵冠道長也含著淚道：「此時何時，風雨如晦，本門應該益加惕厲，面對空前浩劫，豈能自行喪志，任武當一脈由此而斷？」

他說著，攙起倒地的白羽，然後揮揮手，對跪在身後的徒眾朗聲道：「眾志成城，你們都起來，武當要聯合宇內武林，共商消滅邪魔的大計，回觀！」

話落，大踏步向通往三元觀的路上率先而行。

華山一夜之間，傳出了九大護法死五傷四的驚人噩訊。

雪山大弟子慧美，被人發現陳屍在風陵渡口，屍身上貼著「統一教」的血令，指定華山一門立即解散，從此不准在江湖行走，否則的話要見一個殺一個，見兩個殺一雙。

衡山上院，因掌門人虛懸，幾乎有三年沒有衡山門人出現，但也沒逃過浩劫，朗朗白晝，也被紅蟒紗帽的統一教主血洗，死傷數十聚在一起的徒眾。

至此——

七大門派無一倖免。

江湖上人人談虎色變。

提到「統一教主」，莫不悚然而驚，任誰也不敢吭一聲。

血雨。

腥風。

許多小門小派，都掩口葫蘆，不但不准門徒對外提到本幫本會，除非萬不得已，不約而同的，嚴禁自家子弟在外露面。

於是風聲鶴唳，草木皆兵。

三星會，是江湖上半黑半白的小組織。

說他半白，是因為他有一家三星鏢局，設在咽嚨要地的徐州府，也有一點小小的名聲。

鏢局的總鏢頭許不久，因為慣使一對月牙短柄斧，手底下算是有些玩意，因此，混了個外號叫做「追命斧」。

其實，骨子裡，他也就是三星會的總瓢把子。

算是小有成就的白道朋友。

說三星會是黑道，因為「追命斧」是獨行大盜出身，一些舊日手下並未散夥，暗地裡依舊做些偷雞摸狗、攔路打劫的勾當。

甚至三星會與三星鏢局，兩下裡一搭一擋，明保暗盜，演雙簧騙些無知的肥羊。

只是，關防得很嚴，保密功夫做得紋風不透，沒人料到幹鏢局的會是盜匪歹徒而已。

「追命斧」許不久在這種情形之下，真是名利雙收，他最拿手的一招是能夠使雇主歡歡喜喜的把錢交出來，而且千恩萬謝。

方法說來很簡單。

周圍三百里之內，除了三星鏢局的鏢，從不失手之外，無論大小數十家鏢局的鏢，或明劫、或暗盜，沒有不出麻煩的，當然都是三星會的把戲。

還有，凡是丟了鏢，出了事，只要三星鏢局出面，沒有擺不平的。

當然，也是三星會的把戲。

日子既久，貨主凡是有生意，莫不找上三星鏢局。

三星鏢局乘機便在保費上加碼。

蓖客為了貨的安全，貴一些也只有認了。

更由於一些氣派不夠，實力差勁的小鏢局，甚而在接下鏢貨之後，交給三星鏢局，奇怪的是，三星鏢局不派一人押鏢，只要將黑底繡著三顆星的鏢旗插上一枝，著原鏢局押鏢上路，也就平安無事，賺進白花花的銀子。

當然，內裡的文章也很明顯。

可是，儘管三星會的這些奸詐手段不難被人看穿，可是，顧客為了安全，小鏢局為了生意，也都彼此心照不宣，或是敢怒而不敢言。

「追命斧」許不久的名氣越來越大，志得意滿。

這天，也是合該有事。

三星鏢局保了一票紅花，從徐州到安慶，不用說，是大宗買賣，又是交貨清白，大大賺了一筆。

由總鏢頭許不久親自在徐州府最大的鴻運酒樓設下慶功宴。

席間，不免談起最近江湖上出現統一教的事。

「追命斧」許不久三杯老酒下肚，不由得意忘形的狂笑叫道：「要想統一武林，除非是由我的三星鏢局出面，不然，都是狗屁！」

一些三星鏢局的人自然歡聲雷動，紛紛狂叫道：「對！對！只有總鏢頭才有資格統一武林！」

更有些不三不四的混混，錦上添花的湊著道：「真的！總鏢頭，你該挑明了找那個不知死活的統一教主較量較量！」

「追命斧」許不久被這陣恭維衝昏了頭。

他仰脖子乾了杯中酒，朗聲道：「較量？哈哈哈……那他還不配！我是懶得管他媽的閒事，不然！哈哈哈……我的斧頭不認人，叫他吃不完兜著走，哈哈哈……」

十幾桌，百餘人，聞言不由暴雷似的鼓掌叫好。

聲動整個酒樓。

就在這層樓角落裡，坐著一個身材魁梧，長髮飄飄的老者。

然而，他不動聲色，推開面前的酒杯，閃身離去。

三星鏢局的慶功宴正在熱鬧的高潮。

猜拳、行令、敬酒，外帶自吹自擂的說大話。

把一個「追命斧」許不久捧到三十三層雲裡霧裡。

把眾人談之色變的統一教說得半文不值。

這頓酒宴已吃到三更時分，雖已杯盤狼藉，興致依舊不減。

有的已當場回席，吐了滿地。

有的東倒西歪，說話舌頭打結。

那位三星會的總瓢把子外兼三星鏢局的大鏢頭，也已醺醺大醉，嘴裡喃喃不休的道：「許總鏢頭……只是……不……不出面……不然……統一……統一教……算屁……都不臭……我……」

他說著，突然從腰際抽出他成名的一雙短柄月牙斧，就在席前揮舞了一陣。

又是一聲炸雷也似的歡呼。

「追命斧」許不久舞得興起，突然左腕上揚，著力揚臂外摔。

「嘶——」

利斧破風飛出。

「咔！」

那柄短斧，不偏不倚，咔的一聲，砍在大門的左首門神的臉上。

眾人鼓掌歡呼。

但見「追命斧」許不久緊接著右臂外甩！

右斧破風出手。

「好！」

眾人照例喝采。

不料——

「啊！」

這聲「啊」字的驚呼，不如「好」字聲高。

原來，門首突然出現了一個紗帽紅蟒赤面長髮人。

那人右臂微抬，食中二指若不經意的，正拈著許不久摔出的那柄短斧，輕巧至極，好比繡花的大小姐用的一根繡花針一般。

大廳上一片沉寂，死一般的沉寂。

連「追命斧」許不久也愣在當場。

酒，似乎也醒了一大半。

紗帽紅蟒的赤面人拈著短斧，一步步緩緩的向大廳走近，一言不發。

然而，那赤紅臉上那雙殺氣騰騰的眼睛，令人不敢仰視，像是兩柄利劍，冷森森的。

他跨上大廳，仍舊緘默不開口。

走到「追命斧」許不久身側，從鼻孔裡哼了半聲，就用兩指將拈著的短斧隨意一丟。

呼——

錚！

說也不信，那柄短斧正巧丟向先前許不久丟出釘在門上的短斧之上。

錚的一聲，赤面人丟出的短斧，竟然將釘在門上那柄短斧劈成兩半。

最奇的是——

被劈成兩半的短斧依舊釘在門上，並未掉下來。

而赤面人丟的短斧也沒落地，而是「擠在兩片」被劈成兩片的中間。
這不是力量的大小。
而是準、穩、狠、巧、妙、絕。
力量拿捏的恰到好處，也是力量用的分厘不差。
大廳上眾人瞠目結舌。
「追命斧」許不久目瞪口呆。
赤面人雙目精光如電，掃視在場之人，然後落在「追命斧」許不久的臉上。
他目光所到之處，令人打了個寒顫，通身起雞皮疙瘩。
「追命斧」許不久總算有些見識。
他神情一凜之後，立即面帶笑容，拱手道：「這位朋友，好功夫！請問上下是……」
他雙手微拱作式，用上下二字是江湖上的規矩。
赤面人冷然一瞪眼道：「上下？」
許不久帶笑道：「是請教閣下怎麼稱呼？」
赤面人不怒反笑道：「哈哈哈……」
他的笑聲高亢入雲，然後嘎然而止，沉聲喝道：「你不認識我？」
許不久笑道：「少見！少見！」
赤面人厲聲道：「那是因為你不配見我！」
平日，養尊處優的「追命斧」許不久，怎的也受不了這等的話語。

然而，他能充兩面人當然是有兩面的個性。

此刻，他笑容滿面，低聲道：「也許！可是，人的名兒，樹的影兒，閣下的台甫，說出來，說不定與我們這一行多少有些淵源！」

「哼！」

赤面人鼻孔中哼了一聲道：「淵源？只怕沾不上一點邊兒！」

許不久是能屈能伸，厚著臉皮道：「四海之內皆兄弟……」

「住口！」

赤面人怒喝道：「少來套交情！」

許不久語窮了，只好吱吱唔唔的道：「那……那……」

「什麼那呀！這呀！」赤面人犀利的目光陡然暴漲，朗然道：「我就是狗屁不值的統一教主！」

此言一出，大廳上如同一塊冷冰。

眾人不知不覺的腳下後移。

「追命斧」聞言更像是晴天霹靂，一下子給打悶了。

他彷若不信的道：「你……你……統一教……教……教主？」

赤面人冷冷的道：「要不要比劃一下論斤兩？」

「追命斧」許不久忙不迭搖頭擺手道：「不！不！不！不！許某是久聞大名，如雷灌耳……」

赤面人喝道：「我不喜歡聽這一套江湖上俗而不能再俗的老詞！」

許不久恨不得四腳向下爬在地上，笑著道：「你……不！教主……教主！你聽我把下情說完！好不好？」

他那種哀怨的神情，真的如搖尾乞憐。

赤面人道：「說！」

許不久忙道：「小的從聽人提到統一教那天起，就立誓要投入統一教，聽候教主的差遣，赴湯蹈火，在所不辭，絕無二心！」

「哈哈哈……」

赤面人狂笑不絕，笑聲初停，雙目一凌，緩緩的走近許不久，口中一個字，一個字的道：「統、一、教、用、不、到、你、這、角、色！」

說著，人已到「追命斧」許不久對面五尺之處，探手可及。

許不久臉色死灰，額頭直冒涼汗，哼哼唧唧的一面微微後退，一面道：「教……教主……你……你老人家……要我……什……什麼？」

突然——

赤面人雙目冒出火花，吼叫聲道：「我要你的命！」

「命」字尚未落音，他的右手突的前伸，五指戟開，照著許不久胸前抓去。

「嘶——」

衣襟裂帛之聲。

「啊——」

慘烈的刺耳驚魂嚎叫。

血、肚、腸，灑得四下飛濺。

赤面人毫不為意，就用手上抓著的破布片，沾著「追命斧」許不久屍體上的鮮血，在大廳正面的粉白牆上，龍飛鳳舞的寫著：

天下武林歸統一

統一之外無江湖

有人違反統一教

從此人間把名除。

鮮血，隨著他的字跡滴滴下流，觸目驚心。

等赤面人一口氣寫完打油詩，大廳上的人早已溜得半個也不剩了。

赤面人仰天發出一陣聲動屋瓦的狂笑。

笑聲，淒厲驚魂，久久不絕——

幽靜，寧肅。

風吹動竿竿湘竹，發出簌簌之聲，像細吹細打的樂章，像細語呢喃的怨女。

沿著河，一隻大船，緩緩駛來。

因為水淺，又沒有碼頭，船吃水深，很難駛靠岸，不得不用縴夫著力的拉。

縴夫們為了整齊腳步，用力一致，發出了沉悶的哼聲：「嘿！嘿喲！嘿！嘿喲……」

因為這兒是小河細流，現在雖是洪泛期，水也是淺淺的淙淙川流，船，也沒鼓起浪，又有高山阻擋，風小，也揚不起帆。

這隻大船，為何駛進這個並不通航的水道，實在是令人難解。

船艙的竹簾掀起。

八個紅衣「血鷹」，魚貫而出，八字形，排班肅立在船前甲板兩側。

艙內，傳出一聲沉悶有力、帶著嗡嗡之聲的回音，問道：「怎麼?船擱了淺?」

這話，悶沉沉的十分有力，顯然，發話之人內力修為高極。

為首的血鷹雖沒見到人，卻十分恭謹的、肅立朗聲回話道：「上稟敦主，這條河本不能行船，現在全憑幾人在拖！」

艙內人喝道：「為什麼不早說！」

語落，人也掀簾而出。

紅蟒、紗帽、赤面、長髯，從略矮的艙門出來，顯得特別高大。

那棗紅色的臉上，木然的，沒有一絲表情，卻是兩個精光碌碌的眼睛，射出電芒也似的寒光，攝人心魄。

此人出艙。

八個血鷹，一起哈腰低頭，雙臂環抱胸前，眾口一詞的高聲道：「至尊！」

赤面人眼神只是望著岸上，彷如沒聽見一般，大剌剌的道：「不是已經到了嗎?」

為首的血鷹肅聲道：「還差一箭之地，才有一個小小堤岸可以泊船。」

赤面人不耐煩的道：「就在此處泊船！」

「是！」

八個「血鷹」應了一聲。

沒等他們掠出船，一箭之外，一匹駿馬如飛奔來，掀開四蹄，跑得好快，轉瞬之際已來到切近。

馬上人尚未到，聲先到，高喊道：「哪裡來的瞎眼王八羔子，偏偏在這兒泊船！」

他的聲如鶴鳴，力道不凡。

話落，人已到了大船的停泊之處。

此刻——

赤面人已坐在船頭虎皮太師椅上，雙目電射，沉聲道：「是百花門的人嗎？」

聲音不高，但字字如同鋼板上釘銅釘。

馬上人順手抽出纏在腰際的鹿皮長鞭，迎風抖出「吧噠！」一聲，盛怒的罵道：「混賬東西，開口百花門，閉口百花門！百花門是你叫的嗎？」

赤面人不怒反笑，仰天打了個哈哈，聲動四野，笑聲甫收，懍然喝道：「叫百花夫人出來，老夫有話要與她說！」

「你配？」岸上人長鞭揮動，人從馬背上陡地上射，落實地面，叱聲道：「送死也不是這等送法！」

八個「血鷹」不由跨步……

赤面人左手微抬，止住八人躍躍欲試之勢，反而冷兮兮的道：「你是百花門的什麼人？」
馬上人也報之以冷兮兮的道：「暗香精舍大總管，樂——無——窮！」
「沒聽說過！」赤面人搖了搖頭，一對紗帽翅顫巍巍的抖動不已！
眼高於頂的樂無窮，怎能不勃然大怒，長鞭刷的一聲，照著船舷掃下。
「啪！」木屑亂飛，梨木船沿留下一道五寸深淺的鞭痕。
赤面人鼻孔中冷哼聲道：「小輩……憑這一鞭，就注定了非死不可！」
樂無窮揮鞭出船，原本是習慣動作，當然也含有施功示驚的意思，盛怒之下的結果，聞言不由道：「哦！我看未必吧！」
赤面人已緩緩站了起來，慢步走向船邊，一面不經意的道：「我沒打算出手，衝著你這鞭，我卻要改變我的初衷了！」
樂無窮道：「原來你以為暗香精舍都不堪一擊！」
他顯然的誤會了。
他以為這一鞭已展示了他深厚的功力，赤面人是為了看得起他，才改變不出手的原意。
不料——
赤面人忽的怒道：「憑你這分狂傲，憑你傷了我的船，不得不要你知道厲害！挫挫百花門的囂張之氣！」
樂無窮羞怒交加，肩頭動處，長鞭如同靈蛇，咻的一聲收回，然後呼的一聲，像一條怪蟒，認定赤面人連纏帶掃，快如電光石火。

赤面人怒火從兩眼之中暴射，大吼道：「不識好歹的東西，放肆！」

話未落，人已起。

凌空如履平地，寬大的紅蟒，衣袂都沒振動，已由船上移位到了堤岸，正是樂無窮坐下駿馬之旁。

那匹高大的駿馬，被這突然落下的紅影，驚的前蹄人立，長嘶不已！

赤面人似乎十分生氣，一言不發，左掌忽的一揮，照著那匹馬遙遙拍去。

呼——

勁風如同狂飇。

那匹高大的駿馬，像是紙紮的一般，被赤面人所發的掌風，震得四蹄離地，跌出五丈之外的河堤之下，半晌爬不起來。

這也有施功示驚，敲山嚇猴的意味！

樂無窮心頭不由一凜。

然而，他並不氣餒，喝道：「外門蠻力，也敢到暗香精舍來唬人！」

赤面人冷峻的道：「那麼你是要看看內功修為囉？」

樂無窮氣極道：「樂爺爺指教你幾鞭！」

鞭隨聲發，話落，一條長鞭又已刷了一個大圈，變成一條硬挺挺的鐵條，蒙頭蓋臉的襲出。

赤面人絲毫不動，不閃不躲，但等鞭影到了眼前，力道隱隱襲至，左臂突的抬起，硬向鹿皮鞭抓去。

樂無窮心中暗喜。

因為，這條鹿皮鞭與一般用的長鞭不同，它鞭身一丈三尺，卻在鹿皮縫裡，夾有一百零八個看不見的鋼鉤，倒刺尖銳，鋒利無比，這是樂無窮獨門的陰招。

他知道使鞭的人，往往為對方大力手法抓牢了，雙方較力，往往是使鞭的吃虧，所以把鋼鑄的小小倒鉤，編織在花紋縫裡，要存心抓鞭之人一招失利，甚至雙手被鋼鉤勾得血淋淋，負下重傷。有了這個原因，樂無窮不但不收鞭撤招，而且越加下掃。

誰知——

赤面人似乎已知道鞭中有詐，他抬臂高舉，並不抓鞭，忽的略略偏身，用手臂的小臂迎著長鞭擋去。

長鞭乃是軟兵器，遇硬即轉。

整個長鞭竟然有一小半纏絞在赤面人的小臂上。

小臂有寬大的紅蟒衣袖在外，小小鋼鉤縱然勾上衣袖，對赤面人是絲毫無傷。

樂無窮心中暗喊一聲：「糟！」急忙抽鞭。

可是，為時已晚！

赤面人纏著鞭身的小臂，忽然一式千斤墜垂了下來，冷笑道：「要看內功，可以開招了！」

樂無窮心裡有數。

他只見赤面人這一氣呵成的舉臂、繞鞭、施功、著力，已經是扎手人物。

然而，樂無窮生性驕傲，又豈肯在沒見真章之前，就豎白旗。

他握鞭之手，不由暗暗用力，緊握鞭柄，口中卻道：「在下也願一試，不過，你還沒亮出字號之前，是否師出無名呢？」

這句話，乍聽是十分大方，但是，骨子裡已有了怯意，緩合了僵局。

赤面人雙目似睜還閉，淡淡的道：「真要知道我是誰！」

樂無窮道：「你怕人知道？」

赤面人道：「你嘴皮子很強！」

樂無窮應道：「誰都會有此一問！」

「也好！」赤面人點頭道：「要你死得明明白白，免得做個糊塗鬼！」

「哼！」樂無窮哼了聲道：「鹿死誰手，尚在未定之數！」

「聽著！」赤面人朗聲道：「至尊統一教教主！」

樂無窮心頭大震。

因為，七大門派之事，已在江湖傳開，百花門的眼線也有回報。

但是，他故作不知，搖頭不迭的道：「還沒有聽說過！」

赤面人怫然不悅，沉聲道：「沒聽說過不打緊，讓你見識見識！」

話落，纏著軟鞭的手臂立即帶到胸前，厲聲喝道：「你能收回此鞭，老夫回船就走！」

一道隱隱的力道，順著軟鞭，如潮水般湧了過來，綿綿不已。

赤面人的眼神中由精光閃閃到凌厲逼人，接著是冷森陰沉！

樂無窮只覺著原來綿綿的力道，陡然之間如同怒濤拍岸，洶湧澎湃。握鞭的一隻手，有些發抖。

他急忙懾定心神，全力貫注。

名家交手，就是分厘之差，這一絲一毫的分厘之差，就是生死交關。

樂無窮的手臂整個在抽搐，筋疲、肉麻、背痛。

他咬緊牙關，勉力支撐著。

他自料，不能再支撐下去。

因為，手臂的痛楚，已到了肩頭、喉間、五臟……周身的骨節都被震動著，像是要拆散開來。

一股熱的、腥的、酸的、鹽的味道，直衝喉嚨！

樂無窮不能鬆手。

他深深的了解，只要他一鬆手，周身的力道消失，整個人重則血充大脈，像火藥爆船化為粉碎，輕者七孔出血屍橫河堤！

然而，他沒有任何方法能逃過這一劫。

棋高一著，縛手縛腳。

他只有閉目等死，掙扎得一時是一時。

他施出最後的一點力道，捨命的抓緊軟鞭。

「咔！」

輕輕的，短促的一聲脆響。

鹿皮軟鞭從中斷為兩截。

樂無窮頹然跌坐在原地，口角滲血，執鞭的一隻手，皮開肉綻，血流、肉翻。

赤面人紋風不動，瀟灑的旋臂抖落繞在小臂上的半截軟鞭，揮揮紅蟒的皺紋，冷冷的道：「內功，這就叫內功，你也見識過了吧！滋味如何？」

樂無窮的語窮了！

他不是沒有話說，而是沒有說話的力氣。

可是，他心中的惱怒、憤恨，從他已經失神的眼光之中，表露無遺，假若他此刻還有力氣，恨不得把赤面人一口吞咽下去，或是像撕一張廢紙，撕個粉碎。

赤面人並不立刻送樂無窮的命，像狸貓在吃老鼠之前，戲弄個夠一樣。

此刻只要他上前跨一步，用一個手指在樂無窮周身任何地方輕輕一點，樂無窮就得真氣洩盡，變成一個臭皮囊，洩了氣的臭皮囊。

他沒有，雖然也跨前一步，卻用手掌處按上樂無窮的命門，緩緩輸出溫暖的真氣，口中淡淡的道：「樂朋友！你還不能死，我本來不打算叫你到了這個地步，因為我並無意找你，只怪我高估了你，誰知你這等不堪一擊！哈哈哈……你還不能死！哈哈哈……」

每一句話像一把刀，每一個字像一枝箭，刀刀刺在樂無窮的心頭，箭箭刺在樂無窮的臉上。

樂無窮此刻真到了「欲死不能」的田地！

他破口大罵道：「有種的就殺了我！」

赤面人笑道：「我說過，我意不在殺你！」

樂無窮吼叫如同一隻受傷的野狼，叫道：「你要怎的？」

樂無窮儘管狂吼驚叫。

赤面人卻不慌不忙的道：「我找的是你的主子，百花夫人，她現在何處？」

「哼！」樂無窮冷哼一聲，並不回答。

赤面人大聲道：「說！她現在何處？」

樂無窮咬牙切齒，一言不發，一雙眼珠，幾乎要突出來，惡毒的盯著赤面人。

赤面人有些兒不耐的道：「再不說，你會後悔！」

樂無窮反而說話了！

他厲聲吼道：「有種把老子立斃掌下，只怪我學藝不精死而無怨，要是再威逼老子，老子做鬼也饒不了你！」

赤面人不由哈哈一笑道：「哈哈！立斃掌下？天下有這等便宜的事嗎？」

口中說著，虛按在樂無窮命門之上的一隻手，忽然快逾電掣的化掌為抓，滑落到樂無窮右肩的琵琶骨上。

卅九　世家之劫

樂無窮不由心如刀攪，雙目冒火，吼道：「你要怎麼樣？」

「拆骨縮筋！」

赤面人的目光，比樂無窮更加可怕。

誠然，他口中的「拆骨縮筋」，比武林中「錯骨分筋」手法更加惡毒，更加殘酷。

「錯骨分筋」不過是將人的骨節錯開，主筋分離，雖也使身受之人痛苦至極，但事後，骨接原位，筋歸脈絡，仍然無損不殘。

「拆骨縮筋」就不然了。

它是用「穴脈相連」功大，將身受者周身的三百六十個骨節，統統拆了開來，自然傷到軟骨。

軟骨，就是骨與骨接合的膠著素，軟骨受損，兩骨之間沒了接著之處，再難接得上，即使接上，也缺少活動的物體，而骨硬碰硬的磨研起來，痛楚可知。

至於「縮筋」，簡言之就是把全身靠著拉張的筋，完全收縮成一團，失去彈力。

骨散了，筋縮了！

一個人立刻成為「軟體肉球」，比死實在更加難受。

樂無窮不由破口大罵起來！

赤面人不怒不叫，手指輕輕一扭一擰一旋。

「啊——」

刺耳驚魂，樂無窮的人縮成一團，在當地抖動不已。

他之所以抖動，真的是在折骨縮筋手法之下，連滾動的力量也沒有了。

赤面人冷酷的一笑道：「自討苦吃！」

他不理會連哼都哼不出來聲音，在地上發抖的樂無窮，自言自語的道：「她真的不在暗香精舍？那……她到哪裡去了呢？」

他略一沉吟，連地上的樂無窮看都不看一眼，擰腰彈身離地，人在空中一旋，已回到船頭甲板之上，就先前的太師椅上坐下。

揮手對八個「血鷹」喝道：「分途去搜！」

「遵命！」

八個紅衣血鷹一齊拉下頭套。

赤面人又叮嚀道：「發現正主兒，不准隨便出手，那是送死！」

「是！」

八個紅衣血鷹應了聲，各自展功，躍向岸邊，向竹林深處，暗香精舍撲去。

船上只剩下赤面人，他推了推紗帽，照料了一下天色……

忽然——

一隻雪白的飛鴿，由天際飛來。

赤面人不由雀躍般的離座而起，捏唇發出一聲裂帛入雲的尖哨！

那白鴿忽然淩空改變了飛行方向，收起揮動的雙翅，像墜地流星，帶著破風之勢，落在甲板上。

赤面人緩步向前，招招手。

那隻信鴿頗通人性，跳著躍著，跳上赤面人伸出的手臂。

赤面人一手抓住信鴿，另一手在信鴿的爪子上輕輕地拉開一個細小的紙條，略看一眼，口中狠狠的道：「我管不了許多，天涯海角也要找到你，不能讓你壞了我的大事！」

他的目露凶光，咬牙切齒。

血、毛，從他手中不斷的落在甲板。

原來，他忘了手中捏著信鴿，咬牙切齒之際，力道難以收束，忘情的把小小信鴿，捏成泥漿一般。

「呸！」

丟下信鴿的爛泥毛骨，仰天發出一聲長哨。

哨聲甫落。

八個紅衣血鷹像飛鷹般越過竹林落回船上。

赤面人揮揮手道：「她的人不在此地，現在金陵，走！船發向金陵，停泊莫愁湖！」

說完，回身向艙內鑽去。

八個紅衣血鷹尾隨進艙。

「哼呀！嘿——嘿呀！嘿！」

縴夫，又拉起纜索，一步步吃力的前進。

莫愁湖的夜，淡月疏星。

清風徐來，水波不興。

遠處，吟嘯閣的影子，靜靜的映在水上，像是一個黑衫的舞者，隨著水紋搖曳生姿。

夜湖，是寧靜幽美的！

然而，好景不常。

櫓聲咿呀，波紋陡漲。

一艘巨船，鼓浪而來，就停泊在吟嘯閣這個詩情畫意的角落裡，內湖最隱蔽的地方。

夜已深沉。

天上，忽然彤雲密布，黑壓壓地，也像低了許多，彷彿重重的壓了卜來。

那艘船上的燈火，也突然熄了。

夜色太濃，看不清楚四周的一切，但是，船上一條條的人影，卻明顯的看得出來，從船尾一個個躍身而起，借著吟嘯閣做為接腳跳板，魚貫的落在堤上。

一共是九個人。

為首的，反是最後離船的一個，他到了堤上，卻又是最先的一個。

九個人的輕功，都是上乘，如同落絮飛花，全沒有半點聲息。

像一陣清風，沿著堤岸飛鳥掠水般向「金陵世家」奔去。

金陵世家的一大片房舍，也是半點燈火也沒有，重門深鎖，聲息全無！

九條夜鷹也似地人影，在為首的一揮手之下，立刻收勢停聲。

這時，才看出，那為首之人紗帽紅蟒、赤面長髯，威風凜凜。

他瞧料了一下，一雙眼，不住的閃動。

這太不可思議了。

金陵世家在六朝金粉的寧國府，可是響噹噹的簪纓世家。雖不燈火如晝，也必是宮燈高懸，而且，值更守院的守丁、護院巡查的武師，無論如何是少不了的。

為何如同一座無人空屋？

因此，赤面人在離常家尚有一箭之地的暗處停了下來，猜不透是什麼道理。

他沉吟一下，自言自語的道：「難道說他們已知道老夫今晚要來？」

說著，大踏步踱了幾步。

忽然——

他大聲道：「既來了，入寶山空手回不成，過來！」

對著身側的一個「血鷹」低聲囑咐道：「進去，看看他們為什麼做縮頭烏龜？」

「是！」

紅衣漢子，應了一聲，一個箭步槍前三步，平地一個弓腰，人已上了常家的大門門樓。

就在輕輕借力一點，落向內院！

片刻——

紅衣漢子折返，低聲向赤面人道：「上稟至尊教主，宅內除了下人房有一對老傭人之外，的確沒有第三個人！」

「有人就有訊息！」赤面人冷冷的道：「進去！」

說著，他不用箭步衝刺，平地上拔三丈，向常家大門撲去！

「風擺殘荷」的式子，赤面人恰巧落在樓簷的邊邊上，搖了幾搖，點腳尖、擰雙肩，又已到了獸角飛簷，姿態之美，功力之深，實屬少見。

八個「血鷹」，眾星拱月似的，也上了門樓。

赤面人一言不發，二次上起，幾個躍縱，就落向箭道的盡頭，也是二門的大廳。

他行雲流水的片刻已搜完了常家一連五處宅院，哪有半點聲息。

回到大門，不再躍上門樓，就在粉白明壁之前落實地面，對先前那個「血鷹」道：「去！把那兩個老傭人抓來。」

紅衣漢子趨前應道：「現在已被屬下捆綁在明壁後的假山邊梧桐樹上，等候發落！」

赤面人鼻子裡哼一聲，大步走向院落。

假山石側的梧桐樹幹之上，一男一女，都有七十來歲，白髮蒼蒼的老人，雙手背剪的綑了個結實，他們的老態龍鐘，本已振作不起精神，此時，低著頭，蒼白而多皺紋的老臉上，雖無懼怕之色，卻有疲倦不堪的神情。

赤面人走上前去，抓住那個老頭的半禿白髮，沉聲喝道：「你是常家的什麼人？」

老者已發禿齒落，又乾又癟的嘴唇吃力的動了一動，才道：「常義，金陵常府負責打掃祖先堂的老傭人，七歲由親生父母賣到常家來，今年七十六歲，還差半天就整整七十年！」

赤面人大喝道：「嚕嗦！誰問你這些！」

老者又道：「她是我的老伴！」

他用下巴挑了挑，又接著說：「本來是上房的丫頭，五十年前，老太爺賞給我做媳婦，我們拜堂到昨天恰巧是五十年！」

「呸！」

赤面人啐下一口唾沫怒道：「我只問你，常家一家人都到哪裡去了？」

常義勉強地翻了一下眼皮，又道：「你們找常家做什麼？」

赤面人大喝道：「這個你不要管！」

不料，常義苦掙著咧咧嘴，似笑又笑不出來的道：「既然說不要我管，我就不管！也就不要來問我！」

年紀大，脾氣不小，說完，仰面朝天，一語不發。

赤面人的眼神一閃，冷哼一聲道：「小小的一個下人，竟敢賣弄口舌，不知死活。」

想不到常義忽然雙目暴睜，大聲道：「下人？下人又怎麼樣？死！活！老漢這把年紀，死活早已嚇不倒我了！你們真的不知死活！夜入民宅，捆綁我這個下人，還有王法嗎？還算英雄好漢嗎？」

他侃侃而講，本來有些憔悴老態，突然變得氣慨非凡，豪情千丈！

常義這個老管家，真的足足在金陵世家做了七十年的差事，從小廝到跟班，侍候常家人已三代，自然見過些場面，懂得武林一些義氣，果然說來理直氣壯，毫不含糊。

赤面人似乎有些惱羞成怒，跨前一步，伸手向常義摑去！

「啪！」

這一巴掌雖然沒有用上真力，只是隨手一揮。

然而，以赤面人的武功，加上常義的老邁，怎生消受得起？

「哇！」

常義雙目失神，噴出一口鮮血。

另一棵梧桐樹上綁的老婦人一見，「哇」的一聲哭了起來，口中叫道：「你們這幫強盜，是漢子就應該找我們主子，打一個七八十歲的老奴才，你們要臉不要臉？」

她哭哭啼啼的喊著！

八個血鷹不由互望了一眼！

赤面人也覺得對付一個手無縛雞之力的下人，真的毫無來由。

可是，常義嘴角血跡尚在滲流，卻撐著道：「讓他們打吧！我在金陵世家七十年，跟隨三代老爺，見過的英雄好漢數不清，沒見過這樣的小人！」

赤面人原本消下的怒火，聞言又暴發起來，大吼道：「小人？誰是小人？」

常義突然重重的呸了聲道：「呸！你就是小人！呸！」

重重的一呸，將口中淤血猛力向赤面人臉上吐去。

一個小小的血塊，正巧吐在赤面人的眼睛上。

赤面人勃然大怒，右手五指戟張，奮力抓向常義的面門。

「啊！」

慘叫聲刺耳驚魂。

常義已面目全非，整個頭分不出五官，像個稀爛的西瓜。

情況之慘，令人鼻酸而不能卒睹。

老婦人一見，頭忽的一垂，昏了過去。

赤面人一不做二不休，斜移半步，探手用單指點了婦人的靈明穴，口中喝道：「說！常家母子到什麼地方去了？」

老婦人被他用點穴法從昏到醒，不由嚎啕大哭，口中罵道：「你們這些殺千刀的強盜，你把我也殺了吧！」

赤面人冷冷的道：「不說出常家母子一家人的下落，你也活不了！說！」

揚掌待發，雙目凶焰畢露。

老婦人哭嚎著道：「老夫人去了秀嵐上苑！有本事你去找她！」

「秀嵐上苑？」

赤面人略一沉吟又喝道：「秀嵐上苑在什麼地方？」

老婦人的精神似乎完全崩潰，上氣不接下氣的道：「我也不知道！」

「嗯！」赤面人哼了聲道，「不知道？你不知道我就要你的命！」

老婦人抽泣的道，「要我的命我也不知道！」

真的，這老婦人只聽說常老夫人帶同兒子媳婦等去了秀嵐上苑，至於秀嵐上苑究竟是在何處，她實實在在的一無所知。

可是，赤面人並不相信，狠狠的道；「你膽敢再說一句不知道，我就要你的命！」

誰知那老婦人忽然止住悲泣，大聲道：「要了我的命最好！不知道！不知道！不知道！」

「我就要你的命！」

赤面人被老婦人的三聲不知道激起怒火，毫不考慮的右手併指一點，戳向老婦人的喉結大穴。

那老婦人「咯」的一聲，頸子下垂，眼見活不成了。

赤面人的怒猶未息，狠聲道：「不怕找不到別人！走！」

他揮手就待率先起勢！

「走？慢點！」

忽然一聲冷冰冰的斷喝，從二門院牆上傳來。

喝聲未落，一道青影「唰！」的一閃，哨風聲中，幾乎刷到赤面人的臉上。

赤面人不由一怔，冷不防之下，被逼著退躍三步，手忙腳亂。

一個禿頂的中年漢子，執著根青竹鉤竿，沒見他從何處來，已站立在院落假山石上。

禿頂漢子用眼一掃捆在梧桐樹上常義夫婦的屍體，不由三角眼一皺，手中漁竿指著赤面人道：

「啊！真有你的，九個人殺一對不會武功的老夫婦，還要捆綁起來動手，我金四禿子算是開了眼了，各位真露了臉了。」

赤面人被他出乎意料的一竿逼退，已經怒火如焚，又聽他一頓挖苦，更如火上加油，怒吼道：「你是什麼人？」

金四淡淡一笑道：「我？我不是已經告訴你了嗎？我姓金排行老四，別人都叫我金四禿子！」

赤面人遲疑了一下道：「沒聽說過……」

金四禿子不等他說下去，緊接著道：「不打緊，我本來就是無名小卒，各位一定是響噹噹的大英雄、大俠士、大丈夫、大武術家？」

赤面人怒道：「你想知道？」

「當然！」金四禿子冷笑道：「不知道怎麼替各位今晚的事傳名呢？」

赤面人雙目如電，冷森森的道：「等我報出名號來，可能你已沒有機會替老夫傳名了！」

「會嗎？」金四禿子冷笑如舊。

赤面人道：「因為你也會像這梧桐樹上兩個老廢物一樣！」

金四全然不在乎的道：「哦！要不要先把我捆綁在樹上呢？」

赤面人喝道：「用不到！」

金四道：「不捆綁起來，可能沒那麼容易啊！」

「納命來！」

赤面人聲出掌隨，迎面單刀直入，逕取金四禿子的面門。

「哼哼！」金四禿子冷冷一笑，撤回右手的鉤竿不用，左掌一揚，反向赤面人的手腕削去。這是上乘手法，反守為攻。赤面人不由一怔，急切間縮手撤招，人也隨之倒退三步，沉聲喝道：「你是哪一門的？」

金四禿子冷冷一笑道：「我正要問你，你是哪一門哪一派的？」

赤面人勃然大怒道：「放肆！」

「放四！」金四禿子更加調皮的道：「還放五呢？放四！就你可以問我，我問你就算放肆？」

赤面人雙目之中，陡的射出懾人心魄的凶焰，悶聲道：「不報出門派，也免不掉一死！」

金四禿子聞言，仰天打個哈哈：「哈哈！我是學你剛才抓人的手法，血魔神掌之一的『魔爪揚威』！你是不是明知故問！」

明顯的，赤面人的神情一凜。

因為，他的功夫被人看出，等於看出他的來歷，這是他一百個不願意，也是他最大的禁忌。

因此，哈哈一笑道：「姓金的，你算是死定了！」

口中說著，忽然略一矮身，立樁起式。

八個血鷹之一立時快走幾步，捧上那似劍非劍，似笏非笏的奇異兵刃。

「嗆！」

彈簧聲響，赤面人已探手抓了過來！

金四禿子一見，大嚷道：「好傢伙，這柄追魂奪命血魔笏，怎會到你手裡？」

赤面人的目光有驚、有奇、有十分詫異的神情，咬著牙齒道：「你知道的還真不少，你可能不知道，這就是你一定要死的原因！」

「未必吧！」金四禿子忽然側跨半步，手中的釣竿一頓，揚起一溜勁風。

就在他一順釣竿之際，前面不足三尺的釣索，帶起倒刺鋼鉤，直對準赤面人的眼睛勾去。

這一招既快，又準，既妙、又奇，完全出乎赤面人的意料之外。

急切之際只有兩個化解的手法。

一是抽身急退。

一是揚起追魂奪命血魔笏連架帶削。

赤面人性如烈火，傲氣十足，怎肯抽身退後。

因此，他一揚手中笏，連挑帶削，認定釣竿揮去。

可是，在他驚異之下，不免遲了一步，分秒之差，並沒削上釣索，卻挑了個空。

這並不是赤面人的功夫稍遜一籌，而是金四禿子見機得早，先一剎那之間，力貫釣竿的末梢，不著痕跡的將釣索帶高了一尺，追魂奪命血魔笏又比一般刀劍略短，故而落空。

一招落空，赤面人怒火更盛，挫步前欺，揚笏橫地裡照著金四中盤掃左。

這一招頗見功力，而且辛辣之極。

因為，金四的釣竿乃是略長的外門傢伙，凡是較長的兵器，最怕敵人近攻，對方一旦逼近，長傢伙自然施展不開。

金四禿子不是弱者，焉能不明白這個竅門。

他忽的一旋身，滴溜溜一個空旋，像一條滑極的魚，人已斜飄五尺之外。

更巧妙的是，借著旋身側飄之際，手中的釣竿像一支靈蛇，也找赤面人的中盤。

赤面人冷冷一笑道：「這招『迴水挽波』是有些功夫，可惜你遇上老夫，算你命中注定！」

但見他腳下不閃不躲，整個人在原地不動，原本掃出的血魔笏突的撤回下撣，守株待兔，等著金四的釣竿纏來。

「不好！」金四禿子人叫一聲，整個人忽然撲身倒在地面。

人既撲倒地面，手臂自然下垂，手中的釣竿也快如閃電般平著地面。

但是，旋轉之力並未消失，直掃赤面人的腳踝。

原來，金四禿子的大叫「不好」，乃是誘敵之計的虛招佯做失手，若是對手以為真的得手，自然不防下盤被攻，少不得著了道兒。

無奈，赤面人卻是個大行家，洞燭先機，已經看穿了。

他冷哼一聲道：「雕蟲小技！」

斷喝聲中，一墊步，用右腳照著沿著地面掃來的釣索，同時手中的血笏也沒閒著，探臂長伸，連刺帶劈，端的威力十足。

金四禿子的倒地出招，原是萬不得已，並未存有一招得手的僥倖之心，因此，就在出招之際，魚躍龍門，人也彈離地面。

幸虧他彈身得早，若是想真的釣上對手的足踝，不免彈起遲緩，且彈起時，人在空中，正送到血魔笏的白刃之下，免不掉來一個大開膛。

饒是如此，但聽「呼！」的一聲，血魔笏的勁風貫斗，一溜寒光沿著中庭三穴滑下，分厘之差。

金四禿子嚇出一身冷，喊了聲：「好險！」

赤面人冷冷的道：「你算躲過一劫！再來！」

血魔笏得了先機，舞成一團寒芒，唰！唰！唰！唰！綿綿不絕，像迅雷奔電，挾萬鈞之勢，一連三十六招，銳不可當。

金四禿子失去先機，加上功力的確稍遜一籌，完全成了挨打的局面，守多攻少。

赤面人的喝聲連連，笏影翻飛，把金四禿子的整個人都罩在一片笏影之中。

金四禿子的釣竿，已失去作用，眼看著只有招架之功，毫無還手之力。

金四既是百花夫人手下的五條龍之一，當然也有其獨到之處。

但聽「喀！」一聲脆響！

敢情那枝釣竿原是兩截的裝置，百忙之中，變成兩截，像是一支短鞭、一支判官筆。

金四禿子左手判官筆鵝毛刺的後半截釣竿，右手前半截釣竿，招式也異常奇特。

赤面人不由一怔。

就在他一怔之際，金四禿子右手半截釣竿的倒鈎，已卷上赤面人的頸子。

赤面人不由大吃一驚，手中血魔笏，全力前探，直刺金四的心窩。

金四右手猛的上挑，大喝道：「看看你是誰？」

原來赤面人的「紅臉」，乃是人皮面具，被釣鉤鉤到半空之中！

幾乎是同一時間。

赤面人的血魔笏已插進金四禿子的胸膛。

金四禿子臉上的肌肉扭曲，尚自咬牙叫道：「我猜到是你！果然……」

赤面人忙用左手大袖掩住了面門，右手血魔笏猛然急抽，口中大喝道：「回船！」

語落，人已越過三門，八個血鷹同時跟進。

「咚！」

金四禿子的屍體，撲倒在地。

夜風，吹起一片血腥，飄散在空際。

遠處，梟啼不已。

竹籬，茅亭。

玲瓏天成的石山，點綴著矮松，偶而，一兩棵高矗入雲的杉樹，像是比山還高。

沿著淙淙的小溪而上，曲折婉蜒。

在綠蔭濃處，一角紅樓飛簷，看來特別趣味，完全沒有半點塵囂，說它是天堂卻也未必，說它幽靜典雅，出俗安詳半點也不為過。

事實上，紅樓底層的「苑廳」，不但不安詳，而且關係到一場殺劫，一場武林空前未有的大計，正在這兒計議、安排。

百花夫人與常老夫人並肩坐在上首。

藍秀、南蕙坐了主位。

常玉嵐傍著常玉峰並肩坐在客位上。

廳外侍立著的，是「桃花老人」陶林、「神鷹」仝老大、五條龍的老二獨角蛟劉天殘。

常老夫人神情凝重的道：「為了拙夫之事，再加上之前小兒東闖西蕩與人結的怨恨，要是引起偌大的殺劫，實在是罪孽深重。」

百花夫人苦苦一笑道：「這種情勢的造成，並非一朝一夕，也不是某人某事所引起，司馬長風的一個自大貪念、狼子野心，乃是禍根，雖然不發生在金陵世家，也會因其他門派的事形成導火線，老夫人勿須自責。」

藍秀點頭道：「事有必然，多病久病的人，一旦入了膏肓，勢必有個結果！」

常玉嵐道：「目前我們既不能遏止這場浩劫，應該如何著手？」

南蕙插口道：「依我之見，大家闖進司馬山莊，殺他一個雞犬不留，一切都解決了！」

百花夫人笑道：「南姑娘倒乾脆！」

藍秀淡淡一笑道：「司馬山莊必定要去，只是要謀定而後動！」

常老夫人搖頭道：「殺個雞犬不留，是否反應過於激烈呢？」

南蕙搶著道：「你不殺他，他就殺你。不把禍根剷除，事情還是不算了結！」

常玉嵐深恐大家都反對南蕙的意見，使她難以下臺，甚至她一使性子，單獨跑到司馬山莊，其後果不堪設想。因此，微笑道：「南姑娘的話，是有些道理，只是，愚兄以為，這事要統一行動，我們願意聽聽百花夫人的卓見，也請夫人主持！」

常老夫人點頭道：「嵐兒之言不錯！這是大事，千萬不可各自為政！」

她特別對著南蕙點頭不已。

南蕙當然明白，不由笑道：「老夫人放心，我不會那麼魯莽，要是初出洗翠潭，就不一定了！」

說完，她自己也忍俊不住，吃吃的掩口葫蘆，笑了出來！

常玉嵐道：「南姑娘，茲事體大，必須謀定而後動的見解是對的！」

南蕙淡淡一笑道：「你與藍姑娘的意見完全一樣，真是英雄所見略同！」

原來南惠在金陵一待就是半年多，常老夫人也教了她一些詩詞歌賦，再不是洗翠潭的野丫頭了！

當然，女孩子大了，心中也就不同，對於常玉嵐，雖然也有仰慕之情，但是，她也知道常玉嵐對藍秀愛慕至極，藍秀對於常玉嵐，也十分心儀，因此，言語中不免有些調侃的意味。

南蕙生性耿直，並沒有酸溜的味道！

百花夫人深恐藍秀是說者無心聽者有意，忙把話題撇開道：「我們不必說誰指揮誰作主，只是目前我們要分成兩撥，分途辦事！」

常玉嵐道：「分成兩撥？」

百花夫人道：「一撥去司馬山莊，一撥去暗香谷！」

藍秀也點頭道：「對！這兩下必有牽連！」

常玉嵐雖然不瞭解藍秀所說的「牽連」指的是什麼，但是，他對陷在暗香谷的紀無情與司馬駿，實在難以忘懷。

因此，他試探著道：「那麼都是誰去暗香谷，誰去司馬山莊呢？」

常老夫人不加思索的道：「老身要去司馬山莊！」
常玉嵐不由道：「娘！千里迢迢，歲暮年殘，此地苦寒，你老人家……」
「怎麼？」常老夫人的臉色一正，攔住了常玉嵐的話，十分悲淒的道：「感謝夫人探聽出你爹現在司馬山莊，我不去誰去？」
常玉嵐忙正色道：「娘，兒子的意思並不是不去，而是應該由兒子去！」
常玉峰也恭聲道：「由孩兒同三弟去！」
不料——
百花夫人微笑道：「你們誰也別去，司馬山莊只有我去！」
常老夫人忙道：「這萬萬使不得，常家欠你的太多了！何況，我救夫，他兄弟們救父，怎能再勞動夫人你的大駕？」
百花夫人搖頭道：「這是整個武林的大事，救夫也好，救父也罷，只是附帶的一環！」
常老夫人依舊堅持道：「老身不去，一輩子心中不安！也對不起嵐兒的爹！」
百花夫人道：「這不是對不起對得起的問題，而是該不該的問題！」
常夫人苦苦一笑道：「夫人是不是因為我已老邁！甚至是大家的累贅？」
「不！」百花夫人忙道：「哪兒的話呢？你那一手追魂奪命子母連環珠，在座的還沒人能比得上！」
常老夫人道：「雕蟲小技，夫人……」
「你聽我說！」百花夫人帶笑道，「司馬山莊除了我之外，你們各位都沒法子去，因為，莊下的地穴秘道，我比誰都清楚，甚至比司馬長風還清楚！」

此言一出，眾人全都無話可說！

百花夫人道：「我來分派一下！藍秀姑娘與常三少俠帶著桃花老人陶林、再配上神鷹全大、獨角蛟劉二，星夜趕往暗香谷！」

藍秀道：「如此，夫人您……」

百花夫人道：「我只帶南蕙一人就綽綽有餘了！」

常玉峰忙道：「夫人！我……」

百花夫人道；「你侍候你母親在此等候，等到上元佳節之後，趕到司馬山莊，包管你夫婦父子大團圓就是！」

常老夫人還待發話。

百花夫人道：「我目前並不去司馬山莊，因為這一次，必須辦的事太多！我要回去差人四下安排，否則，江湖永無寧日，後患無窮！」

她說到這裏，人已站了起來。

常老夫人還待開口……

百花夫人已徐步走向門外，瞧了一下天色，喃喃的道：「金四禿子每天此刻該來報些訊息，怎的……」

話沒落音。

八朵名花之一的「天香」，臉上既恐怖又驚慌的跑了進來，失聲的道：「門主！金四死在常府二院，死狀十分淒慘！」

百花夫人神情十分沉著道：「瞧你這個樣子，怎的如此失態？」

她在最緊要的時刻，依舊保持一貫的風範。

天香急忙低下頭來，壓低嗓門道：「婢子失禮！只是第四條龍的功夫……」

百花夫人不等她說完，又問道：「消息是從何處來的？」

天香道：「本門安在夫子廟與莫愁湖地帶的暗樁飛鴿傳書，信上說，常府的兩個老管家也同時遭到毒手！」

百花夫人回頭對常老夫人道：「事情已到了燃眉之急，別人已找上門來了！此地並非沒事，老夫人還要隨時小心！」

常玉嵐聽說家中出了事，忙道：「夫人！我想回家一道，看個究竟！」

「也好！」百花夫人微微頷首道：「不過要記住，事不宜遲，料理了金四的屍體，星夜趕往暗香谷，那才是最重要的！」

常玉嵐應道：「不會耽擱大事，夫人但請放心！」

「咱們約定，上元燈節，開封府見……」

說完，她已跨步出了正廳。

車聲咿呀！

八個侍女，四個健婦已將那輛軒車曳來，放下三級矮矮的踏腳梯。

百花夫人在家人相送之下，一隻腳已跨上矮梯，又回頭對藍秀道：「藍姑娘……日間所談的一切，千萬不能大意！」

藍秀盈盈一笑，連連點頭道：「夫人放心！」

車輪徐徐滾動，軒車沿著山徑，順著溪岸漸漸地看不見。

暗香谷的中谷。

黃昏的夕陽，紅了臉，斜倚在西山頂上。

天際，絢爛的彩雲把晴空點綴得好不熱鬧。

中谷谷主「雲霞妖姬」一張臉漲得比晚霞還要紅得多。

她語帶怒意道：「閣下是成名的老英雄，在江湖上提起『雪山皓叟』，可以說是響噹噹的人物，既然是奉命而來，怎能說不能做主呢？」

坐在她下首的「雪山皓叟」趙松，也是老臉通紅，苦苦一笑道：「谷主的話是不錯，老夫奉莊主之命，只是請谷主將少莊主交給老夫帶回！」

雲霞嬌姬微微一笑道：「可以呀！我答應將司馬駿交給你帶回呀！」

「可是……」

「雪山皓叟」趙松吱唔了一下，才道：「可是，谷主提到統一至尊教與貴谷之事……只怕……」

「只怕怎的？」雲霞妖姬咄咄逼人！

「雪山皓叟」趙松摸了摸山羊鬍子道：「只怕茲事體大，同時像這等大事，我真的做不得主！」

「又來了！」雲霞妖姬道：「你身為司馬山莊的副總管，又是統一教的八路通使，怎能推說做不得主！再說，司馬山莊與我暗香谷，本來是風馬牛不相及，我提出這個辦法，又有何妨？」

趙松急了，提高嗓門道：「本莊老莊主之所以要創立統一教，目的就是要把天下武林歸於一統，谷主你既說暗香谷與統一教分庭抗禮並列江湖，慢說老夫做不得主，本莊莊主也不會答應！」

「好！」雲霞妖姬把臉一沉，怒容滿面的道：「既然如此，騎驢看唱本！走著瞧！」

趙松雖沒發作，但冷笑一聲道：「谷主難道真的要與統一教翻臉？需知，當初老莊主與貴谷有默契在先，而且答應你們三位谷主為統一教的九大護法之中的前三名，地位崇高。」

「嘿嘿！」雲霞妖姬冷冷一笑道：「趙松！老實的告訴你，暗香谷一不靠統一教撐腰做後臺，二不怕任何人來挑了暗香谷，放著現成的基業不要，去當什麼護法，換了你！趙松，你幹嗎？」

趙松道：「可是，當初本莊主與你們曾經約定在先呀！」

「約定？」雲霞妖姬道：「怎樣約定的你知道嗎？」

「這個……」趙松怔了片刻！

雲霞妖姬接著道：「司馬長風與我們約定，只是互不侵犯，而今，他兒子先違反了約定，他又約定要本谷在不傷大雅之下支持他的計畫，為了他，本谷派人去暗香精舍，弄得損兵折將，又去天柱山斷魂崖保護雲霧仙茶，結果灰頭土臉勞民傷財，司馬山莊對暗香谷主如何？好！反而要他兒子帶了人找岔生事！」

趙松忙道：「這個，這個我早已說明，莊主的意思是要把紀無情送給貴谷的谷主……」

他把臉都掙紅了，說不出口，苦笑一笑道：「想不到少莊主他會……」

「不必解釋！」雲霞妖姬不耐的道：「你答應暗香谷歸暗香谷，統一教歸統一教，我立刻把司馬駿交給你，不然，請！」

她的粉臉一沉，毫不客氣的擺手送客！

趙松道：「我……我可否一見少莊主？」

雲霞妖姬道：「用不到了，統一教的八路通使，你可以回莊覆命了！」

趙松語帶威脅的道：「谷主，我回莊覆命是一件很容易的事，只怕……」

雲霞妖姬道：「只怕司馬長風會找上暗香谷？」

趙松冷笑道：「老莊主只有這位獨生子，是會親自出馬的！」

「笑話！」雲霞嬌姬聞言，不由怫然作色，一按坐椅的椅背，人也站了起來，沉聲道：「他來了又如何？司馬山莊唬得住別人，唬不住我！他的底細，更瞞不住我。趙松，照說兩國相爭不斬來使，不然的話，哼哼……」

「哦！」趙松也是成名的人物，當面受這等奚落內心痛苦可知。

他「哦」了聲，也站了起來，大聲道：「要留下我？還是要廢了我？」

雲霞妖姬毫不為意的道：「都辦得到，只是，我還不願把事情做得太絕而已！」

趙松道：「未必吧！」

「大膽！」

雲霞妖姬斷喝一聲，人已躍離坐位，欺近趙松。

趙松原已站了起來，此刻已跨步斜飄三尺，手按腰際刀柄。

雙方拔劍弩張，一場火併，勢所難免。

忽然——

一個前谷的執事弟子，匆匆忙忙的衝了進來，他眼看情形略為一愣，不敢說話。

雲霞妖姬盛怒之下喝道：「慌慌張張的跑來幹什麼？」

那執事弟子恭身哈腰道：「啟谷主，前谷出事了！」

雲霞妖姬愕然道：「出了什麼事？」

執事弟子十分緊張的道：「來了很多人，我們谷主她……」

一言未了！

「百毒天師」曾不同十分慌張的飄身落在大廳之上，他小眼一瞟趙松，厲聲喝道：「司馬山莊的人還沒走嗎？」雲霞妖姬見他神色有異，忙道：「你不在前谷……」

曾不同快上一步，走近雲霞妖姬，在她耳畔低語一陣。

雲霞妖姬臉色大變，失聲道：「有這等事？三妹的飛天娛蚣會……」

曾不同應道：「貧道親眼目睹，恐怕，他們就要到了中谷來了！」

他說著，轉身向趙松道：「都是你們這批人惹的禍，暗香谷本來是清靜之地，而今……」

趙松有些莫名其妙。

他深知暗香谷前谷出了岔子，甚至是被人挑了窯口，留香妖姬的「法寶」失靈。

但是，他也不願受曾不同的喝叱。

因此，冷冷一笑道：「曾不同，你是瘋了！對趙某無理你可知道後果？」
曾不同突然一揚破蒲扇，毫不示弱的道：「趙松，狗仗人勢，恃著司馬長風是嗎？」
他似乎是在前谷吃了癟受了氣，話音未落，冷不防探臂出招，破蒲扇夾著勁風直取中宮，認準趙松迎面大穴掃出。
趙松冷哼聲道：「雜毛老道，你太狂！」
揚刀……
「住手！」
雲霞妖姬翻袖一招「雲封霧合」。
唰——
曾不同與趙松兩人沒防到雲霞妖姬這一招，雙雙急忙後撤三步！
雲霞妖姬沉下臉來道：「強敵未至，窩裏先反！」
趙松乘機道：「谷主說得對，暗香谷不可能獨善其身，只有統一教才能統一武林！」
「呸！」
曾不同啐了聲道：「少往自己臉上貼金，司馬山莊也是早晚的事。老實的告訴你，來人明是來找暗香谷的碴，暗是毀了你們司馬山莊！」
「趙副總管？別來無恙否？」
語音清越，似遠實近。
常玉嵐的人已到了大廳之外。

颼！颼……

一陣衣袂破風之聲，接踵而至。

藍秀身後緊跟著的是桃花老人陶林。

常玉嵐左有神鷹全老大、右有劉天殘。

劉天殘手中一條七彩絨繩，絨繩另一端，捆著衣冠不整，花容憔悴的暗香谷三大谷之一，前谷谷主留香妖姬。

這些人如同飛將軍從天而降。

尤其是「留香妖姬」的狼狽樣子，使雲霞妖姬是既急又氣、既惱又羞。

她一騰身穿出大廳，在臺階上攔門而立，盯著被五花大綁的留香妖姬，一時說不出話來。

常玉嵐淡淡一笑道：「果然不出所料，暗香谷與司馬山莊沆瀣一氣，算我們沒有白來了！」

雲霞妖姬大喝道：「你是何人？」

常玉嵐氣定神閒的說：「金陵常玉嵐！」

趙松早已隨著雲霞妖姬到了廳外，此刻趨近半步，低聲道：「金陵世家老三！」

雲霞妖姬道：「金陵世家一不立門，二不結幫，與本谷井水不犯河水！為何……」

不等她的話說完！

常玉嵐道：「沒有別的意思，我們是來接紀無情與司馬駿的！」

雲霞妖姬不由回頭望著趙松。

趙松心知她誤以為是與司馬山莊有牽連，忙道：「谷主不要誤會，他們與本莊毫無關連。」

常玉嵐淡淡一笑，從容的道：「趙松說的對，我等與司馬山莊是兩碼事。紀無情是在下的知己之交，司馬駿與在下有幾分情誼，暗香谷與我並無過節。」

雲霞妖姬指著被捆的留香妖姬道：「這就是過節！沒有過節？你說的好聽！」

常玉嵐道：「人不犯我，我不犯人！貴谷前谷主是自取其辱！」

「放肆！」

雲霞妖姬不由怒火加熾，叱喝聲中道：「快放了三妹，其餘的另講另論！」

「可以！」常玉嵐依然是笑容滿面，揮手對劉天殘道：「劉二！把她放了！」

獨角蛟劉天殘一怔道：「把她放了？」

常玉嵐毫不考慮的道：「對！」

全老大趨前一步道：「少俠，我們可以拿她來交換紀無情同司馬駿！」

常玉嵐搖搖頭道：「用不到，咱們大方一點，既然來了，還怕帶不走人嗎？」

他又對劉天殘道：「放手！」

劉天殘應了聲：「是！」

一撒手抖抖抓在手中的七彩絨索，大聲道：「去吧！常少俠從鬼門關把你放了回來！」

留香妖姬羞得面紅耳赤，一縱身躍上臺階，倒在雲霞妖姬懷裏，叫了聲：「二姐！」

她放聲大哭，傷心至極。

雲霞妖姬用手搭在留香妖姬的肩上，安慰著道：「三妹，勝敗兵家常事！姐姐我替你出這口氣！」

留香妖姬淚如泉湧，揚起頭來，指著藍秀道：「就是她，她不知那兒來的邪門，不但我施出的放毒之法全然沒用，連飛天蜈蚣也毀在她手上！」

「哦！」

雲霞妖姬雙眼凝視著藍秀，一眨也不眨，冷冷的一步步走下臺階，口中冷冷的道：「好美的美人胚子，是不是金陵世家的千金小姐？」

藍秀一直沒開口，聞言淡淡一笑道：「你沒猜對！」

雲霞妖姬又道：「噢！那就是金陵世家的少奶奶了！」

藍秀的粉面生霞，又道：「你猜錯了。」

雲霞妖姬沉聲道：「你報上字號，究竟是什麼來頭？」

藍秀道：「我就是我，我的來頭如何，似乎與你沒有太大的關連，常少俠已經說過，快放出紀無情與司馬駿，我不為過甚，否則，前谷的榜樣，你自己斟酌點好啦！我的言盡於此！」

雲霞妖姬不由勃然大怒道：「假若不交人呢？」

藍秀道：「與前谷一樣，一條絨繩，帶你們到後谷，見見你們三谷的真章！」

「好！」雲霞妖姬一擰腰，對臺階上的侍女喝道：「兵器！」

一個侍女躍下臺階，雙手捧著一對耀目生輝的銀鉤，送到雲霞妖姬面前。

雲霞妖姬接過銀鉤，錚的一聲互碰一下，揚鉤指向藍秀道：「要見真章，本谷主奉陪！」

藍秀微笑道：「你？還用不到我！」

雲霞妖姬怒不可遏，振臂揚鉤，一衝向前，直取藍秀的面門。

「大膽！」

藍秀紋風不動。

她身後的陶林大喝一聲，順手從腰際解下他纏身的灰布腰帶，捽手向銀鉤纏去。

纏了個正著。

此一變化，大出雲霞妖姬的意料之外，冷冷一哼道：「原來是虛張聲勢，帶了保鏢！」

陶林一抖腰帶，硬將雲霞妖姬連人帶鉤拉斜一步。

銀鉤乃是屬於輕分量的兵器，無刃有鉤，加上陶林斜地裏出手，突然著力。

雲霞妖姬一個踉蹌，怒火中熾，振臂用力將銀鉤向懷內猛然一掙。

誰知，陶林著力斜帶之後，已將纏在銀鉤上的腰帶解脫。

一個撤手，一個用力，就在這等消長之下，雲霞妖姬的力道落空，幾乎仰面向後跌倒。

她氣得花容變色，勉強立樁站穩，不拚命搶上前去與藍秀或陶林一搏，反而立即回身一躍上了臺階，大聲對身旁西側的侍女道：「傳出黑旗！」

「是！」

八個侍女聞言，齊齊一應，突然都轉身回到房內。

「百毒天師」曾不同臉上也露出一臉驚惶之色，失聲道：「黑旗？二谷主，我……我可沒有解藥！」

雲霞妖姬沒好氣的道：「放心！你死不了，你不是鼎鼎大名的百毒天師嗎？」

曾不同忙道：「這……貧道雖不能解天下百毒，但最少能解百毒的九十九毒，就是你谷主的這個集百毒而成的一百零一毒，我解不了！」

「拿去！」雲霞妖姬口說著，順手丟給曾不同一個小小的布袋形口罩。

曾不同如獲至寶，大聲對常玉嵐一行道：「姓常的！這可不是前谷的小玩意，黑旗百毒令！有你們受的，叫你們吃不完，兜著走！」

這時——

大廳的一根旗杆已緩緩的升起一面三角黑旗。

適才進屋內的八個侍女，不知為何，每人左手一面三角黑色小旗，右手一盞黃色的燈籠。

每人臉上都著一個口罩，把鼻孔嘴巴罩住。

曾不同也忙著將口罩戴了起來。

雲霞妖姬雲咬牙道：「本谷主的真章又要來了，哼哼！這叫天堂有路你不走，地獄無門自闖來！」口中說著，將兩柄銀鉤並在一手，另一手在背後拉出一面黑色三角旗來。

她拉出的雖也同樣三角黑色小旗，旗上卻照七星的排列，繡著七枚金星。

八個侍女的小黑旗，卻只有一枚金星。

常玉嵐一見，心知雲霞妖姬要動用拿手的劇毒，低聲對身邊的藍秀道：「這是如何化解？」

藍秀正在皺眉沉思，臉上有少見的焦急之色，低聲道：「夫人交給我的那本萬毒歸宗秘冊，我已記得滾瓜爛熟，好像並沒有什麼『黑旗百毒令』！」

常玉嵐聞言大吃一驚道：「那，豈不糟了！」

藍秀氣定神閒的道：「兵來將擋，水來土掩，有什麼糟不糟？」

常玉嵐又道：「毒之一物，不像功夫，你！你可要小心！噫！來了，來了！」

他指著大廳的上面。

大廳屋簷一帶，每一個瓦楞接縫之處，彷彿都有一排細小的竹管。此刻，所有竹管，都在噴出淡淡的黑煙，一絲絲一縷縷，像煙、像霧、像雲。

初時——

那縷縷灰黑煙霧，被風拂得一條條浮動在上空，就像鄉下老兒吸的旱煙和噴出的一樣。

漸漸的——

煙多了，已分不出一縷一絲，而是一團團，一批批在風中擴散著。

煙，越來越濃，也越來越黑！

辣、辛、酸、臭，使人呼吸困難，眼，止不住淚流，鼻，止不住刺痛，口，止不住辛辣，頭腦發暈、發脹、發昏。

常玉嵐忙招呼眾人道：「摒息呼吸！退！」

雲霞妖姬沒有戴口罩，只是用一個小小的銅管，銜在嘴角。

她將小銅管塞入一邊的鼻孔中，冷笑聲道：「退！退得了嗎？回頭看看！」

藍秀等人直覺的回頭看去。

黑茫茫的一片，不但門牆頂端的瓦楞中與大廳屋簷一樣有無數小管噴出黑煙，連迎門的牆壁也不例外，而且比大廳屋簷噴的還凶。

惡臭，令人作嘔！

頭昏，使人搖搖欲倒！

胃翻，使人重心頓失！

煙霧濃得像一團漆。

只聽雲霞妖姬尖銳的笑聲，笑著：「倒也！倒也！捆好了！一個個的捆！」

火把的煙嫋嫋上升，火苗閃爍不停。

一條火龍，沿著荒涼寂寞的小路緩緩移動。

繞過小路，景色忽然一變。

奇花異草，遍佈山野，野石蒼苔，美景如畫。

一行火把立刻停了了來，分成兩列排在路的兩側。

路，是天然石板一級級的排上去的。

幽蘭、雛菊、美人蕉、七彩雞冠、金銀合花、丹桂、芙蓉、百合，雜生在石級的海一個空隙之處，全都吐著鮮鮮的花蕊。

真的，不知這些不應該同時開放的花，怎會都能同時吐露芬芳，實在可稱為洞天福地的奇景。

但是——

眼前的情形並不能與這洞天福地配合。

雲霞妖姬悶聲不響一步步走向石級。

接著是每個女侍左右扶持著尚是昏昏沉沉的戰俘。

第一個是常玉嵐，依次是藍秀、全老大、劉天殘、最後是陶林。

押陣的是百毒天師曾不同，還有個統一教的八路通使趙松。

留香妖姬垂頭喪氣的跟在後頭。

怕有一二百級石階。

石級盡頭，綠篁千竿，翠碧掩映之下，一排玲瓏精緻的竹屋。

竹屋除了釣林之外，沒有任何木材或鐵架，真的名符其實的竹屋，一片寂靜，只有山鳥偶而低鳴。

雲霞妖姬輕輕的邁步走近竹屋的竹簾之前，探手取下掛在竹柱上的尺長細竹根，對虛懸在簷前的茅竹柳上敲了三下。

篤！篤！篤！

梆聲清脆，與千竿幽篁的簌簌竹葉之聲配合，恰似一曲樂章的和聲。

竹簾緩緩捲起，現出一排五間的敞廳，廳內一切用具，莫不是竹材製成，連茶具也不例外。

四個侍女緩緩由兩側廂房內走出，如同深宮的宮女裝扮，施施然走向敞廳之前，對雲霞妖姬款款施禮，四人一致的低聲道：「參見二谷主！」

雲霞妖姬道：「大姐起身也未？」

四個宮裝少女又齊聲道：「立刻出廳！」

話音未落，一個身材窈窕，通身杏黃古裝，面罩銀色面紗的婦人蓮步輕盈走了出來！

雲霞妖姬搶前一步，襝衽為禮，恭聲道：「小妹參見大姐！」

那婦人微微頷首，自己走上大廳正中的湘妃竹椅上坐下，低聲道：「中谷施放黑旗令，莫非有了強大敵人來襲？前谷是怎樣進來的？」

這時，留香妖姬已進了廳內，垂首道：「小妹無能，先失前谷，請大姐依奉谷律令處治！」

那婦人搖頭道：「你已盡力，前谷發生之事，已由逃來的女侍稟明！中谷……」

雲霞妖姬忙接著道：「幸不辱命，小妹未先稟明就放出黑旗令，實在是情勢所逼！」

那戴著面紗的婦人道：「見機行事，你並沒錯，結果如何？」

雲霞妖姬道：「金陵世家的常玉嵐為首，一共男女五人，均已捆來，請大姐發落！」

「哦！」

那婦人有些意外的道：「想不到武林四大公子被我們逮到了三個，我倒要瞧瞧這四大公子的常玉嵐是什麼一個長像，他們人呢？」

雲霞妖姬與留香妖姬不約而同的道：「現在翠篁小竹外面！」

罩著面紗的婦人一語不發，離座而起，奔向敞廳之外，雲霞妖姬、留香妖姬緊隨在後。

那婦人放眼向被兩個侍女攙扶著的第一人道：「這想必是四大公子之一的常玉嵐了，看樣子比司馬駿紀無情強得多嘛！」

說完，她只凝視著閉目昏沉的藍秀，不由道：「天下會有這等美女？她……」

她沉吟了一下，又喃喃的道：「似曾相似，她的眉宇之間，好熟！是她……」

雲霞妖姬近前低聲道：「名叫藍秀，武林新人，雖沒聽說過，可是三妹在前谷就是栽在她的手裏！」

「噢！」那蒙著面紗的婦人漫聲應著。

忽然——
她的眼神陡的停了下來，停在「桃花老人」陶林的臉上，一雙精光碌碌神光懾人的眼睛，放出異樣的光芒。
本已跨上臺階的腳步，也跟著退了回來，一步步走向陶林，眼睛眨也不眨。
她到了陶林的身前停了下來。
像泥塑木雕的一尊石像，紋風不動，仔細端詳。
許久——
她回頭對雲霞妖姬道：「留下五份解藥，你同三妹各自回谷。」
接著又對曾不同道：「道長！你也回到前谷去吧！說不定暗香谷要封谷謝客了！」
說完，並不等雲霞妖姬回答，接過解藥，向常玉嵐等五人鼻孔中塞去。
雲霞妖姬等似乎對大姐的話唯命是從，連理由也不敢多問，帶著手下逕自去了。
一連串的噴嚏之聲。
常玉嵐、藍秀、全老大、劉天殘、陶林如場大夢初醒，被捆的繩索已解，他們互望了一眼，活動一下被綁的手臂，這才打量四周。
那蒙面的婦人盈盈一笑道：「被捆綁的滋味不好受吧？」
常玉嵐不由怒道：「仗著邪門歪道，算什麼名門正派？」
那婦人道：「我並沒說我是名門正派呀！」
常玉嵐道：「士可殺而不辱！你打算怎麼樣？」

那婦人道：「我既沒殺，也沒辱。」

常玉嵐道：「為何不殺？」

那婦人指著陶林道：「因為你們是跟著他來的！」

陶林聞言叫道：「此話怎講？」

不料——

那婦人道：「因為你與我關係不比尋常！」

此言一出，陶林急道：「笑話，你胡言亂語些什麼？素不謀面，說什麼關係不同！」

常玉嵐也道：「你是……？」

「我？」

那婦人冷然的道：「現在是暗香谷的大谷主絕代妖姬！」

陶林聞言，冷哼一聲道：「呸！絕代妖姬！我陶某與你有何關係？」

誰知絕代妖姬卻道：「你不認識絕代妖姬，我相信，可是，你該認識一個名叫『絕代』的女人吧？」

陶林的臉色大變，不由叫了起來：「絕代？你是說絕代？她……她……唉！」

說到這裏，陶林忽然深深的歎息了一聲，自言自語的道：「假若絕代還活著的話，也一定是雞皮禿髮的老太婆！」

絕代妖姬十分冷靜的道：「假若絕代老了，陶林！你還會喜歡她嗎？」

「會的！」

陶林大聲的叫起來。

平時沉默寡言的陶林，臉上泛著令人驚異的神情，雙目中不知是淒蒼還是興奮，那是他從來沒有的樣子。

可是，這只是一剎那的事。

轉瞬之際，陶林的雙目神光頓減，而且是濕潤潤的，淚水，在他眼眶裏打轉。他像一隻受了傷的野獸，雙腳交換著在用力的又蹬又踏，兩手抓著頭上的亂髮，發了瘋的喃喃的道：「錦衣衛來的時候，我不得不走，因為，夫人把她的妹妹交給了我，要我保護她逃走。我……我打心眼裡要到後院去叫絕代，我也做了，背著夫人的妹妹，冒著被錦衣衛殺我的危險！但是，沒找到她，我還大叫幾聲：絕代！絕代！絕代……」

陶林聲嘶力竭的叫著，真的叫個不停。

藍秀一見，不由大感奇怪。

常玉嵐也低聲問藍秀道：「秀姑娘！陶林是中了妖姬的邪了？還是他有癲癇症？」

藍秀連連搖頭道：「怎麼會呢？」

說著，走近陶林嬌聲低叱道：「陶林！你失態！」

陶林喉嚨已經叫啞了，他淚流滿面，嗚咽著道：「秀姑娘，我沒瘋！」

藍秀道：「既然沒瘋，怎的滿口胡言亂語？」

陶林瞪大一雙眼道：「夫人的二妹，就是桃花仙子，我們桃花林派的夫人，你的師傅……」

藍秀哦了聲道：「哦！我明白了，大司馬抄家滅門，你奉命背著她出來！」

陶林的淚水忍不住，口中卻道：「她是一主，我是一僕，那是應該的。」
藍秀不明白的道：「我師傅功力應該可以自己逃出來！為何……」
陶林搶著道：「主人的功夫到桃花林之後，才按著夫人交給她的一本秘笈練成的呀！」
藍秀連連頷首道：「那麼說，絕代又是什麼人？」
「絕代！」陶林一聽絕代二字，神情不由大變！破著喉嚨叫道：「絕代，絕代，絕代你曾答應過我，非我不嫁，我也答應你非你不娶。為什麼！為什……」
陶林泣不成聲，放聲大哭！
另一個哭聲比陶林還要淒涼，如深山猿啼，午夜梟嗥，在場之人莫不一愣。
絕代妖姬忽然快步向前，雙手張開，抱住陶林，口中又哭又叫道：「陶林！」
這太意外了。
本來哭成淚人的陶林，反而停下哭泣，愕然的發起楞來，瞪大眼睛道：「你！你瘋了？」
絕代妖姬也忍住哭嚎，用手一扯面紗，口中大嚷道：「陶林，你看我是誰？」
陶林如同晴天打個炸雷，大聲喊道：「絕代？」
絕代「哇！」的一聲，淚如泉湧，伏在陶林的肩頭，幾乎要昏了過去。
揭去面紗的「絕代」，原來已皺紋滿面、頭髮灰白，與她那身鮮豔的衣服，完全無法相配！
常玉嵐莫名其妙，張口結舌。
藍秀走上前去，對陶林道：「陶林，她就是你在大司馬府中充當都統時有山盟海誓的情侶？」
陶林抹乾眼淚道：「一點也不錯！」

絕代盯著陶林道：「陶林！這是真的？還是我在做夢？」

藍秀道：「朗朗乾坤，哪會是夢？」

陶林道：「真的，我做夢也沒想到有重逢的一天，你……」

絕代道：「說來話長，到屋內……」

陶林忙道：「沒有時間了，快把紀無情與司馬駿放出來，他們是常少俠的好友，絕代，再告訴你更意外的消息，大司馬的夫人和我們也碰頭了！」

絕代欣然的道：「夫人她現在……」

「現在開封府等我們！」陶林搶著說：「把紀無情與司馬駿請出來！我們要立刻趕路！」

不料——

絕代的一張老臉漲成豬肝一般，半晌說不出話來！

常玉嵐一見，心知不妙，不由朗聲道：「你們被你害了？」

絕代搖搖頭，囁嚅的道：「沒有！只是……只……」

陶林焦急的道：「到底怎麼啦！你可是說呀！」

絕代低下頭來道：「紀無情沒什麼，我是……我是氣不過司馬長風，所以……所以把司馬駿的……的……的眼睛廢了！」

眾人不由面面相覷。

常玉嵐深深歎了口氣道：「冤孽！一位瀟灑英雄的少年高手，卻……唉！」

山風掠過暗香谷的林梢，彷彿也在歎息！

大雪初晴，旭日初升。

冬天的塞外朔風，掀起積雪浮面的一團團白絮般雪花，旋舞不已。

司馬山莊似一座水晶宮的銀妝宮闕，靜靜的，躺在平疇千里的大地上。

在玉琢粉堆的積雪映照裡，足足有百來個丐幫子弟，使用各式的銑、鏟，木耙、竹帚、蘿筐，一個個悶聲不響的清除積雪，把司馬山莊前一大片百十丈周圍，鏟得一點積雪也沒留，除了少數化成了雪水，有些濕漉漉的而外，儼然像一座校場。

鏟除的積雪，圍著這大片平地，堆得像一座小小的城牆，卻也別有一番異趣。

眼看日上三竿。

丐幫的子弟，在幾個長老招呼之下，成群結隊的，繞過司馬山莊的迎賓館徑自去了。

近午時分。

一頂八人官紗大轎，在十六個護衛分為前後拱擁之下，從官塘大道向司馬山莊邁進。

八個轎夫好像是趕了一夜遠路，臉上都有疲倦之色，雖是數九寒天，每人口中噴出白氣，頰上也有汗漬。

司馬山莊的牌樓，仍然巍峨的矗立。

大轎到了牌樓之前，轎內傳出聲：「停！」

八個轎夫忙不迭停了下來。

轎簾掀起。

伸出轎來的是一頂紗帽、赤面、長髯、紅蟒、皂靴，跨出轎來。

黃影閃時，費天行從迎賓館飄身而出，左手伸腰，右手一枝青竹杖，一個箭步，快如驚鴻，人已依著牌樓而立，雙目凝視不語。

赤面人雙眼一掃整理得十分寬闊的廣場，像是十分滿意，但對於攔路而立的費天行的神情，似乎十分不解。

他跨前一步，似笑非笑的道：「天行！怎麼這麼快就把雪給掃乾淨了？」

不料——

費天行冷冷的道：「閣下何人？到司馬山莊何事？未說明之前，尚請止步！」

此言一出，不但赤面人大感不惑，雙目連眨，不能自已的退後半步。

連十六個勁裝護衛八個轎夫也不約而同的「噫！」了一聲。

赤面人沉聲道：「天行！你今兒個是怎麼啦？」

費天行手中青竹棒一橫道：「住口！本幫主的名諱，豈是你任意叫的嗎？」

赤面人有些怒意，大喝道：「你瘋了！」

費天行道：「不是我瘋，乃是你狂！」

赤面人大聲道：「費天行！對莊主是這等冒失嗎？」

「莊主？」費天行冷冷一笑道：「什麼？莊主？你是什麼莊的莊主？」

赤面人怒沖沖的叫道：「司馬山莊的莊主！」

「哈哈……」

費天行仰天狂笑一陣道：「本莊的莊主？簡直是天大的謊言，來人呀！請出本莊的莊主來！」

八個丐幫子弟，從迎賓館內抬著一具銅棺快步而出，將棺材放在牌樓的正中。

費天行命令的道：「掀去棺蓋！」

丐幫子弟依言揭去棺蓋。

費天行道：「喏！本莊莊主就在裡面，他已死多日，一劍擎天司馬長風，誰不認識，你是哪一門子的莊主？」

赤面人氣得暴跳如雷，大聲吼道：「費天行！你吃了豹膽，竟敢……」

費天行冷冷一笑道：「丐幫一向就事論事。」

誰知，赤面人大聲搶著道：「氣死老夫了，那棺材裡乃是蠟塑的假像，不過是瞞人耳目，你難道不知嗎？費天行！你……」

「哈哈……」

迎賓館裡忽然一陣轟雷似的笑聲，聲動四野，彷彿千軍萬馬。

潮水般湧出百十人來。

少林掌門明心大師手執撣杖，跨步當先，身後除了八大門派的人之外，還有黑白兩道的知名人物。

赤面人不由一怔。

然而，他雙目之中凶焰反而暴漲，並不被這等陣勢嚇住，反而仰天一笑道：「嘿嘿！原來你有了靠山，費天行，老夫先打發你這個叛賊！」

費天行也大聲道：「強盜喊捉賊！你也配叫我叛賊！」

赤面人悶哼一聲，跨步搶前，雙掌一挫，擊向迎面而立的費天行，凌厲至極，快同奔雷。

費天行並不接招，只把手中打狗棒一掄，口中大喝聲：「慢著！」

赤面人硬將雙掌中途剎住，冷兮兮的道：「怎麼！諒你也不敢接老夫一掌，後悔了嗎？」

費天行道：「笑話！不過，當著中原各門各派的前輩同道，先把話說明白，少不了見個真章！」

「好！」赤面人拍了一下雙手，不屑的道：「說明白嗎，最好！誰不知道你是老夫花三十萬兩白花花的銀子買來的？誰不知道你是老夫分派的司馬山莊總管，以下犯上，你還要說明白！哈哈！費天行，你是自作孽不可活，話已說明，你拿命來！」

他口中的話音未落，又已作勢欲發。

費天行大聲道：「說的好，我來問你，丐幫賣我費天行是為什麼？難道丐幫真的缺少三十萬兩銀子？」

赤面人不由愕然道：「為什麼？」

費天行用手中棒指著赤面人道：「要叫人不知，除非己莫為，司馬長風，你好狠毒，為了要收買我費天行，竟然派手下將我老娘擄去，關在雨花台的地牢之內，你這人面獸心的老狐狸！」

赤面人略微一怔道：「一派胡言！」

「想賴？」費天行不屑的道：「虧你說得出口，還有你命司馬駿乘人之危，刺死本幫老幫主九變駝龍常傑，該不是我一派胡言吧！」

赤面人道：「你越說越離譜了！」

「沒有離譜！」人群裡，探花沙無赦越眾而出，朗聲道：「是沙某我親眼目睹，洛陽龍王廟丐幫大會那天的事！」

赤而人勃然大怒道；「你算什麼東西！化外野人，我中原武林那有你說話的份兒！」

沙無赦揚聲一笑道：「天下人管天下事，我，不過是為這件陰狠毒計做一個證人而已！」

費天行道：「對！天下的武林人，管天下武林的事，你打算統管天下武林，卻又用狠毒的手段。要不要我把你心狠手辣的事一一抖出來？」

赤面人尚未答言。

八大門派的人一齊叫道：「說出來，都欠誰的，要他血債血還！」

費天行道：「聽到沒有，以牙還牙，血債血還！你偽造崑崙三角令旗，殺了南陽紀家二十四口！冒用斷腸劍法劈了雪山神尼了緣師太，同一時間，廢了武當掌門鐵拂道長左臂！」

武當白羽道長搶著道：「殺上武當山，鐵拂師叔的命今天要你還！」

白羽道長一出面，其餘各門各派的人都一齊大嚷起來，群情憤慨。

其中，青城派現任掌門「閃電子」魚躍門，在人堆裡一躍而前，口中暴吼道：「還我爺爺的命來！」

他乃是「玉面專諸」魚長樂的嫡孫，十三招雲龍手，家學淵博，下過十餘年苦功，盛怒出手，心存復仇，端的辛辣至極，捨命出招，直取赤面人的面門。

赤面人冷冷一哼道：「找死！」

未見他作勢，端等魚躍門的雙掌推到，突的一揚右臂，快得肉眼難分，已抓住了魚躍門的左腕，輕輕內帶，突然向上一揮。

呼——

魚躍門，像是斷了線的風箏，平地被他拋起七丈高下，十餘丈遠近。

幸而，在場人多，分不出是誰，十餘條身影不約而同撲出，險險的將魚躍門凌空抓住，否則，恐怕會跌實地面非死必傷。

赤面人這一招「大力風雷摔」，把青城派的掌門像拋繡球般輕易拋出，在場之人莫不瞠目咋舌。

明心大師對身側鐵冠道長低聲道：「這是血魔當年的大力風雷摔，中原武林可找不出第二人！」

鐵拂道長也皺眉道：「這凶神練會了這一招，今天的血腥，豈不又走了當年的覆轍，恐怕許多人難逃浩劫！」

四十　劍氣桃花

赤面人一招得手，狂笑連連，陰森森的道：「你們自己送上司馬山莊，免得老夫奔波勞累，省了不少麻煩，還有誰？誰來試試老夫手上滋味如何？」

崑崙掌門西門懷德搶上前一步道：「本掌門要問你一句話……」

赤面人大喝一聲道：「住口！費天行所說的都是真的，誰出面，就是老夫試招的靶子，不要空口說白話！」

他口中說著，一探手，腳下連環上步，認定西門懷德的肩頭抓去。

明顯的，他要故技重施，用他的「大力風雷摔」。

呼——

一陣轟雷的勁風之聲，斜刺裡推出，硬把赤面人逼得撤招後退。

鐵傘紅孩兒，辣手判官鄭當時的鐵傘一掄，沉聲道：「先講理後動手不遲！」

「鄭當時！」赤面人咬牙切齒的道：「你算什麼東西！」

鄭當時也冷冷的道：「咱們是半斤八兩，你是侍衛，我是中軍，大哥不要笑二哥！」

此話，似乎刺到了赤面人的瘡疤，他怒吼如雷：「噢——」

吼聲未落，人已暴射而起，如同一隻龐大的梟鷹，雙手十指戟張，撲向鄭當時。

「雷梟抓！」

在場之人一齊吼叫起來。

鄭當時的老臉蒼白，急忙掌開鐵傘，向上擋去。

鐵傘紅孩兒的鐵傘既是正面寬大沉重的外門兵器，也是他成名多年的功夫，在武林之中，就憑這枝鐵傘，揚威有年。

不料——

赤面人毫不為意，下撲之勢絲毫不變，左手認定傘中鐵軸抓去，口中大吼了聲：「鬆手！」

如響斯應，鄭當時的虎口裂開，鐵傘撒手。

赤面人右手同時抓出，硬向鄭當時天靈蓋抓去。

鄭當時鐵傘被抓，魂飛魄散，略略一怔，欲待閃身那來得及。

「啊——」

慘叫聲中，血光四射，白色的腦漿，紅色的血塊，暴散開來。

「咕咚！」鄭當時的屍體倒在當地，一顆頭，竟只剩下一半。

這不過是一眨眼的事。

在場之人莫不大吃一驚。

赤面人一舉得手，抖了抖手上的血漿，將左手的鐵傘重重的向地上一丟，大聲道：「還有誰不服的嗎？」

「有！」費天行掄起手中打狗棒，朗聲道：「殺死幫主，囚禁老母，這筆賬死也要算！」

這時，少林的掌門明心大師也將手中禪杖一揚道：「為武林除害，老衲也不惜一拚！」

這兩人一出面，其餘二百餘人也都譁然起來，七舌八嘴，嚷成一團。

赤面人道：「不見棺材不掉淚，好！拿兵器來！」

他身後的「血鷹」送上了如笏似劍的怪兵刃。

接過兵刃，他咬牙有聲，一步步緩緩前欺。

費天行一馬當先，揚起竹棒連點帶刺，棒花點點，如風似雪，片出點點寒芒。

少林明心大師的禪杖，也夾著勁風，舞成杖影如山。

鐵冠道長的劍花，舞成桌面大小。

三人分為三路，全向赤面人襲去。

好狂的赤面人，完全沒把三位高手放在眼內，硬衝直闖，一味捨命打法，反而把費天行等三人逼出圈子之外，煞是凶悍無比。

三個高手被逼散開，他們身後的眾人，反成了第一線，硬碰硬的閃躲不開。

但聽，慘叫連聲，血箭如雨。

轉眼之際，已有數十人死於赤面人手中，倒在血泊之中，最慘的是手腳被削，死而未死，掙扎的號叫之聲，聽來令人心驚膽寒。

赤面人越加凶狠，笏劈掌抓，專找那些嚇呆了的人下手。

眾人一見，發聲喊，連連後退，捨命搶著逃去。

費天行一見，不由大怒，招呼眾人道：「不要被嚇唬住了！」

然而，這等情況之下，誰會聽他的喝止。

眾人狂奔。

赤面人窮追。

一路上三三兩兩，又被他殺了十人之多。

眼看從迎賓閣已追到司馬山莊的儀門。

忽地──

儀門大開。

百花夫人首先步出台階，身右是常老夫人、藍秀、南蕙，身左是常玉嵐、常玉峰、陶林、身後是劉天殘、全老大，隨後，一列十六個宮妝女侍，一色淡綠，個個明艷如花，越襯得百花夫人的高貴，藍秀的天生麗質，南蕙的清純淡雅。

眾人順著迎賓館通到山莊的箭道且戰且逃，正在走投無路，一見百花夫人等人，不由向兩側散了開來。

赤面人已遠遠瞧見山莊儀門內走出的一群人，也不由一呆，腳下停步凝神喝道：「你們……」

百花夫人不等他叫下去，嬌聲喝道：「司馬長風，蒙頭蓋臉算是人是鬼？揭下你有形的假面具，等一下我再揭去你無形的假面具！」

赤面人不怒不吼，反而仰天大笑道：「天堂有路你不走，地獄無門自闖來，我正要找你。好！就讓你瞧瞧老夫我的這張英俊面孔！」

他說著，伸手向後頸用力向上一拉。

一張血紅的面罩，已與他脫離關係，露出了鐵青盛怒的凶惡面孔。

常玉嵐冷冷一笑道：「兩面人，你以為可以一手掩蓋天下人耳目嗎？你死訊傳出的第二天，我已在棺材中發現了你的陰謀！」

司馬長風厲聲道：「一切的話都是多餘的，今天咱們見見真章，不是你們死，就是我司馬山莊莊主亡！」

「呸！」百花夫人哼了聲道：「無恥！你是莊主？你是司馬山莊的奴才！」

司馬長風臉色一沉，大吼道：「奴才，奴才比賊人強！你呢？」

百花夫人道：「我怎麼樣？」

司馬長風道：「你真的要我說出來？」

百花夫人道：「我手臂上走得馬，脊梁上行得車，沒有什麼見不得人的地方。」

司馬長風揚聲而笑道：「好！哈哈……」

百花夫人道：「笑什麼？說呀！」

司馬長風略略一頓道：「你！你私通內院護衛藍天倚！」

此言一出，百花夫人氣得臉色鐵青。

另一邊，藍秀睜大了一雙眼，平日水清神采飛揚的神色，變成了呆滯無神，盯著百花夫人，欲哭無淚。

百花夫人銀牙咬得咯咯作響，氣得通身發抖，強撐著道：「畜生！你血口噴人，無中生有，居然敢敗壞我的清譽，侮辱我的名節！」

司馬長風得意的笑道：「假若我說的是假話，為何把親生女兒交給藍天倚？這是此地無銀三百兩。」

百花夫人搖搖頭道：「司馬長風，你不過是大司馬府中一個三等侍衛，我後悔當初放你一條生路，我好恨！我恨……」

她已泣不成聲。

司馬長風更為得意的道：「沒有理由哭也不行，你還有何話講？」

「我有話講！」

莊門內「絕代」分眾而出，插腰在百花夫人身側一站，恭聲道：「婢子可以放肆說幾句話嗎？」

百花夫人一見「絕代」，不由更加悲淒，泣不成聲，但卻點了點頭。

絕代回頭又指著司馬長風道：「司馬長風，你嚼舌根也得有個譜！姑奶奶我親眼見到夫人饒了你一條命，想不到你反咬一口！」

司馬長風大怒道：「你是何人？」

絕代冷笑道：「我？嘿嘿！我就是你二十年前偷進夫人的廂房，偷盜『血魔秘笈』時把我捆起來的絕代姑娘，記不得嗎？」

司馬長風不能自已的後退半步。

絕代又接著道：「你綁了我，盜那部『血魔秘笈』，正要逃去，不料被夫人進來，將你點了僵穴，那時就該把你交給大司馬立斬帳前，只因夫人念你年輕又為了追求武功進境，被你花言巧語所動，不究你的死罪，叫我放了你，送你出後堂，想不到……」

這時，百花夫人已稍息怒火，低聲接著道：「想不到你貪得秘笈，居心叵測，竟然揑詞向朝廷舉發，誣報大司馬有謀反之心，又趁大司馬進京之際，栽贓坐死了大司馬的罪名，你……」

陶林這時跨了一步，朗聲道：「大內錦衣衛抄家之時，我保夫人胞妹逃去，夫人才將大小姐，也是夫人的獨生女兒，交給藍天倚夫妻帶著逃命。我去後院尋找絕代之時，親眼見你領著京城來的錦衣衛四下搜索……」

這時，藍秀已淚如泉湧，側身抱住百花夫人，哇的一聲叫道：「娘！」

百花夫人含淚而笑道：「秀兒！」

常老夫人忙勸道：「夫人小姐！此刻不是傷心之時，珍重貴體，擒下這忘恩負義的狂人！」

司馬長風被他們你一言我一語，說得訥訥無言，大吼之中，作勢立樁道：「少耍嘴皮子，有種的儘管來！」

「慢著！」絕代輕描淡寫的道：「還有人要見見你，你願意一見嗎？」

司馬長風不解的道：「誰？」

絕代雙手拍了三聲。

留香妖姬與雲霞妖姬，二人攙扶著雙目失明的司馬駿出了儀門，停在台階之上。

司馬駿一臉的憔悴，滿面無奈，低沉沉的道：「爹！孩兒不孝……」

他淒愴的說不下去，忽然雙臂一振，推開了扶著他的兩個妖姬，大叫道：「唯有一死，以報養育之恩！」口中叫著，揚掌向自己天靈蓋上拍下。
「少莊主！」常玉嵐一探臂，在千鈞一發之際，硬將司馬駿的手抓住。
百花夫人喟嘆的道：「司馬長風，善有善報，惡有惡報，你的眼前報就是你回頭的時候！」
司馬長風惱怒至極，瘋狂的暴跳如雷，忽然，從袖內取出一個細細的銅管，但見他用手輕輕迎風一甩。
「錚！」彈簧輕脆的一響。
咻——
一溜藍晶晶的箭般的飛矢，破空而起，到了十來丈高，「吧噠！」一聲，炸了開來，在半空形成一個藍森森的火球，久久不熄。
司馬長風冷森森的一咧嘴道：「恃仗人多嗎？老夫也有幾個敢死之士，大家比拚一下！」
話沒落音，人影暴起。
高大的皂袍老人「賽鐘馗」搖著右臂的鋼鉤，快逾追風的落實地面，接著是「九天飛狐」的遺孀「瞎眼王母」柳搖風、「八荒琴魔」花初紅、「黑心如來」夏南山、還有個十分年輕的瘦削少年，最後是「活濟公」賈大業。
這些人的身手矯健，不分先後的落在場子之中。
還沒等眾人落定。
武當門的鐵冠道長與掌門白羽，忽然大聲叫道：「可依！黃可依！」
敢情那位瘦削少年，乃是武當俗家弟子三湘黃可依。

他聞聽略微一愣，立刻垂劍跑到白羽道長之前，朗聲道：「掌門師兄，各大門派為何要結合來消滅司馬山莊呢？」

白羽道長說：「這話從何說起？」

黃可依道：「我被百花門擄走，司馬莊主救了我，與我約定以藍色焰火為號，替他出一次力，來抵消他搭救之恩。」

鐵冠道長忙道：「此事說來話長，可依，你是受了司馬長風的騙了！」

這時，關東二老之一的「賽鐘馗」揚起手中鋼鉤，對司馬長風道：「莊主，老夫總算等到約定的一天了。」

司馬長風冷笑道：「前輩，你幫我退了這般黑道凶徒，我立刻照約定為理，決不食言。」

「真的？」賽鐘馗說著，大步上前，戟指著百花夫人道：「對不起，我們雖然無怨無恨，但是，我與司馬長風有約在先，少不得要得罪了！」

百花夫人盈盈一笑道：「能說出是什麼約定嗎？」

賽鐘馗爽朗的道：「找我的朋友。」

百花夫人道：「是不是賽無尷與賽關羽？」

「對！」賽鐘馗點頭道，「關東三老誰人不知，那個不曉！」

百花夫人笑道：「只怕司馬長風找不到，我已經找到了。」

「哦！」賽鐘馗十分驚異的道：「真的？人在何處？」

百花夫人指著儀門一側那排矮冬青後道：「喏！就在那輛暖車之內！」

矮冬青後面，露出了一輛暖車，這時，簾幕掀起，一位雞皮白髮的老婆子，奇醜無比，而且奄奄一息，分明離死不遠，隨後是一個瘦長紅臉美髯大漢，但也佝僂著衰弱不堪。

百花夫人道：「你可以問他們兩個，我是在司馬山莊的地牢底層救了他們。」

賽鐘馗連忙跑了過去，左手鉤住賽關羽，右手拉住賽無尷，不由老淚縱橫。

他牽著兩個人，緩緩的走到場子之中，搖頭嘆息道：「救人要緊，老夫在關東隱居數十年，真的不再涉及武林恩怨，算了，再會有期！」

說完，他一邊一個把二人挾在脅下，雙腿著力一彈，人已去遠數丈，三兩個起落，不見影蹤。

百花夫人喟然一嘆道：「關東三老真的拋卻名利，不計恩怨，實在難得。」

這時，「活濟公」賈大業已跑到陶林的身邊，翻著小眼四下張望，一臉的尷尬苦笑。

百花夫人微微一笑道：「司馬長風，你忘了這莊院是大司馬建造，而秘室的地道圖是存放在我手裡，你不過是靠多年來的摸索才能走通一大半而已，運用一小半而已。」

司馬長風長嘯一聲道：「我今天就要將你們這一班狐群狗黨埋在地道之中。」

他惡狠狠的樣子，猙獰可怕，揮動手中的「笏」，搶攻上前，花初紅、柳搖風、夏南山三人一見，也各掄兵刃，連袂而上。

百花夫人道：「執迷不悟，自尋死路！」

藍秀一見百花夫人準備出手，忙道：「娘！看看女兒的功夫差到哪裡。」

她說著，一施眼神又對常玉嵐道：「發什麼愣！等待何時？」

常玉嵐咧嘴一笑道：「等你的桃花會呀！」

藍秀道：「呸！上。」

不料——「無情刀」紀無情從人叢中揚刀而出，他如一隻瘋虎，舞刀直奔司馬長風，口中同時叫道：「二十四人的性命，要砍你二十四刀！」

陶林已接下夏南山。

藍秀卻被柳搖風攔住。

常玉嵐本待與藍秀聯手，卻遇上花初紅。

四組人捉對兒廝殺。

初時，真是旗鼓相當，不相上下。

吃力一點兒的，是黑衣「無情刀」紀無情。

紀無情論功力，自然不是司馬長風的對手，同時兩人的兵器不相上下，司馬長風功力深厚，經驗老到，不過是十招左右，紀無情已有些敗象，屢屢遇險，破綻而出。好在他復仇心切，搏命打法，使司馬長風一時尚難得手。

這時，藍秀忽然一聲嬌喝道：「倒！」

哇——

柳搖風仰天後倒，一連幾個踉蹌勉強立定樁來，但是大口一張，噴山一團鮮紅，人也直立如柳搖風，幌幌蕩蕩的，受傷不輕。

嘶——五點血紅的線光，如同五顆流星。

柳搖風的額頭正面，眉心之處，迎上一朵盛開的桃花，十分惹眼。

在場之人不由異口同聲的叫道：「桃花血令！」

藍秀盈盈一笑道：「各位，是的，是桃花血令，不過真正的令主不是我，各位，那位才是正主兒！」她說著，遙遙指著正與花初紅纏鬥在一起的常玉嵐。

常玉嵐心知自己用一雙肉掌對付花初紅的七弦琴有些吃虧，只是雙方都是高手，再想抽出拔劍的時間，斷然不行，為今被藍秀一言提醒，借著收招再發的一刹那之際，摸出了「桃花令符」，著力一揚，口中朗聲喝道：「接令！」

花初紅尚未回過意來，覺著額頭如五枚鋼釘刺進一般，頭重腳輕，眼花手酸。

嘩啦！手中琴跌落地面，兩腿軟軟的，再也無法站得住，帶著一朵桃花令，翻身跌倒，雙腳彈了一彈，眼見活不成了。

「黑心如來」夏南山，早已被陶林結果了，僵直的屍體，挺著個大肚子，七孔滲著黑血。

一連串的變化，司馬長風都看在眼內，他既氣又急，把一股怒火，都發在紀無情的身上。

技高一著，縛手縛腳，紀無情仗著一股血氣之勇，滿腔的復仇壯志，才能勉強支撐下來。

如今，司馬長風全力而為，情勢立刻大變。

紀無情險象環生，手中刀已只有招架之功，並無還手之力，有時抽冷子攻出一刀，不是偏離目標，就是軟弱無力，噓噓氣喘，額上汗珠粒粒可見。

司馬長風狂笑連連道：「小輩！不是二十四條人命，恐怕要添多一條了！」

話落，手中笏一招「風雲變色」，把紀無情罩在寒芒圈內，眼見非死必傷。

兩條人影，驚虹乍起。左有費天行，右是南蕙。

一根青竹竿，一柄七星短劍，分兩側向司馬長風腋下砍到。

司馬長風顧不得傷人，擰腰一幌，上衝丈餘，反而是費天行的打狗棒與南蕙的短劍結結實實的碰了一下，兩人都是紅著臉撤招後閃。

紀無情死裡逃生，冷汗淋灕，還待搶上拚命。

常玉嵐大喝道：「南姑娘，照顧紀兄，司馬長風交給我。」

這時，司馬長風形同瘋狂。

他被費天行與南蕙同時出招驚退，怒氣更加火上加油，揚動手中笏，不分青紅皂白，逢人便砍，遇人便刺。

一時，情形大亂，也犯了眾怒。

百十人發聲喊，無數的各式傢伙，都圍攏上來，遭殃的是隨著司馬長風的幾個「血鷹」，一個沒留，死在亂刀之下。

百花夫人嬌呼道：「留下活口，留下……」

可是，眾怒難犯，誰在此刻聽話呢？

司馬長風功夫雖然了得，可是好漢難敵四手，英雄也怕人多。

一時，你一刀，我一劍，全都乘亂搶攻。

司馬長風已成了血人了，分不出是他殺人沾滿的血，還是他受傷流出的血。

但聽他喝聲如同獸吼，嘶啞的漸漸低沉下去。

哦——數百人呼叫，聲動四野。

司馬長風倒臥在血泊之中，體無完膚，像一攤被搗爛的肉醬。

在後面的人還往前擠。

前面的人只有向前衝，一陣踐踏，平日威風八面的司馬長風，更加面目全非。

百花夫人長嘆著道：「天作孽猶可活，人作孽不可活！」

她口中說著，對常玉峰道：「常大公子，你延請各位到大花廳奉茶。」

說完牽著常老夫人的手，向儀門內走去。

常玉峰騰身躍上儀門的石獅子頂上，大聲道：「各位前輩，各位武林同道，奉夫人之命，請各位花廳奉茶，各位請！」

司馬山莊的正花廳，原是當年大司馬岳撼軍的議事大廳，司馬長風一年一度生日才開放的宴客之所，一連九間，雕樑畫棟，氣勢非凡。

此刻，九間的屏風格扇均已撤去，九間相連，尤見寬敞。

正中，懸掛著大司馬岳撼軍的一人多高畫像，香案上五供齊全，供奉著武聖岳武穆王與關聖帝君達摩祖師的三個神位，明燭高燒，香煙裊繞。

百花夫人拈香肅立在香案之前，先向三尊神位施了大禮，然後凝視著大司馬岳撼軍的畫像，淚水盈眶，低泣著祈禱道：「撼軍，朝廷已查明了你是被奸人所害，你一手創下的基業，妾身也為你收回，你在天之靈，該安息瞑目，妾身心願已了，當著天下武林，我鄭重宣布，從此洗手歸隱。」

她的聲音不大，但這時一眾武林已分門別派的肅立兩廂，鴉雀無聲，一字一句，都聽得清楚。

常老夫人上前勸道：「夫人何出此言，武林血劫稍戢，江湖需人領導……」

百花夫人頷首微搖道：「老夫人，你、我，唉！都已經老了。」

她一臉的哀痛，無限淒涼。

真的，本來艷光四射，風采洋溢的百花夫人，此刻竟然是臉色蒼白，平添了幾許皺紋，果真是現出老態。

藍秀大步趨前，失聲的問道：「娘！你……你好像不大對勁，是……」

百花夫人苦苦一笑道：「秀兒，我盼望了近二十年，你知道我盼望的是什麼嗎？」

藍秀道：「就是盼望今天。」

百花夫人微微點頭，口中卻道：「還有就是等你叫我一聲『娘』！」

藍秀道：「娘，我早已叫了呀！」

「對！」百花夫人吃力的笑道：「所以我死而無憾。」

藍秀叫道：「娘！何出此言？」

百花夫人提高嗓門道：「各位武林同道，慶幸今天司馬長風沒有向我單獨挑戰，不然，此刻我已死在他的金笏之下，屍如爛泥的，一定是我。」

常玉嵐、南蕙不約而同的道：「夫人武功蓋世，那卻不然。」

百花夫人拉著常老夫人的手，哀傷無比的道：「在這之前，我在地道秘室之中，運功療傷，足足八個時辰，老夫人，你不知道吧！」

八個時辰施功療傷，這是駭人聽聞的一樁事。

大廳上數百人全是武林行家，有的更是絕世高手，聞言莫不失聲驚訝。

常老夫人出自河溯武林世家，焉能不格外吃驚，不由問道：「哎呀！夫人，難怪你有些發抖，原來是元氣大傷，你是替什麼人下這等分明是自毀的功夫？值得嗎？」

百花夫人淡淡的道：「是……是替金陵常世倫。」

「啊！」常老夫人口瞪口呆。

常玉嵐大驚失色，高聲道：「夫人……」

百花夫人搖手止住了他的話，幽幽的道：「我答應你，要找出你父親的下落，不料他被司馬長風禁在地牢水澤之中，奄奄一息，我只好……」她說話上氣不接下氣。

常老夫人雙手扶在百花夫人的肩頭，只有飲泣的份兒，說不出一句感激的話來。

常玉嵐、常玉峰兄弟，撲身拜倒在地，伏跪不起。

百花夫人又掙扎著道：「我怕一場惡鬥有了閃失，已派人將常老前輩星夜送往金陵，三兩天可能就到莫愁湖府上了，盡可放心。」

常老夫人抹著淚水，轉面對兩廂武林道：「大司馬在日雖官居極品，對我們武林愛護備至，現在夫人義薄雲天，一手消滅了武林的浩劫，老身不才，向各位提議，今天後不論門派，都以百花門的馬首是瞻，不知各位意下如何？」

「好！」轟雷一聲，大廳小數百人聚蚊成雷，歡聲震天。

百花夫人忙道：「使不得，使不得，我已發誓退隱，暗香精舍歡迎各位同道隨時造訪，其餘不敢從命。」

白羽道長拂扇擺動道：「夫人，武林雖有門派，精神應有依歸，夫人何必堅辭？」
百花夫人道：「好意心領，江山代有才人出，愚意應在青年才俊之中推舉一公正之士擔當。」
眾人議論紛紜，唧唧喳喳，莫衷一是。
百花夫人一手扯著藍秀，走近常老夫人道：「老嫂子，我這個女兒打算交給你來調教，但願你不嫌煩。」
常老夫人色然而喜，低聲道：「夫人，我是不敢啟齒，正想向你求親呢！」
藍秀的一張臉，立刻紅到耳根。
百花夫人的精神一振，不由轉悲為喜，流露出心底深處的笑靨。
少林掌門明心大師越眾而出，禪杖高舉，單手合十，朗聲誦佛道：「阿彌陀佛，老衲在此多言，請各位同道肅靜。」
大廳上一派肅穆。
明心大師道：「八大門派一致同意，武林應有一位才德雙全的中心人物，不然血腥不息，殺劫難免，因此，八大門派推崇『桃花令主』藍姑娘為武林宗主。」
百花夫人聞言，不等眾人應聲，忙不迭的道：「大師！秀兒乃一女娃兒，對江湖閱歷尚待磨練，假如各位有意栽培後進，應該推選金陵世家的常三少俠常玉嵐。」
費天行首先大聲道：「丐幫願意聽命。」
明心大師也應道：「少林一門願聽驅使。」
探花沙無赦欣喜的叫道：「連我這化外一脈，也願奉常玉嵐兄弟為宗主。」

其餘白羽道長、西門懷德，紛紛高聲擁戴。

一時大廳上歡聲雷動，眾口一辭的吼叫著，願意以「桃花令符」為武林總把子。

常玉嵐欲待推卻，但他的話音，被轟雷之聲掩蓋下去。

少林明心大師走近常玉嵐正色的道：「眾望所歸，少俠毋須再謙。」

紀無情、沙無赦、費天行、白羽、鐵冠……全都圍了上來，你一言，我一語，有的已改口一聲「令主！」的叫了起來。

常玉嵐望望藍秀。

藍秀紅著臉，有些嬌羞，但是，臉上更多的還是那份得意的神色，一雙會說話的鳳眼，眨了眨，分明要常玉嵐答應的意思。

常玉嵐心有靈犀一點通，焉能看不出，因此，正色道：「茲事體大，愚意選在明年三月十五日桃花盛開之際，備幾罈桃花露，在桃花林恭候各位前輩與武林同道開懷一醉！」

明心大師聞言，高聲道：「常令主已允諾，大會定在明年三月十五在桃花林桃花盛開時舉行，老衲與八大門派掌門共同具名拜帖奉邀。」

大廳上又是一陣歡呼。

明心大師合十當胸又道：「此間百廢待舉，老衲就此告辭！」

司馬駿在大廳一角大叫著跑過來道：「大師慢走！」

他的雙目已盲，但三步兩步竄到明心大身前，撲伏在地，哀聲道：「大師慈悲，我以待罪之身，天下之大，已無置身之所，看在我佛面上，剃度了我，我願嚴守戒規，皈依佛門以贖前愆。」

「阿彌陀佛！」明心大師一時答不出話來。

常玉嵐道：「司馬兄，你若不嫌棄，請到金陵寒舍……」

「不！」司馬駿叫起來道：「我心意已決，大師若不肯慈悲，我自有裁奪。」

說著，他竟從袖內抽出一把寒光耀眼的匕首，刀尖對正自己的心窩。

「啊！」眾人不由驚呼。

「善哉！善哉！」明心大師走向前去，接過司馬駿手中匕首，就勢將司馬駿的髮髻割去，口誦佛號道：「阿彌陀佛，前緣既定，隨我來吧！」

他拉起司馬駿大步向大廳外走去。

數百武林也被肅穆的氣氛逼得喘不出大氣。

明心大師的禪杖一聲沉重的拄地有聲，數百人的腳步著地輕響。

百花夫人領著常玉嵐、藍秀等尾隨著送至司馬山莊的儀門以外。

明心大師回頭合十，連佛號也沒念一句。

數百武林沿著箭道像一條巨龍蠕動，緩緩的漸去漸遠。

百花夫人等兀自站在儀門台階之上凝目遠眺。

冬天的太陽，投射在大地上，寒意中透著一分隱隱的溫暖。

桃樹，竟然抽出淺綠泛紫的嫩芽——

全書完

臥龍生精品集 60

劍氣桃花（四）

作者：臥龍生
發行人：陳曉林
出版所：風雲時代出版股份有限公司
地址：10576台北市民生東路五段178號7樓之3
電話：(02) 2756-0949
傳真：(02) 2765-3799
執行主編：劉宇青
美術設計：許惠芳
行銷企劃：林安莉
業務總監：張瑋鳳
封面原圖：明人入蹕圖（原圖為國立故宮博物館典藏）

出版日期：2020年1月
ISBN ：978-986-352-785-5
風雲書網：http://www.eastbooks.com.tw
官方部落格：http://eastbooks.pixnet.net/blog
Facebook：http://www.facebook.com/h7560949
E-mail：h7560949@ms15.hinet.net
劃撥帳號：12043291
戶名：風雲時代出版股份有限公司
風雲發行所：33373桃園市龜山區公西村2鄰復興街304巷96號
電話：(03) 318-1378
傳真：(03) 318-1378
法律顧問：永然法律事務所 李永然律師
北辰著作權事務所 蕭雄淋律師

行政院新聞局局版台業字第3595號 營利事業統一編號22759935

國家圖書館出版品預行編目資料

劍氣桃花（四）／臥龍生著. --初版. 臺北市：風雲時代，2019.12-　冊；公分

ISBN 978-986-352-785-5 （平裝）

863.57　　108019068